KB058628

강아지를 구하다

* **

죽음에 내몰린 강아지들을 구해낸
모든 사람에게 바칩니다.

RESCUE DOGS

This edition published by arrangement with TarcherPerigee,
an imprint of Penguin Publishing Group, a division of Penguin Ramdom House LLC

This Korean translation published by arrangement with Gene Stone and Pete Paxton in care of Penguin Random House LLC through Milkwood Agency.

강아지를 구하다

피터 팩스톤 글 | 유혜인 옮김

목차

2부 우리 집에 어서 와

3부 우리 행복하게 살자

들어가는 말

내 이름은 피터, 비밀 동물 수사관입니다.

『에이스 벤추라: 동물 탐정Ace Ventura: Pet Detective』 주인공 같은 일을 하냐고요? 그렇게 생각하실 수도 있겠네요.

아니요, 나의 수사 대상은 많은 사람이 보지 않는 곳, 절대 보고 싶지 않을 그런 곳입니다. 나는 새끼 강아지를 매년 수천 마리씩 대량 생산하는 개농장에 잠입합니다. 어린 강아지를 마구잡이로 사들여 연구소와 대형 펫숍 체인점에 팔아넘기는 탐욕스러운 중개인에게 접근해요. 지난 18년 동안 전국을 돌아다니며 지옥과 다름없는 개농장들에 위장 취업해 증거를 수집하고 경찰에 넘겼습니다. 들키지 않으려고 갖은 애를 썼어요. 수도 없이 머리를 자르고 염색하고 밀었습니다. 친구들조차 못 알아볼 정도로 턱수염을 기른 적도 있고요. 수사를 진행할 때는 말투도 바꿨습니다. 사람들 틈에서 튀지 않으려다 보니 무채색 옷만 입는 습관도 생겼죠. 매년 운전면허증을 교체하는데 어느 해인가는 세 번까지 바꿔봤어요. 법적으로 개명도 세 번 했습니다(사실 제 본명은 피터가 아니에요). 내가 하는 일은 HBO 다큐멘터리 2편과 내셔널지오그래픽 다큐멘터리 1편의 소재가 되었고 무수한 잡지 기사와 텔레비전 인터뷰로도 소개되었습니다. 무엇보다도 나는 학대를 당하던 강아지 수천 마리에게 따뜻한 보금자리를 찾아주었습니다.

나는 주로 반려동물보호협회Companion Animal Protection Society, CAPS라는 작은 비영리단체의 의뢰로 개농장 수사를 진행합니다. CAPS의 데버라 하워드 대표는 한 가지 목표에 집중하고 끈질기게 노력하는 야심가입니다. 데버라는 개농장과 맞서 싸우는 게 평생의 과업이라고 해요. 데버라와 소수의 직원, 다수의 자원봉사자로 이루어진 CAPS는 강아지 브리더(견종별 강아지의 특성을 이해하고 강아지가 건강하게 클 수 있도록 관리하는 사람)가 더 엄격한 제재를 받도록 애쓰고 있고, 펫숍에서 브리더의 강아지와 고양이를 팔지 못하게 하는 규제 도입을 촉구합니다. 또한 위험을 감수하고 누구나 쉽게 찾아볼 수 있는 온라인 사이트에 학대 증거를 게시하고 있습니다. 공개 웹사이트에 현장 수사 기록을 꾸준히 올리는 비영리단체는 CAPS뿐이에요. 그래서 투명한 운영이 가능하죠. CAPS의 주장은 굳이 맹목적으로 믿지 않으셔도 됩니다. 증거가 사실인지 검증하기 위해 사이트를 탐색할 필요도 없어요. 직접 영상을 확인할 수 있으니까요.

내가 활동하는 분야에는 법이 모호하게 적용됩니다. 이 일을 하려면 우리는 거짓말을 하고 위장 신분으로 취업도 해야 합니다. 남의 행동을 몰래 촬영하기도 하죠. 나쁜 사람이든, 좋은 사람이든 그 사람이 나를 믿게 만든 후 신뢰를 깨뜨리기 일쑤입니다. 체포하겠다는 경찰의 엄포를 받아본 횟수는 셀 수 없을 정도고요. 경찰차 뒷좌석에서 해당 지역의 무단 침입과 녹음 관련 법을 놓고 경찰과 말싸움을 벌인 적도 있습니다. 그러는 내내 데버라와 CAPS는 옆에서 나를 물심양면 지원해 줬어요. 그동안 저희는 여러 악랄한 동물 학대범의 사업을 무너뜨렸고, 강아지를 보호하는 새 주(州)법의 통과를 위해 대중의 지지를 끌어모으는 성과도 거두었습니다.

내가 몸과 마음, 돈을 써가면서 이 일을 계속한 이유는 단순합니다. 개들을 사랑하기 때문이에요. 나는 행복한 강아지도, 슬픈 강아지도 사랑합니다. 종종걸음을 치다 돌연히 걸음을 멈추고 바닥을 뚫어져라 보는 노견도, 흥분을 참지 못하고 사방을 뛰어다니는 어린 강아지도요. 사명감을 갖고 사랑스러울 만큼 주인에게 충성하며 금욕적으로 생활하는 사냥개도 마찬가지고요. 모든 강아지는 내가 사랑하는 존재입니다. 어디서 왔든, 주인이 누구이든, 어떤 문제가 있든 중요하지 않아요.

사람만 보면 겁이 나서 벌벌 떠는 아이들은 특히 더 사랑합니다. 나는 사람보다 그런 강아지들에게 더 공감이 되더라고요. 구출견은 험한 과거를 겪었으니 교정하지 못할 장애로 고생할 것이라고, 돌이킬 수 없을 만큼 망가졌을 것이라고 생각하는 사람이 참 많죠. 하지만 나는 참혹한 환경에서 구출된 후 암울한 과거를 극복하고 인간에게 최고의 친구가 되어준 강아지들을 두 눈으로 똑똑히 목격했습니다. 옆에서 조금만 도와주면 대부분의 구출견은 안전하고 충직하고 사랑스러운 친구로 변신할 거예요.

나는 처참하기로 이 세상에서 제일가는 곳들에서 강아지를 구출해 냈습니다. 그중에는 6개월 이상 잠입 수사를 하고 지역 경찰, 언론, 다른 동물보호단체와 협력해야 하는 사건도 있었어요. 구출 작전이 성공하려면 무수한 톱니바퀴들이 맞물려 돌아가야 합니다. 수십 명, 어쩌면 수백 명의 피땀이 필요해요.

하지만 트럭을 탄 남자가 혼자 힘으로 해내는 경우도 있습니다. 지금부터 들려드릴 이야기의 주인공인 데이지는 내가 가장 쉽게 구출한 강아지입니다. 어떤 의미에서는 내게 가장 뜻깊은 일화겠네요.

비밀 수사관 일을 시작한 지 몇 년쯤 됐을 거예요. 대성공으로 종결한 사건만 벌써 여러 건이었지만 하루 종일 길에서 생활하다 보니 무기력증이 오더라고요. 몇 주 쉬면서 부모님과 지내기로 했습니다. 당시에 저희 부모님 댁이 있던 동네는 군부대 지역이었어요. 주둔 부대가 바뀔 때마다 강아지들은 보호소로 가거나 길바닥에 버려졌습니다. 그래도 지역 사회가 연대를 통해 집을 잃고 돌아다니는 아이들에게 임시보호처나 노킬 셸터no-kill shelter(안락사를 하지 않는 동물보호소－옮긴이)를 찾아주니 다행이었죠. 그중에는 빼빼 마른 몸에 진드기 200마리를 달고 다니던 차우차우 믹스 버디, 탄탄하고 긴 다리로 숲속을 달리기 좋아하던 샌디, 우아하고 점잖은 허스키 스노캡도 있었습니다. 비글 찰리는 저희 이웃집으로 입양 갔어요.

데이지도 그런 강아지였습니다. 그날 나는 인근 모토크로스(오토바이를 이용한 크로스컨트리 경주—옮긴이) 경주장으로 가고 있었어요. 빨간불에 차를 세웠는데 깡마른 강아지 한 마리가 교차로 쪽으로 굼뜨게 움직이는 거예요. 황급히 트럭을 주차장에 대고 뛰어내려 달아나는 강아지를 붙잡고 품에 꼭 안았습니다. 원래 빨리 못 움직이는 아이이긴 했지만요. 데이지는 리드줄(목줄이나 어깨줄에 연결하여 주인이 잡고 다닐 수 있는 긴 끈)을 채우자 난리를 치고 징징거리기 시작했고 내게 안겨 도로를 건너는 동안에도 경기하듯 몸을 떨었습니다.

일단 트럭에 태우니 아직 떨리는 몸을 웅크리고 조용히 조수석 문 쪽에 붙어 앉더군요. 갈색, 검은색, 흰색 털이 지저분하게 엉켰어도 데이지는 주둥이가 길고 귀도 위로 뾰족하게 솟은 셰퍼드 믹스였습니다. 꼬리털은 풍성했고요. 7살쯤 되었을까요? 그 나이라면 18킬로그램은 되었어야 정상이지만 데이지의 체중은 겨우 10킬로그램이었어요. 썩어서 갈색으로 변한 이빨이 잇몸까지 거의 다 닳은 것으로 보아, 이로 밧줄을 계속 씹었나 봐요. 온종일 묶여 살았다는 뜻이겠죠.

병들고 겁 많은 데이지가 어떻게 입양을 가겠습니까? 일반 보호소에 가면 곧바로 안락사를 당할 테고, 주변 노킬 셸터는 전부 만원이었습니다. 트럭을 돌려 데이지를 부모님 댁으로 데려갈 수밖에 없었죠. 그때는 저희 집에서 키우던 스코티의 건강이 심하게 안 좋던 시기였어요. 열아홉 살 케언 테리어 스코티는 평생을 왕자님처럼 살았습니다. 하지만 비대해진 심장이 폐를 짓눌러 조만간 편안히 떠나보내야 할지도 모르는 상황이었어요. 부모님은 데이지를 맡기는 하겠지만 스코티가 떠난 후까지 데리고 있을 생각은 없다고 하셨습니다. 두 분에게 스코티를 대신할 강아지는 없었으니까요.

나는 꼬맹이 구출견에게 '데이지'라는 이름을 지어줬습니다. 지금은 가엾고 처량해도 곧 사람을 무서워하지 않는 강아지로 꽃 피기를 바란다는 희망을 담은 이름이었죠. 얼마 지나자 내 곁에서는 긴장을 풀기 시작하더라고요. 하지만 아버지는 아무리 애정을 쏟아도 소용없었습니다. 아버지만 보면 데이지는 벌벌 떨었어요. 낯선 남자가 집에 들어오면 토끼 눈을 하고 겁먹어서 뒷문으로 달아나고요. 그래도 스코티는 데이지를 좋아해 늘 옆에 다가가 앉았습니다. 두 노견은 서로 체온을 나누며 정답게 지냈어요. 비록 몸은 서서히 죽어가고 있었지만, 데이지가 있었기에 스코티가 인생의 마지막 몇 주를 편안하게 보낼 수 있었던 것 같아요.

스코티가 몸을 일으키지 못하게 된 어느 날, 때가 왔음을 알았습니다. 데이지도 예감했는지 스코티 곁에 붙어 있었습니다. 스코티를 동물병원에 데려간 저희 가족은 평온하게 누운 스코티의 옆에 섰습니다. 스코티를 쓰다듬고 편안하게 쉬라며 위로하는 동안 의사는 스코티를 재우는 주사를 놓았습니다. 다음 주사는 스코티의 심장을 멎게 했고요. 침묵이 흘렀습니다. 아무도 움직이지 않는 가운데, 스코티는 가슴을 들썩이며 마지막 숨을 내뱉고 우리 가족의 곁을 떠났어요.

부모님 댁의 객식구였던 데이지는 그때까지도 집에 적응하지 못하고 있었습니다. 이 집에 남자가 있어도 너를 때리지 않는다고 여전히 안심시켜줘야 했어요. 데이지에게는 우리가 옆에 있어줄 것이라는 확신, 자기에게 화난 게 아니라는 확신이 필요했습니다. 한편 스코티의 죽음은 부모님에게 엄청난 충격이었어요. 하지만 두 분은 털복숭이 친구를 오냐오냐하는 일상에 너무도 익숙해져 있었습니다. 스코티를 잃은 후로 어머니는 정원을 손질하는 동안 데이지가 신나게 뛰어다니는 모습을 보고 싶다는 소원이 생겼대요. 아버지는 집에 와서 데이지의 머리를 쓰다듬어 줄 때마다 점점 아버지를 친구로 여긴다는 확신이 보인다며 기뻐했습니다. 그래도 데이지는 아직 '임시' 딱지를 떼지 못했어요.

그렇게 몇 개월이 지났을 때, 갑자기 데이지가 집 앞을 지나는 행인을 향해 짖기 시작하는 거예요. 이 행동은 데이지가 스스로 우리 가족의 일원이라 생각한다는 의미였어요. 집 지키는 강아지로서 자기 역할을 해야 한다고 느낀 겁니다. 데이지를 언젠가는 보내겠다는 부모님의 처음 다짐은 무너졌습니다. 데이지는 도움과 위로가 필요한 아이였어요. 하지만 그건 저희 부모님도 마찬가지였습니다. 스코티를 잃은 슬픔을 위로해 줄 존재는 결국 또 다른 강아지였던 거죠. 데이지의 상처를 치료하며 저희도 치유를 받을 수 있었어요.

내가 데이지를 구출한 곳은 개농장이나 실험실이 아니었습니다. 구출하는 데 위장 카메라, 변호사, 언론처럼 평소 작전에 투입되는 수많은 요소도 없었고요. 그전에도 강아지를 구출한 적이 있지만 데이지는 여러모로 내게 가장 의미 있는 아이입니다. 비밀 동물 수사관은 돈이 안 되는 일이죠. 계속 이곳저곳 돌아다녀야 하고 가족 얼굴도 보기 힘듭니다. 늘 거짓말을 하고 위험한 사람들과도 일해야 해요.

몰래카메라에 찍히고 있다는 사실을 알면 절대 가만히 있지 않을 사람들 말이에요. 그동안 만난 경찰은 대부분 성실하고 유능했지만, 내가 동네를 들쑤시고 다닌다고 싫어하는 구시대적 경찰도 있었어요. 강아지가 맞고, 차이고, 죽는 모습을 보고도 도와줄 수 없는 상황이 부지기수였습니다. 죽을힘을 다해 개농장 하나를 폐업시켰더니 다음 주에 10여 곳이 또 새로 생기는 꼴도 봐야 했습니다.

그러니 몸과 마음도 다치기 마련이죠. 하지만 날마다 데이지를 생각하면 이 세계에 발을 들인 계기가 떠오르고 초심을 다잡을 수 있었습니다. 완전한 집을 찾은 데이지는 유기견과 번식견처럼 아직 집을 찾지 못한 수백만 마리의 구출견들에게 희망을 상징해요. 그 아이들을 돕는 일, 그것이 내게는 평생의 사명입니다.

이 책은 크게 3부로 구성되어 있습니다.

1부는 18년간 수사를 하며 만난 강아지 8마리의 사연입니다. 저마다 다른 이야기입니다만, 다 읽으면 미국에서 사람들이 강아지를 어떻게 사고 파는지 큰 그림이 대강 보일 겁니다. 행복한 사연도 있지만, 그렇지 못한 사연도 있어요. 먼저 만나볼 아이들은 내가 처음으로 구출을 시도했던 스숏과 미국에서 가장 악명 높은 강아지 밀매업자가 소유했던 레벨입니다. 레벨의 주인은 강아지를 연구소에 팔아넘겨 돈벌이를 하던 사람이었어요. 세 번째 사연의 주인공 '완벽한 강아지'는 매년 미국 중개인 업계 1위를 거쳐 가는 이름 모를 8만 6,000마리 강아지를 대표합니다. 그 중개인 업체는 6개월간 나의 직장이었죠. 이어서는 퇴마사로 전직한 미친 개농장 주인의 마수에서 벗어난 슈거, 때로는 학대당한 강아지를 구하는 데 가장 큰 장애물이 다름 아닌 공권력이라는 현실을 보여준 하얀 포메라니안, 펜실베이니아 동물권리법이 획기적인 승리를 이루게 도와준 다비다의 사연을 소개하겠습니다. 다음 이야기의 주인공 매기는 역사상 가장 참혹한 개농장에서 잠입 수사를 하던 중 만난 잉글리시 불도그이고요, 마지막을 장식할 에마는 겉보기에는 문제없는 사육장에도 끔찍한 학대가 존재한다는 사실을 증명한 아주 특별한 치와와입니다.

모든 사연은 한 가지 결론에 도달합니다. 강아지를 찾는다면 무조건 지역 동물보호소로 가야 해요. 현재 보호소에서는 매년 67만 마리가 안락사를 당하고 있습니다. 같은 기간 동안 펫숍과 농장에서 팔리는 강아지의 수는 약 200만 마리예요. 어디에서든 돈을 주고 강아지를 구매한다면 개

번식 산업에 기여하는 셈입니다.

지금 구출견을 입양할까 하는 분들, 혹은 최근 구출견을 입양한 분들을 위한 필수 정보는 2부에 준비되어 있습니다. 나의 경험을 바탕으로 여러분에게 도움이 될 만한 내용을 단계별로 설명할 계획이에요. 좋은 보호소를 찾는 법부터 보통의 강아지와는 다른 구출견을 집으로 맞는 법까지 전부 알려드리겠습니다. 구출견은 특별합니다. 학대를 견디고 살아남은 아이들이기 때문입니다. 우직하고 강인하고 적응력도 뛰어나요. 보호소에 도착하기까지의 여정도 아이들에게는 끔찍한 시련이었을 겁니다. 그러다 보니 낯선 환경을 경계하고 의심하는 것도 당연하죠. 하지만 그런 만큼 빨리 배우고 적응합니다. 이 책에서는 일반적인 구출견의 행동, 구출견을 훈련하는 법, 구출견과 유대감을 형성하는 법도 소개합니다. 개농장에서 구출된 강아지가 반응하는 방법은 유기견과 다르고, 유기견이 반응하는 방법은 주인에게 버림받은 강아지와 또 달라요. 모든 유형을 만나본 사람으로서, 나는 어느 강아지든 안전하고 충직하고 사랑스러운 가족 구성원이 될 수 있다고 믿습니다.

2부에서는 한 생명을 구하고 자신의 삶도 더 풍요롭게 만든 여러 나라 사람들의 이야기를 소개할 예정입니다.

하지만 구출 활동은 보호소에서 끝나지 않죠. 강아지 학대에 맞서 싸우기 위해 꼭 일평생 잠입 수사를 할 필요는 없습니다. 강아지를 입양하지 않아도 괜찮아요. 그렇게 하지 않아도 모두 이 전쟁에 참전할 수 있습니다.

3부에서는 내일의 구출견을 지금보다 행복하게 만들어 줄 방법을 소개하겠습니다. 우리는 이 싸움에서 승리할 수 있어요. 예를 들어 볼까요? 동물보호단체가 꾸준히 압박한 덕분에 이제 캘리포니아주 펫숍에서는 법적으로 구출견이 아닌 강아지를 팔지 못하게 되었습니다. 한때 '동부 개농장의 중심'이라 불렸던 펜실베이니아주에서는 혁신적인 법안 2건이 가결되며 개농장의 약 75퍼센트가 문을 닫았고요. 미주리주에서도 유사한 법들이 통과되었죠. 강아지 학대로 악명 높은 그 미주리에서요. 강아지 번식 사업 종사자는 2,000명에서 809명으로 줄어들었습니다. 나 같은 수사관들의 부단한 노력으로 이끌어낸 결실이죠. 하지만 독자 여러분 같은 일반 시민의 전화, 편지, 청원이 없었다면 이와 같은 법들은 절대 탄생하지 못했을 거예요.

강아지는 1만 년 넘도록 우리 인간의 곁에서 발을 맞추며 함께 걸어왔습니다. 강아지가 사라지면 인류도 멸종할지 몰라요. 하지만 우리는 그 은혜에 보답하기는커녕 유전자를 극단적으로 조작해 부질없는 인간의 취향에 맞춘 강아지를 생산하고 있습니다. 우리에게 충성을 바치는 이 친구들을 그렇게 대접해서야 되나요? 이 책은 동물 수사관으로 내가 겪어온 경험담입니다. 하지만 매년 보호소에 들어가 따뜻한 가정을 손꼽아 기다리는 약 330만 강아지들도 이 책의 주인공이에요. 이 책은 나의 이야기이자 그 아이들의 이야기입니다.

1부

내가 구해줄게

내 인생을 바꿔준 친구

스폿

사랑스러운 강아지, 스폿을 처음 만나다

강아지 스폿이 없었다면 지금의 나도 없었을 것이다.

1998년, 해비타트Habitat for Humanity(주거 환경이 열악한 이들에게 집을 지어주는 비영리 국제기구-옮긴이) 노스캐롤라이나주 페이엣빌 지회에서 자원봉사를 할 때의 이야기다. 나는 어렵게 사는 사람들의 집을 수리해 주는 일을 하고 있었고, 당시 경찰 지망생이었다. 존경하는 경찰 선배들 말로는 경찰 업무가 사회봉사나 마찬가지라고 했다. 그래서 나는 다양한 환경의 사람들을 찾아가 돕기로 마음먹었다. 해비타트 자원봉사는 거기에 딱 맞는 일이었다.

대공사가 끝나면 목재가 남는다. 해비타트 자원봉사자를 관리하던 내 친구 에드 애번트는 미스 베이커라는 할머니를 만났다고 했다. 할머니는 이 동네 주민인데 동절기 난방 문제로 고민하고 있었다. 에드는 남은 목재를 할머니에게 난로 땔감으로 주자고 했다. 그래서 다음날 내가 목재를 트럭에 싣고 베이커 할머니를 찾아갔다.

베이커 할머니는 비포장도로 끝에 살고 있었다. 건물이라고는 할머니 집과 할머니가 다니던 교회뿐인 동네였다. 진흙투성이인 집 마당은 잡초로 발 디딜 틈이 없었고, 베이커 할머니는 고도비만이라 자기 몸 하나 가누기도 힘든 80대 노인이었다. 강한 남부 사투리로 내뱉는 거의 모든 문장에는 '하느님' 소리가 들어갔고, 혼자 사는 할머니에게 식구는 스폿이라는 강아지 한 마리가 유일했다. 스폿은 저먼 셰퍼드와 차우차우가 섞인 믹스견이었고, 사자 갈기 같은 털이 차르르 흘러내리는 예쁜 아이였다. 동그란 검은색 귀를 쫑긋 세우고 장난기 가득한 눈을 희번덕거리던 스폿의 나이는 겨우 두세 살 정도였다. 하지만 베이커 할머니는 강아지를 제대로 관리하지 않았다. 스폿은 쓰러져 가는 나무 개집에서 살고 있었다. 처음 본 날에도 스폿은 곰팡이 핀 사료를 갉아먹고 물그릇에 고인 흙탕물을 마시고 있었다. 족히 몇 달은 목욕을 안 했는지 젖은 털이 진흙과 엉겨 붙은 상태였고, 개집에 달린 쇠사슬 목걸이는 꼬이다 못해 아예 살을 파고들었다. 정상 체중보다 최소 15킬로그램은 덜 나가 보였다.

나는 현관 흔들의자에 앉아 있는 베이커 할머니에게 다가가 말했다.

“할머님, 아무래도 스폿의 상태가 안 좋아 보여요. 털이 너무 젖어 있고 쇠사슬 때문에 피가 나는데요.”

“으응. 땔감 고맙수.”

이게 베이커 할머니의 대답이었다.

“괜찮으시다면 제가 가끔 들러서 스폿에게 밥이랑 물을 줄게요. 산책시키고 땔감도 계속 가져다드릴 거고요. 그래도 되죠?”

할머니는 궁얼궁얼 불평하기는 했지만 어쨌든 허락했다.

이후 몇 달 동안 정기적으로 품에는 땔감을 안고 주머니에는 사료를 채워 스폿과 베이커 할머니를 찾아갔다. 처음에는 스폿도 주인만큼이나 나를 경계했다. 먹을 걸 주려고 하면 으르렁거리며 손을 물었다. 스폿은 훈련을 받은 적이 없으니 인간이 강아지를 보살피고 보호하는 존재라는 사실을 몰랐던 것이다. 베이커 할머니가 스폿을 쓰다듬어 주기는 했을까? 할머니는 스폿을 집 안에 들이지도 않았을 것이다. 스폿은 코딱지만 한 개집에서 평생을 살았다. 다른 생물과 소통하는 법을 배우지 못하고 원초적인 본능만 따랐던 것이다. 그래서 밥을 먹을 때 옆에 서 있으면 자기 먹이를 노린다고 생각했다. 쓰다듬으려 다가가면 내가 때리려고 하는 줄 알았다.

나는 처음 몇 주 동안은 멀찌감치 떨어져 먹을 걸 던져 주었다. 단, 주는 사람이 나라는 사실은 스폿이 확실히 인식하게 했다. 다 먹으면 손을 내밀고 천천히 다가가 마음껏 냄새를 맡으라고 했다. 어느 날은 가까이 다가가 리드줄을 걸 수도 있었고, 어느 날은 잡아먹을 듯 공격하는 바람에 내일을 기약해야 했다.

나는 침착하면서도 자신감 있게 접근하는 법을 배워야 했다. 내가 마음을 단단히 먹고 행동할수록 스폿은 차분해졌다. 조금이라도 주저하면 갑자기 덤벼들었다. 잘 달래서 옆으로 부르면 1시간을 껴안고 쓰다듬어도 가만히 있었다. 한번은 산책하러 나갔다가 이런 일도 있었다. 스폿이 킁킁대며 통나무 냄새를 맡고 있을 때 내가 너무 가까이 다가간

것이다. 스폿은 마구 짖고 이를 세우며 나를 공격했다. 나는 얼른 트럭에서 널빤지 조각을 가져와 청재킷에 묶고 팔을 보호해야만 했다.

"자, 자, 스폿, 진정해야지." 내가 말했다. 다시 다가가니 스폿은 순하게 귀를 뒤로 젖혔다. 흥분이 가라앉을 때까지 기다린 후 그를 집으로 데려갔다. 스폿은 숲에서 산책만 하고 오면 얌전해졌다. 넘치는 에너지를 소모하기 전까지는 정신을 집중할 수 없었던 것이다. 스폿이 산책을 또 하자고 하면 산책을 나갔다. 내 얼굴에 뽀뽀로 침 범벅을 하고 싶다고 해도 내버려뒀다. 때때로 스폿은 그냥 내 옆에 앉아 멀리서 희미하게 들리는 차 소리에 귀를 기울였다. 몇 시간이 지나도록 우리는 그 자리에 앉아 있었다.

몇 달이 지나자 스폿도 내가 부르면 다가왔다. 밥그릇을 채워주는 사람으로 나를 믿기 시작한 것이다. 리드줄을 걸 때도 잠자코 기다렸고, 살도 붙었다. 스폿이 얼마나 좋아졌는지 보라고 했더니 베이커 할머니는 이렇게 반응했다.

"으응, 땔감 고맙네."

스폿을 돌보며 행복했지만 페이엣빌에서 평생 살 수는 없기 때문에, 마음 한구석으로는 암울한 현실을 알고 있었다. 내가 떠나는 즉시 스폿의 삶은 곰팡이 핀 사료, 흙탕물

가득한 물그릇, 살을 파고드는 쇠사슬로 돌아간다는 것을…. 이대로라면 스폿은 겨울을 넘기지 못할 것이다.

"할머님, 제발 스폿 좀 데려가게 해주세요. 제가 좋은 집 찾아줄게요."

할머니의 대답은 "안 돼. 땔감은 고맙네."였다.

1년 치 땔감을 가져다주겠다고 했다. 스폿 대신 돈을 드리겠다고도 했다. 무릎 꿇고 애걸복걸하는 것만 빼고 모든 방법을 동원했지만 돌아오는 대답은 하나였다. "안 돼."

다른 사람이 설득하면 베이커 할머니도 스폿을 포기하지 않을까? 할머니는 집과 가까운 교회에 다니고 있었다. 담당 목사와 얘기를 해보면 되지 않을까? 그날 오후 나는 교회로 갔다. 중간 크기인 교회 건물은 401번 국도변 전광판 두 개 사이에 있었다. 안에 들어가 교회 관리인을 만났다. 친절해 보이는 여성 관리인은 내 이야기를 경청했다.

"선생님이나 목사님이 할머니께 스폿 얘기를 해주시면 안 될까요? 할머니 연세에는 이제 동물을 보살피기 힘들어요. 날이 추워지면 스폿이 잘못될까 봐 걱정입니다." 내가 말했다.

"저희한테까지 찾아오시다니 정말 마음씨가 고운 분이

시네요. 따라오세요." 관리인은 말했다.

'드디어! 이제야말로 일이 풀리려나 보다.'라고 생각했다. 앞장서서 긴 복도를 걸어간 관리인은 건물 뒤쪽으로 나가는 문을 열고 말했다.

"죄송하지만 나가주세요. 마음은 감사히 받겠습니다." 그러고는 내가 밖으로 나가자 면전에 대고 문을 쾅 닫았다.

스폿을 구하기 위한 여정

결국 이 문제에 하느님의 도움을 받기는 틀렸다 싶어 차선책을 택했다. 컴벌랜드카운티 동물관리국에 연락을 한 것이다. 내가 교회에서 했던 이야기를 반복하는 동안 직원은 친절하게 들어주었다.

"할머니께서 강아지를 포기하게 할 방법이 있을까요?"

"죄송합니다, 선생님. 저희로서는 방법이 없네요. 할머니께서 밥을 먹이고 집도 마련해줬다고 하지 않으셨나요?"

"곰팡이 핀 사료를 먹이고 지붕에 구멍이 난 썩은 집을 줬다니까요."

직원이 한숨을 쉬었다. "선생님께서 그 개를 돌보고 계신다면 저희 쪽에서 할 수 있는 조치는 없습니다."

이토록 잔인한 딜레마가 또 있을까? 내가 스폿을 살려두고 있다는 이유로 동물관리국의 도움을 받을 수 없다니….
스폿을 구하고 싶다면 내가 물러나야 했다.

"그럼 제가 몇 달 발을 끊어서 예전으로 돌아가면 그때는 조치를 취할 수 있다는 말씀인가요?"

화를 꾹 참고 물었다.

"아마도요. 하지만 사진을 찍으셔야 합니다. 방치했다는 증거가 필요해요."

나는 스폿을 마지막으로 한 번 더 찾아갔다. 총총 다가와 내 손을 핥는 사진을 몇 장 찍었다. 아직도 믿기 힘들었다. 뼈와 가죽밖에 없던 맹수가 이렇게 포동포동한 귀염둥이로 바뀔 줄이야. 적당한 강화 훈련을 병행하며 관심을 주면 다 해결될 문제였던 것이다. 산책을 나갈 때면 스폿은 고개를 꼿꼿이 세우고 내 옆을 걸었다. 이제는 널빤지를 팔에 묶어 방패로 쓰는 일도 없었다. 스폿은 단지 밥을 주는 사람이 아니라 관심과 기쁨을 주는 사람으로 나를 보기 시작한 것이다. 나를 만나 난생처음으로 행복이라는 감정을 느낀 것이다. 그런 스폿을 무능한 주인 손에 맡기고 돌아서려니 가슴이 찢어졌다.

베이커 할머니에게 마지막 땔감을 전하고 스폿과 작별 인사를 했다. 작고 처량한 개집 옆에 누워 잠을 청하는 스폿이 두 달 후에도 살아 있기를, 실낱 같은 희망을 걸고 나는 페이엣빌을 떠났다. 스폿과 베이커 할머니를 만난 후로 깨달은 사실이 하나 있었다. 남을 돕는 일이 내 적성에 딱 맞는다는 것이다. 봉사를 직업으로 삼고 싶다는 생각에 당장 지역 소방학교에 등록했다.

두 달이 지나 베이커 할머니의 집을 다시 찾아갔을 때 스폿은 살아 있었다. 아니, 겨우 목숨만 붙어 있었다. 엉겨 붙은 털은 진흙으로 범벅이 되었고, 발톱은 갈고리처럼 길었다. 내가 찌웠던 살이 다 빠진 것도 모자라 전보다 체중이 더 줄어 있었다. 흙탕물이 담긴 물그릇을 얼마나 물어뜯었는지 구멍으로 물이 줄줄 샜다. 스폿은 발을 절고 있었다. 몇 주 전에 난 듯한 발바닥 상처에 피딱지가 앉았기 때문이다. 스폿이 긴가민가한 눈으로 보더니 힘겹게 걸음을 옮겨 나를 반겨주었다. 나를 기억하고 있었던 것이다.

“안녕, 친구.” 작게 인사를 건네며 딱한 모습을 사진으로 찍었다. “괜찮아, 다 잘될 거야. 여기서 나가게 해줄게.”

그날 오후 나는 컴벌랜드카운티 동물관리국을 찾아가 사진을 제출했다.

베이커 할머니를 찾아가겠다는 직원의 약속을 받고 신이 나서 스폿이 갈 만한 지역 보호소를 알아보고 다녔다. 아예 스폿을 입양할까라는 생각도 했다. 스폿처럼 특별한 강아지는 가정에서 사랑을 받아야 마땅하기 때문이다.

다음 날에도 땔감을 한 트럭 싣고 할머니를 찾아가 언제나처럼 나를 반기는 스폿에게 비스킷을 던져주었다. 그때 방충망 문이 쾅— 하고 열려서 돌아보니 지팡이를 짚은 할머니가 현관에 서서 나를 노려보고 있었다.

"내 개 건드리지 말고 이 집에서 썩 꺼져! 다시 오기만 해봐라." 베이커 할머니가 호통을 쳤다.

"할머님. 그냥 땔감 드리고 스폿 밥 주려고 온 거예요. 늘 그랬잖아요." 나는 당황했다.

"개나 훔치려고 온 주제에. 아침에 동물관리국 사람들이 왔어. 스폿을 데려가 달라고 했다면서? 너 같은 놈은 내 집에 들인 적 없다고 했다. 스폿은 내 개고 내 맘대로 키울 거야."

"할머님. 이건 다 스폿을 위해서예요. 지금 정말로 죽어가고 있단 말이에요. 모르시겠어요?" 내가 애원했다.

"얘는 멀쩡하고 나도 멀쩡해. 경찰을 부르든 해야지. 내 집에 다시는 얼씬도 하지 마."

베이커 할머니에게 스폿을 제발 보내달라고 빌었다. 할머니가 믿는 기독교의 힘도 빌려봤다. 이렇게 귀여운 동물이 굶어죽는 걸 예수님이 원했겠냐며 필사적으로 우겼다. 할머니의 물욕에도 호소했다. 스폿을 내게 팔면 그 돈으로 더 좋은 난로를 살 수 있다고 했지만, 할머니는 그것도 싫다고 했다. 할머니의 양심도 건드려보았다. 스폿은 같이 산책을 나가고 놀아줄 수 있는 사람 옆에서 가장 행복할 거라 설명했지만, 답은 역시 거절이었다. 할머니가 마음을 바꾸기를 바라며 트럭을 향해 떨어지지 않는 발을 억지로 옮기는데 스폿이 보였다. 스폿은 나를 보고 꼬리를 흔들더니 절뚝절뚝 다가와 혀로 내 손을 핥았다. 그런 스폿에게 비스킷을 주고 머리를 쓰다듬은 후, 나는 트럭에 올라 그 집을 떠났다.

컴벌랜드카운티 동물관리국에 다시 전화를 걸었지만 보아하니 그쪽에 뭘 기대할 수는 없는 상황이었다. 내 경험상 동물관리국은 방치 증거가 없는 한 주인과 반려견을 웬만해서 강제로 분리하지 않았다. 스폿을 처참한 몰골로 만든 베이커 할머니도 어쨌든 사료와 물은 주고 있었다. 인구가 10만 명이나 되는 도시의 동물관리국은 유기견, 맹견, 야생동물 문제로도 인력이 부족했고, 스폿을 외면하는 그들에게 화가 났지만 내가 할 수 있는 일은 없었다.

그날 밤 기온이 영하 10도 대로 떨어진다는 소식에 차를 돌려 스폿을 데려올까 하는 생각도 했다. 요즘도 영하 날씨만 되면 개집에서 추위로 떨었을 스폿이 떠오른다. 하지만 나는 돌아가지 않았다. 베이커 할머니가 그 집에 얼씬도 말라고 했던 말을 지킨 것이다. 진로를 바꾸기로 결심하고 페이엣빌을 떠난 나는 곧장 텍사스주 해리스카운티로 가서 노킬 셸터인 스페셜팰스Special Pals에 취직했다.

어디에 있을까

그로부터 1년도 더 지나, 텍사스에서 노스캐롤라이나 부모님 댁으로 운전해서 갈 일이 생겼다. 마침 그 길은 페이엣빌 근처였다. 그동안 스폿과 베이커 할머니 생각을 애써 참았던 나지만 주간고속도로 제95호선에서 페이엣빌로 가는 출구 표지판을 본 순간 결국 어떻게 됐는지 알아야 한다는 것을 느꼈다. 좋은 소식이든 나쁜 소식이든 진실을 알아내고 싶었다. 출구에서 401번 국도로 빠진 차는 교회를 지나치고 흙먼지를 일으키며 베이커 할머니의 집 앞에 섰고,

스폿이 있던 마당도, 다 쓰러져 가는 개집도 여전했다. 하지만 스폿은 보이지 않았다. 작고 복슬복슬한 화이트 포메라니안이 있을 뿐이었다. 내가 쳐다보자 포메라니안은 깡깡— 짖어댔다. 아이가 장대에 묶여 있는 그 자리는 스폿 자리였다. 스폿은 개집 안에 숨었나? 막연히 그렇게 생각했다. 하지만 안에도 스폿은 없었다.

베이커 할머니는 흔들의자에 앉아 있었다.

"안녕하세요, 할머님." 내 인사에 고개를 끄덕였지만 나를 알아보는 것 같지는 않았다.

"전에 땔감 가져다드리고 스폿 돌봐주던 사람이에요. 강아지를 새로 들이셨네요. 스폿은 어디 있어요?"

나를 위아래로 훑던 시선이 허공으로 돌아갔고 베이커 할머니는 심드렁하게 말했다. "갔네."

멍하니 할머니를 보았다. 묻기 전부터 답을 알았지만 직접 말로 들으니 하늘이 무너지는 기분이었다. 스폿을 대신한 포메라니안 쪽으로 고개를 돌렸다. 스폿처럼 곰팡이 난 사료를 먹고 흙탕물을 마시고 있었다. 무슨 말이든 하려고 베이커 할머니를 돌아보았지만 입이 떨어지지 않아 그냥 트럭에 올라 시동을 걸었다.

그날 밤 나는 결심했다. 남은 인생의 방향을 정하는 결심이었다. 그 포메라니안이 스폿 같은 운명을 맞게 하지 말자. 학대당하는 강아지를 보면 누가 됐든 스폿처럼 만들지는 말자. 그러려면 주인과 싸워야 하고, 법도 어겨야 할 것이다. 그 정도 각오는 되어 있었다. 베이커 할머니의 마수에서 강아지를 구할 수만 있다면 텍사스에서 한 달에 두 번씩 운전해 와야 한대도 그럴 작정이었다. 경찰에 신고를 해도 겁나지 않았다. 이 강아지를 구해서 빨간 줄이 그어진다? 상관없었다.

며칠 후 나는 부모님 댁에서 낡은 이동장을 찾아 트럭 뒤에 실었다. 일기예보는 밤에 영하 6도까지 내려간다고 했다. 밥을 제대로 못 먹은 몇 개월짜리 포메라니안이 견디기에는 너무 추운 날씨였다. 정신없이 고속도로를 달려 페이엣빌 출구로 빠져 나왔고 요란한 소리와 함께 흙과 자갈을 튀기며 교회를 지났다. 진입로까지 순식간에 들어와 할머니 집 현관문 앞에 차를 세웠고, 재빨리 도망쳐야 할 경우를 대비해 엔진은 켜두었다.

하지만 집은 비어 있었다. 포메라니안도 보이지 않았다. 마당에 밥그릇, 개집, 닳아빠진 쇠사슬은 그대로 있고 현관에 있던 할머니의 흔들의자도 여전히 삐걱거리며 바람에 흔들렸다. 현관 테라스로 올라가 창문을 들여다보았지만 집 안에는 가구 한 점도 보이지 않았다.

옆 교회로 가서 베이커 할머니가 어디 가셨는지 묻자 지난주에 세상을 떠나셨다는 대답이 돌아왔다. 포메라니안의 행방은 교회에서도 모른다고 했다.

사랑스러운 강아지가 준 선물

나는 스폿 일을 계기로 그동안 옳다고 믿었던 것들에서 등을 돌리게 되었다. 평소에는 마음씨 좋은 사람도 동물 문제에는 도덕을 저버릴 수 있다는 사실을 배웠다. 지역 당국은 왜 그냥 법대로 처리하지 못할까? 이웃 교회는 왜 방치된 동물을 도와주지 않을까? 베이커 할머니는 왜 흙마당에 묶어둔 개에 집착한 걸까? 이런 사람들이 모인 사회에서는 강아지를 구하기가 쉽지 않았다. 이 세계에 뛰어든 후로 수도 없이 깨달은 교훈이 있다. 사회 전체가 바뀌어야 한다는 것이다. 개개인이 아니라 사회제도에 맞서는 방법을 찾아야 한다.

그사이 지역 전문대학에서 관련 공부를 해봤지만 썩 도움이 되지는 않았다. 오히려 노숙자에게 식사를 나르거나 보호소 동물들을 돌보는 자원봉사를 할 때 한 인간으로서 성장하고 있다는 느낌을 받았다. 전면에 나서서 사회 약자를 보호하는 경찰이라는 직업은 여전히 내게 선망의 대상이다. 하지만 나는 경찰이 된다고 해도 오래 버티지 못했을 것이다. 사슬에 묶여 썩은 사료를 먹고 있는 개를 내버려두라는 명령이라면 반드시 거역했을 테니까 말이다.

딱히 명확한 계획도 없이 대학을 그만뒀다. 철없고 바보 같은 말 같지만 생각하면 할수록 동물을 위해 의미 있는 일을 하고 싶었다. 휴스턴으로 돌아와 스페셜팰스 일을 다시 시작했다. 동물병원 간호사 공부도 했다. 다치고 병든 동물들을 임시보호하며 치료하고 건강해지면 입양을 보냈다. 휴스턴 동물보호협회에 들어가 시위를 벌이는 법, 일반 대중에 동물의 권리 문제를 가르치는 법도 배웠다. 조 페두샤라는 동물보호가가 이끄는 단체에도 가입했다. 조는 동물매각pound seizure 반대운동을 하고 있었다. 모르는 사람이 많지만 동물매각이란 지역 공공보호소에서 강아지와 고양이를 동물 실험용으로 파는 관행을 뜻한다. 대중도 진실을 알면 우리를 지지할 거란 믿음으로 나는 카운티 위원이 주최하는 공청회에 참석해 동물매각 관행의 폐지를 요구했다. 내게 주어진 시간인 3분을 다 쓰고도 물러나지 않자 경찰은 나를 법정에서 급하게 끌어냈다. 다행히 지역 방송사에서 그 소동을 촬영해 뉴스에 내보냈다. 지역 주민의 비난 여론이 한 달 넘게 식을 줄을 몰랐고, 결국 해리스카운티는 공식적으로 동물매각 정책을 폐지했다.

동물보호가 활동은 짜릿했다. 한정된 자원으로도 개들의 인생을 바꿀 수 있기 때문이다. 하지만 모든 동물 학대가 지역 뉴스에 보도되지는 않았다. 조도 동물매각에 대한 정보를 얻으려고 몇 달이나 발품을 팔았다고 했다. 내가 법정에서 부린 난동은 무수한 전화, 감시, 취재로 이어진 마라톤의 마지막 한 걸음일 뿐이었다. 텔레비전 출연도 좋지만 나는 조 같은 사람이 되고 싶었다. 진정한 동물보호가가 되려면 비디오카메라를 내 얼굴이 아닌 더 어둡고 은밀한 곳으로 돌려야 했다.

그래서 스티브 개릿이라는 사설 수사관을 찾아갔다. 동물을 위한 마지막 기회Last Chance for Animals, LCA라는 작은 동물보호단체 소속인 스티브는 동물보호운동계의 이단아였다. 일반적인 동물보호가와는 사고방식부터 달랐다. 그들과 교류하지도 않았다. 한 번에 한 사건씩만 맡았고 그 사건에 모든 시간을 투자하는 스타일이었다. 미팅에서 스티브는 내가 하면 좋을 것 같은 일이 있다고 했다. 병든 강아지를 소비자에게 속여 파는 중개인을 밀착 감시하는 것을 도와달라고 했다. 내게 잠입 수사를 처음 권유한 사람이 바로 스티브였다. 잠입 수사를 하려면 인상을 흐릿하게 만드는 법을 배워야 했다. 밑바닥 세계에서 일자리를 구해야 한다는 뜻이기도 했다. 또 끔찍한 동물 학대를 일삼는 인간들을 막고 싶어도 그러지 못하고 옆에서 보고만 있어야 했다. 벽에 붙은 파리처럼 인내심을 갖고 기다리는 것이다. 하지만 이 파리에게는 비디오카메라라는 무기가 있었다.

이따금씩 노스캐롤라이나주 한복판에 있던 낡은 집이 생각난다. 베이커 할머니와 교회도 생각나지만 스폿이 가장 많이 생각난다. 수년이 흐른 지금도 문득문득 떠오르는 질문이 있다. '스폿을 처음 본 순간 그냥 데려왔다면 어떻게 됐을까?'

결국 나는 스폿을 구하지 못했다. 하지만 스폿은 나를 구해줬다. 내게 삶의 목적이라는 최고의 선물을 준 것은 스폿이었다.

동물 실험을 고발하는 스파이가 된

레벨

강아지 불법 사육장을 문 닫게 하기 위한 첫걸음

2001년 9월의 어느 날, 나는 찬 공기를 맞으며 아칸소 시골 마을에 있는 숲으로 들어가고 있었다. 독한 진드기에 깨물린 발목이 화끈거렸다. 같이 온 사람은 LCA(동물을 위한 마지막 기회) 소속 동물보호가인 스티브 개릿이었다. 우리는 미국에서 가장 악명 높은 강아지 불법 사육장을 문 닫게 하자는 일념으로 비디오카메라로 무장하고 남의 사유지를 무단으로 침입하는 중이었다.

목표물은 마틴크리크켄넬 사육장, 매년 강아지 수천 마리를 실험용으로 연구소에 팔아넘기는 CC 베어드라는 자가 운영하는 곳이었다. 강아지를 이용한 동물 실험은 오래전부터 논란의 대상이었고, 영국생체실험반대협회는 매년 약 7만 마리 강아지가 실험실로 간다고 추정했다. 그중 75퍼센트는 임상실험의 희생양이 되었다. 강아지로는 약이 인체에 미치는 영향을 정확히 예측할 수 없다는 연구결과가 수도 없이 나왔는데도, 제약회사는 연방법에 따라 설치류는 물론 비설치류로도 제품의 독성을 평가해야 했다. 그들에게 유순하고 태생적으로 사람을 잘 따르는 개는 완벽한 실험 대상이었다.

대부분의 실험견은 A급 딜러, 즉 강아지를 처음부터 실험용으로 키워 판매하는 전문 브리더를 통해 구한다. 이렇게 들여오는 동물은 대개 혈통 있고 사교성이 좋은 비글로 가격에 프리미엄이 붙는다. 그래서 상대적으로 기준이 엄격하지 않은 연구소는 B급 딜러를 택하는 것이다. B급 딜러는 브리더에게 개를 사서 연구소나 펫숍에 되파는 중개인이라 할 수 있다. 이들이 파는 강아지의 출신은 주로 '랜덤'이다. 즉, 혈통을 모른다는 뜻이다. 유기견일 수도, 주인이 키우다 버린 개일 수도 있고, 훔쳐온 가정견일 가능성도 있다.

CC 베어드는 미국에서 가장 잘 나가는 B급 딜러였다. 일명 '번처buncher(강아지와 고양이를 유인해 불법 포획한 후 중개인에게 파는 이들—옮긴이)'들을 직원으로 두고 강아지라면 죄다 쓸어 담는다고 했다. 법적으로 번처는 자기 소유의 애완동물만을 팔 수 있는데 아무리 봐도 베어드의 번처들은 다른 집 반려견을 훔치는 것 같았다. LCA는 베어드가 심장사상충에 걸린 아이들을 골라 사들인다는 의심도 하고 있었다(심장사상충은 강아지의 심장에 기생하는 회충으로, 걸리면 골치 아프지만 치료가 어렵지 않은 질환이다). 그런 다음 강아지를 죽여 심장사상충을 연구소에 판다는 것이다. 우리는 베어드가 강아지를 죽여 뒷마당 구덩이에 묻는다는 소문을 입수했다. 그래서 스티브와 내가 그 구덩이를 찾아 나선 것이다. 강아지를 훔치거나 불법으로 구했다는 증거를 찾으면 사육장을 폐쇄시킬 수 있기 때문이다.

베어드의 사유지를 1시간 수색한 끝에 구덩이를 찾아냈다. 길이만 30미터가 넘고 폭 20미터, 깊이 20미터인 거대한 구덩이가 정말 거기 있었다. 쥐 죽은 듯 고요한 이곳에는 새조차 접근하려 하지 않았다. 조금 있으니 어떤 냄새가 코를 찔렀다. 썩은 냄새가 아주 진동을 하고 있었다. 구역질을 간신히 참으며 수술용 마스크를 끼고 구덩이를 들여다보았다. 구덩이 안에는 죽은 개들이 널려 있었고, 모기, 구더기가 들끓고 해골이 굴러다녔다. 시체는 배를 갈라 내장이 다 드러난 상태였다. 이렇게 끔찍한 광경은 생전 처음 봤다.

"들어갑시다." 스티브가 그렇게 말하며 플라스틱 무전기 같은 작은 물건을 건넸다. "그걸로 개들 주변을 스캔해 봐요. 인식 칩이 있으면 신호가 날 겁니다. 그러면 어디서 훔쳐왔다는 뜻이에요."

강아지를 구하기 위해 구덩이로 뛰어들다

나는 발밑의 시체더미를 보고만 있었다. 내가 망설이는 걸 눈치챘는지 스티브가 말했다.

"이봐요, 지금 수사를 하겠다는 겁니까, 말겠다는 겁니까? 나무에 매달려서 모피 입은 할망구들한테 소리나 치고 싶으면 맘대로 하쇼. 하지만 진짜 제대로 된 방법으로 동물을 구하고 싶다면 구덩이에 들어가요."

숨을 크게 들이마시고 구덩이에 뛰어들었다. 악취 때문

에 골이 띵해졌고 온몸이 마비되는 기분이었다.

"빨리!" 혹시라도 사육장 직원이 나타날까 주위를 살피며 스티브가 작은 소리로 재촉했다. 대낮인 데다 아칸소 시골은 거의 모두가 총을 소지하는 곳이었기 때문이다.

스캐너 전원을 켜고 죽은 개들 위를 훑었다. 사방이 피로 물들어 있었다. 수술 장갑 수십 장이 휴지조각처럼 널려 있었다. 스티브는 눈에 불을 켜고 구덩이를 살폈다.

"저쪽에. 저게 뭐죠?"

스티브가 피 묻은 서류 한 뭉치를 가리켰다. 내가 유리병과 주삿바늘 더미를 밟고 넘어가 서류를 주머니에 넣었다.

"최대한 다 챙겨요. 인식표, 바늘, 뭐가 됐든…." 그러던 스티브가 말을 멈췄다. "이런, 썩을."

멀리서 웅웅거리는 소리가 들렸다. 구덩이 밖을 슬쩍 내다보니 자욱한 흙먼지가 보였다. 4륜 오토바이가 이쪽으로 오고 있었던 것이다. 내 눈에 운전자가 보인다면 운전자 눈에도 우리가 보인다는 것이다.

"빨리 나와요. 일단 뭐든 들고요." 스티브가 외쳤다.

손에 잡히는 대로 증거를 모으고 구덩이를 뛰어나와 높은 수풀로 향했다. 오토바이가 구덩이 앞에 멈춰선 순간 가까스로 숲에 몸을 숨겼다. 나뭇가지를 피하고 가시덤불을 뛰어넘으며 전력질주를 한 끝에 우리는 무사히 차에 도착했다. "밟아요." 운전석으로 뛰어 오른 내게 스티브가 말했다.

호텔방에 돌아와 내가 발목에서 진드기를 떼어내는 동안 스티브는 증거물을 조사했다. 상황이 좋지는 않았다. 베어드가 개를 훔쳤다는 증거는 하나도 없었기 때문이다. 솔직히 말해 베어드가 법을 어겼다는 사실을 증명할 길이 없었다.

수사의 단서를 찾다

스티브는 내가 구덩이에서 들고 나온 꾸깃꾸깃한 서류들을 보고 있었다.

"잠깐, 이거 좀 봐요. 수상하지 않아요?"

나도 가서 서류를 살펴봤다. 농무부 공인 주(州)간 동물 건강검진서였다. 강아지를 다른 주 연구소로 보내려면 수의사에게 그 강아지가 건강하다는 확인서를 받아야 했다. 이 원칙대로라면 베어드는 수의사를 고용하고 매년 수천 마리를 하나하나 검사한 다음 판매해야 한다.

"서명 부분을 봐요. 다 수의사 한 명이 사인했어요. 잉크도 같고, 날짜도 같고. 수의사 하나가 개들을 일일이 다 검사하는 건 불가능해요. 뻔하지. 수의사가 내용 없는 주간 검진서에 일괄 서명을 하고 베어드가 나중에 정보를 입력한 거예요. 이건 사기 중죄입니다."

스티브가 말했다.

"그럼 다 잡은 거네요!"

스티브는 고개를 저었다. "아니, 증거가 더 필요해요." 그러더니 나를 보며 씩 웃었다. "잠입 수사 해볼래요?"

한 달 후, 나는 노스캐롤라이나 집을 떠나 미시시피주 리플리에 도착했다. 인구 5,500명에 패스트푸드점, 트레일러촌이 넘쳐나는 곳이었다. 리플리에는 매월 첫째 주 월요일마다 장터가 열렸다. 이 '월요 시장'은 미국에서 가장 오래된 야외 벼룩시장 행사였다. 장사꾼들은 한 달에 한 번씩 리플리로 모여들었다. 가장 많은 상품은 동물이었지만 자동차, 전자기기를 비롯해 없는 게 없었다. 강아지, 고양이, 새 수천 마리가 CC 베어드 같은 B급 딜러에게 헐값에 팔렸다. 베어드는 매월 10달러 뭉치를 들고 트럭으로 아칸소 경계를 넘었다. 강아지 한 마리의 시세가 10달러였다. 베어드에게 강아지를 파는 사람은 대부분 형편이 어려워 반려견을 더 이상 돌보기 힘든 주인들이었다. 하지만 매번 멀끔한 강아지를 수십 마리 데려 오는 사람도 있었다. 어디서 훔쳐 온 게 분명했다. 베어드는 그런 강아지를 보면 묻지도 않고 샀다.

베어드는 아칸소에서 목사로도 활동하고 있었다. 그래서 나는 기독교의 박애 정신을 이용하기 위해서 일부러 몸을 더럽히고 허름한 옷을 입었다. 벼룩시장이 열리자 여기저기 돌아다니며 노숙자인데 일자리 좀 달라고 말하고 다녔다. 운이 좋으면 베어드가 나를 아칸소로 데려가 일을 시켜주지 않을까? 굴욕적이었지만 개들을 구할 수 있다면 이 정도는 참아야 했다. 사람들은 의외로 친절해서 내게 통조림과 옷가지를 가져다주었다. 그러다 베어드의 아내 패치를 발견했다.

"여기가 무슨 자선 단체인 줄 아나. 저리 가요."

패치가 말했다.

"저는 일자리만 있으면 됩니다, 사모님. 사장님 밑에서 일하게 해주세요. 저 개들 잘 다뤄요."

"가라고 했죠?" 패치는 성을 내고 돌아섰다. 잠입 수사를 하려던 첫 번째 시도는 그렇게 수포로 돌아갔다. 조용히 시장을 나와 오후 늦게 스티브와 다시 만났다.

"베어드 봤어요?" 스티브가 물었다.

"아니요, 부인만요."

"좋아요. 다시 하면 되죠. 아칸소로 가서 사육장에 취직해요."

다 그만두고 싶은 심정이었다. 그 자를 잡으려고 목숨까지 걸었는데 성과가 전혀 없었고, 파산 직전인 LCA는 내게 보수를 지급할 상황도 아니었다. 그야말로 나는 빈털터리 신세였다. 하지만 벼룩시장에서 강아지들을 본 후로 마음이 너무 무거웠다. 지치고 겁에 질린 그 아이들이 앞으로 얼마나 처참한 운명을 맞을지 알았기 때문이다.

"알았어요. 한번 해볼게요." 내가 말했다.

몇 주 후, 나는 아칸소에서도 그나마 임대료가 가장 저렴한 시골 마을로 향했다. 거기서 곰팡이와 담배 냄새에 찌든 낡은 트레일러를 빌렸다. 가장 먼저 그럴싸한 사연을 꾸며내야 했다. 오자크산에 붙은 아칸소주 윌리포드는 인구가 겨우 100명인 마을이었다. 이유 없이 그런 곳에 오는 사람은 없었다. 나는 근처 맥도날드에서 햄버거 패티를 뒤집는 일을 시작하고 나의 사연을 퍼뜨렸다. 텍사스에서 법적인 문제에 꼬였고 당분간 조용히 몸을 숨기며 일을 하고 싶어 여기로 왔다고… 두루뭉술했지만 이곳처럼 마약과 가난이

지배하는 동네에서는 설득력 있는 이야기였다. 사람들은 고개를 끄덕이고 더 이상 캐묻지 않았다.

가짜 취업에 성공하다

처음 몇 주는 분위기만 살폈고, 동네 교회에도 나갔다. 베어드가 사육장 근처에 있는 교회 목사라는 사실을 알았기 때문이다. 사람들에게는 맥도날드 말고도 일을 하나 더 했으면 좋겠다고 말하고 다녔다. 개 사육장에서 일한 적 있다는 말도 지나가듯 흘렸다. 그게 먹혀들었다. "아!" 부츠 가게 여사장님이 말했다. "내가 베어드 씨 소개해주면 되겠네. 그분이 마틴크리크켄넬 주인이거든."

첫 만남에 베어드는 인상을 찌푸리며 나를 위아래로 뜯어보았다. 혹시 미시시피에서 봤던 걸 기억했나? 순간 철렁했다. 만약 베어드가 기억하고 있다면 내가 지어낸 이야기는 무너지고 말 것이다. 삭발을 했지만 인상을 바꾸는 데는 한계가 있다. 하지만 베어드는 하품을 하고 내게 악수를 청했다.

"경력이 어떻게 되나?" 베어드가 물었다.

철저하게 준비한 이야기를 읊으면서도 조금은 겁이 났다. 몇 주째 오늘이 오기만을 기다렸는데 기회를 날려버리면 어쩌지.

베어드는 내 말을 잘랐다. "됐고, 지금 솔직히 말하지. 혹시 잠입 수사 중인가? PETAPeople for the Ethical Treatment of Animals(동물을 윤리적으로 대우하는 사람들이라는 뜻의 세계적인 동물보호 단체 – 옮긴이) 사람 아니야?"

눈을 멀뚱멀뚱 깜박이고 태연하게 대답했다. "어, 아니요. 피타가 뭔데요?"

베어드는 껄껄 웃고 내 어깨를 두드렸다. "몰라도 되네. 쓸 만해 보이는구먼. 원래 이 마을 출신이 아니면 직원으로 쓰지 않는데 뭐, 일손이 부족하니까."

"저는 조용히 몸을 피해 있고 싶을 뿐입니다, 사장님. 개에 대해서도 잘 알고요." 내 이야기에 속아 넘어간 베어드는 내일 아침부터 출근하라고 했다. 채용이 된 것이다.

그날 오후 맥도날드를 그만두고 우체국에 들러 스티브가 보낸 택배 상자를 찾았다. 스티브는 LCA의 남은 예산을 탈탈 털어 '스파이'용 카메라를 사서 보냈다. 마이크가 내장된 소형 캠코더는 부피가 있고 영상 화질도 별로였지만 어떻게든 써보기로 했다.

추운 새벽에 트레일러를 나와 베어드의 사육장으로 차를 몰았다. 나를 보고 강아지 한 마리가 짖기 시작하더니 이어 수십, 수백 마리가 이게 얼마 만에 보는 사람이냐는 것처럼 컹컹— 짖어댔다. 다른 직원은 내게 일하는 요령을 가르쳐주었다. 나는 '호스'를 맡게 되었다. 사육장을 청소하고 동물들에게 밥을 주는 역할로 다들 기피하는 일이었다. 하지만 나의 본업은 비밀리에 정보를 수집하는 것이었다. 우선은 마틴크리크켄넬에서 동물학대가 비일비재하다는 사실을 증명해야 했다. 그런 다음에는 베어드가 주간 동물 건강검진서를 위조했다는 사기 중죄를 입증해야 했다. 내가 구덩이에서 발견한 서류 말이다. 양심 없는 수의사가 무슨 백지수표인 것처럼 서명한 빈 문서를 찾아야 했다. 그건 베어드가 연방법을 어기고 실제로는 개들을 수의사에게 보이지 않았다는 증거였다.

첫 번째 목표는 오래 걸리지 않았다. 거기서는 케이지 하나에 강아지 다섯 마리를 몰아넣고 돌아서면 없는 취급을 했다. 벼룩이나 상처가 있으면 대야에 살충제를 붓고 그 안에 담갔다. 아이들은 눈이 맵고 상처가 따가워 죽으려고 했다. 사료도 부족했고 뛰어다닐 공간도 없었다. 그러니 금세 따분해질 수밖에 없었다. 사회성이 부족한 동물들이 따분함을 느끼면 참사가 벌어질 것이다. 베어드의 사육장에 갇힌 강아지들은 서로 싸우고 귀를 잡아 뜯었다. 그러다 다쳐서 상처가 심하게 감염되어도 치료해주는 사람은 없었다. 가끔씩 직원들은 너무 '위험'하다 싶은 강아지를 케이지 밖으로 끌어내 22구경 라이플로 쏴 죽였다. 매주 10마리 정도가 밥이나 물이 부족해서, 병에 걸려서, 총에 맞아서, 다른 개들과 싸워서 같은 이유로 죽어 나갔다. 개가 죽으면 그냥 케이지에서 시체를 꺼내 내가 몇 달 전에 본 구덩이 같은 곳에 던졌고, 심장사상충이 있으면 연구소에 팔았다.

베어드가 고용한 직원 몇 명으로는 사육장 강아지들의 수를 감당하기 힘들었을 것이다. 매주 새로 들어오는 수만 100마리가 넘었기 때문이다. 사육장에서는 검사도 하지 않고 개들을 케이지에 쑤셔 넣었다. 번처를 통해 데려왔다지만 딱 봐도 온순하고 사람을 잘 따르는 게 대부분 최근까지 일반 가정에 있던 아이들이라는 것을 알 수 있었다. 훔친 강아지가 분명했다. 흔히 주인이 가르치는 명령도 곧잘 알아들었다. 혀로 핥고 내 무릎에 와서 앉으려는 아이들도 있었다. 마음 같아서는 예뻐해주고 싶었지만, 잠입 수사 중에는 무심하고 무뚝뚝한 시골 노동자 연기를 해야 했다. 강아지를 친구가 아닌 물건으로 보는 사람 말이다.

정체가 탄로날 것인가

근무 첫날에는 정체가 탄로 날 뻔한 해프닝도 있었다. 점심시간이 돼서 사육장으로 들어가는데 베어드의 아내 패치가 내 옆을 지나갔던 것이다. 패치는 나를 보고 멈춰 섰다. 겉모습을 바꾸려고 온갖 짓을 다했는데도 어떻게 알아본 것이다. 황급히 집으로 달려가는 패치를 보자 숨이 막혔다. 베어드가 어떻게 나올까? 별별 상상이 다 들었다. 사방에 총이 있는 곳이 아닌가. 그나마 가장 가까운 경찰서도 수 킬로미터 떨어져 있다. 혹시라도….

도망칠 새도 없이 CC 베어드가 집을 뛰쳐나와 나를 불렀다. "어이, 뭐 좀 물어보지. 미시시피 리플리에 간 적 있어?"

나는 이 일을 시작하면서부터 우둔하게 말하고 행동하는 기술을 터득했다. 잠입 수사를 하려면 반드시 길러야 할 능력이다. "음, 아니요. 거기가 어디예요?"

내가 바보처럼 천천히 말했다.

"집사람 말로 자네가 취직시켜달라고 접근했다는데. 노숙자처럼 보였다고. 텍사스에서 왔다고 했잖아." 베어드가 매서운 눈으로 나를 보았다. "무슨 운동단체 스파이인가 뭔가 하는 거라면 지금 고백하는 게 좋을 거야."

"무슨 말씀인지 모르겠어요, 베어드 사장님. 저는 일을 하고 돈을 받으려고 여기 온 거예요."

나의 얘기는 패치의 얘기와 완전히 달랐고, 베어드는 잠깐 더 나를 노려보더니 미소를 지었다. "쯧, 여자들이란. 별 희한한 상상을 한다니까."

베어드가 돌아서고 나서야 참았던 숨을 내쉬었다. 40년을 같이 산 아내보다 생판 남의 말을 더 믿다니. 베어드가 어떤 사람인지 알 것 같았다. 그 순간에는 위험을 모면했지만 앞으로 조심해야 했다. 베어드가 나를 주시할지도 모르기 때문이다.

싸구려 위장 캠코더도 영 도움이 되지 않았다. 하필 중요한 순간에 작동이 멈추고 이상한 소리를 내서 촬영을 망치기 일쑤였다. 학대 장면을 포착했다고 생각했는데 뭐가 뭔지 구분도 안 되는 영상이 찍힌 날도 있었다. 어떤 날은 영상이 거꾸로 뒤집히지를 않나, 어떤 날은 6시간 동안 내 속옷 다큐멘터리만 찍혀 있었다. 나는 매일 아침 일찍 일어나 촬영을 준비했다. 절연 테이프로 배터리 팩과 전선을 살에 붙이고 떨어지지 않게 청바지 두 벌을 겹쳐 입었다. 꼭 움파룸파(『찰리와 초콜릿 공장』에 나오는 난쟁이족—옮긴이)가 된 기분이었다. 한번은 주머니에 넣어둔 일회용 카메라의 플래시가 잘못 터져 들킬 뻔했고, 한번은 주머니에서 전선이 삐져나온 적도 있었다. 하지만 나는 포기하지 않았다. 매일 새로운 방법을 찾아 숙지했다.

증거를 찾기 위한 노력

아이들을 구하고 싶은 마음이 간절했다. 보듬어 안고 좋은 집을 찾아주고 싶었다. 하지만 그러려면 증거를 잡아야 했다. LCA의 제보를 받은 연방검찰청도 처음에는 반응이 미지근했지만 사건을 맡아주었다. 하지만 수개월 분량의 학대 증거가 더 필요하다고 했다. 그래서 나는 매일 위장 카메라를 몸에 붙이고 강아지들이 얻어맞고 차이고 굶는 모습을 지켜보았다. 할 게 없어서 자기들끼리 죽고 죽이는 모습을 보고만 있었다. 케이지에 갇혀 따분한 생활만 반복되니 싸움이 나는 것도 당연하다. 베어드는 겨우 몇 푼 벌자고 심장사상충에 걸린 개들을 총으로 쏴 죽였다. 그런 아이들은 차라리 운이 좋은 편이었다. 베어드의 사육장에서 살아남은 강아지들은 연구소로 팔려갔기 때문이다. 거기서 상상조차 하지 못한 공포를 경험해야 했다. 순종, 잡종, 대형견, 소형견을 가리지 않았다. 전부 베어드의 사육장을 거쳐 대학 연구소, 화장품회사, 대형 제약회사로 팔려갔다.

한 마리, 한 마리에 너무 정을 주지 않으려고 노력했다. 스티브가 경고하기를, 개들을 불쌍히 여기는 행동 하나만으로 정체가 들통 날 수 있다고 했다. 베어드는 동물보호가에 대한 경계가 유독 심했다. 거기다 베어드의 아내는 첫날부터 나를 의심했다. 배고파하는 아이에게 사료 몇 줌을 슬쩍 얹어주는 모습을 들킬 수는 없었다. 그렇게 나는 매일 자제력을 시험받았다. 하지만 레벨이라는 비글을 봤을 때는 정말 수사 자체를 포기할 뻔했다.

레벨은 1~2살 정도였고 몸집이 작았다. 아마 5~5.5킬로그램쯤 몸무게가 나갈 것 같았다. 내가 레벨, 그러니까 '반항아'라는 이름을 붙여준 이유는 아이가 사육장 규칙을 절대 따르지 않았기 때문이다. 레벨은 사육장 직원이 거칠게 대하면 물려고 했다. 으르렁거리고 짖고 탈출하려 했다. 내가 우리를 청소할 때도 호스를 공격했다. 레벨은 자기 운명을 알고 그걸 바꿀 작정인 것만 같았다. 직원들이 주먹으로 때리고 발로 찰 때마다 레벨의 의지는 더 강해지는 듯했다.

어느 날, 한 직원이 레벨의 대변을 긁어모으고 있었다. 이유를 묻자 이렇게 대답했다. "촌충이 있어서요."

"약을 줘야 하나요?" 내가 물었다.

"무슨, CC가 연구소에 파는 거예요. 그냥 신경 꺼요."

돌아보니 레벨은 씩씩거리며 마치 울타리의 허술한 부분을 찾는 것처럼 우리 안을 돌아다니고 있었다. 촌충은 씹는 알약 하나만 먹으면 말끔히 낫는 병이다. 하지만 치료하지 않고 두면 고통스럽고 몸에 영양이 다 빠진다. 마틴크리크켄넬 같은 곳에서는 그러다 죽을 수도 있었다. 하지만 베어드는 레벨 같은 아이들을 치료하기보다는 변을 팔아 몇 달러 챙기는 쪽을 선택했다.

레벨의 목숨이 위태롭다

레벨의 상태는 점점 나빠졌다. 매일 호스로 우리를 청소하러 들어올 때마다 갈비뼈가 하나씩 더 드러나 보였다. 여전히 덤빌 테면 덤벼보라는 듯 이리저리 돌아다녔지만 분명 약해지고 있었다. 짖어도 힘없고 쉰 소리가 났고 언제부턴가는 아예 짖지도 않았다. 레벨을 도와주고 싶어 미칠 것 같았다. 매일 생각했다. '지금이라도 동물병원에 데려갈 수 있어.' 하지만 스티브가 한 말이 있었다. "비밀 수사관이라

는 걸 잊으면 안 됩니다. 첫째도 사건, 둘째도 사건이에요. 지금 한 마리를 구하느냐, 나중에 천 마리를 구하느냐 하는 문제라고요." 레벨을 살리려다 정체가 발각나면 베어드를 공격할 증거를 잡지 못한다. 그래서 나는 눈물을 머금고 아무것도 하지 않기로 결심했다. 레벨이 점점 마르고 약해져도 그냥 가만히 있었다. 직원이 촌충으로 우글거리는 변을 모으고 있어도 보고만 있었다. 나중에 가니 레벨은 내가 우리에 들어가도 몸을 일으키지 않았다. 날카로운 눈으로 쳐다볼 뿐이었다. 몸은 죽어가도 눈빛만은 살아 있었던 것이다. 그러다 2월 3일 아침, 나는 나무케이지 안에 죽어 있는 레벨을 발견하게 되었다. 과거의 자신이 살던 껍데기만 남기고 레벨은 그렇게 떠났다. 보고서에는 농무부 인식 번호인 35,330번으로만 언급해야 했던 녀석. 하지만 내 마음속에서만큼은 죽을 때까지 레벨로 남을 것이다.

쉬는 날이면 연방검사를 만나 수사 내용을 점검했다. 학대를 증명하는 영상은 충분히 확보했지만 검사는 빈 건강검진서가 필요하다고 했다. 그건 베어드가 사기를 쳐서 다른 주에 개들을 팔고 있다는 증거였다. 동물학대죄는 벌금을 물리는 정도로 끝나지만 사기 중죄로는 영업장을 폐쇄할 수도 있다. 잘하면 교도소에 처넣을 수도 있다. 하지만 그 서류를 어디에 보관하는지 내가 어떻게 알 수 있을까? 베어드는 사육장이 있는 자기 땅에서 가족과 함께 살았다. 무턱대고 집에 들어가 수색할 수는 없는 노릇이었다.

기회는 수사를 시작하고 4개월 만에 찾아왔다. 베어드 부부가 손자손녀를 보러 며칠 집을 비운 것이다. 다음 날, 일찍 출근해 집 안에 진흙 발자국을 남기지 않게 신발에 비닐 지퍼백을 씌웠다. 뒷문으로 잽싸게 들어와 베어드의 사무실을 찾았다. 책상에 쌓인 서류 더미를 다 뒤졌다. 그러다 패치의 책상 서랍에서 농무부 서류 한 뭉치를 발견했다. 수의사가 미리 서명한 것만 빼면 완벽한 새 문서였다. 드디어 증거를 잡은 것이다. 나는 얼른 사진을 찍고 사육장을 떠났다.

연방검찰청으로 달려간 나는 승전하고 온 전쟁 영웅처럼 검사 사무실에 입성했다. 승리감에 도취된 스물세 살 청년은 검사가 그날 당장 검거팀을 꾸릴 줄 알았다. 하지만 웬걸, 검찰은 6개월 후에야 움직였다. 연방수사관들이 마틴 크리크켄넬을 급습해 굶주리고 사람한테 맞아 치료가 시급한 강아지 125마리를 구했지만, 베어드는 농무부 면허를 지켰다. 사기 수사가 진행되는 중에도 개들을 사들이고 연구소에 팔 수 있었다.

또 1년이 지났다. 번처들에 위장 접근한 LCA는 가정견을 주기적으로 훔쳐 베어드에게 팔았다는 답을 받아냈다. 베어드는 묻지도 않고 값을 지불했다. 베어드가 사업을 계속하고 있다는 사실에 나는 밤잠을 설쳐야 했다. 여전히 훔친 개들을 고문하고 총으로 쏘고 제약회사와 화장품회사 연구소로 팔아넘기고 있었다. 125마리는 연방수사관들이 구조기관으로 보냈다지만 베어드의 불법 행위에 희생된 수천 마리 다른 강아지들은 어떻게 해야 할까?

이후로 수없이 목격한 현실이지만 동물학대 사건은 기소가 거의 불가능했다. 연방검사는 그보다 중요한 살인과 마약 사건만으로도 바빴다. 그래서 나는 베어드 사건이 조금씩 진행되는 동안 인내심을 갖고 기다려야 했다. 몇 주에 한 번씩 전화해 상황을 확인했고 늘 똑같은 답변을 받았다. "현재 수사 진행 중입니다." 하지만 희망은 있었다. 이 사건에 가능성이 없다면 연방검찰청은 우리와 협조하지 않았을 것이다.

2년 만에 이루어진 것들

내가 잠입 수사를 한 지 2년 만에 연방정부가 드디어 CC 베어드를 사기 중죄 혐의로 기소했다. 농무부 면허가 날아갔고, 사육장은 사실상 폐업 처리되었다. 연방수사관들은 대규모 단속으로 베어드의 사육장에 있던 강아지 600여 마리를 꺼내 구조단체로 보냈다. 그중에는 아칸소 리틀록에 있는 독스온리DogsOnly처럼 100퍼센트 자원봉사로 운영되는 곳도 있었다. 베어드와 가족은 앞으로 평생 사육장을 운영하지 못하게 되었고 땅 85만 평을 팔아야 했다. 농무부 동물복지법을 위반한 벌금은 26만 7,000달러였다. 당시 기준으로 역대 최고 금액이었다.

하지만 아이들은 어떻게 되었을까? 전국 곳곳에서 훔쳐온 가정견들에 주인을 찾아줄 방법은 없었다. 아예 길에서 태어난 떠돌이 개들도 있었다. 그래서 LCA와 독스온리는 리틀록 공원에서 구출견 축제를 크게 열어보기로 했다. 자원봉사팀이 강아지들 사진을 찍어 인터넷에 올렸다. 베어드가 유죄 판결을 받았다는 뉴스가 나가자 강아지를 입양하겠다는 사람이 전국 각지에서 리틀록으로 쏟아졌다. 버몬트에서 온 채식주의 운동가들이 공화당을 지지하는 사냥

꾼들과 한데 어울렸고, 무신론자와 독실한 기독교인이 배변 훈련 팁을 주고받았다. 평소라면 서로를 혐오했을 사람들이 학대당한 동물들에게 집을 찾아주자는 하나의 목표로 단결한 것이다.

저스티스, 조지아, 빙고는 따뜻한 가정을 찾았다. 검은 래브라도 믹스인 저스티스는 사람을 극도로 두려워해 새 집에 가자마자 침대 아래 숨었지만 새 주인의 관심과 인내심 덕분에 귀엽고 착하고 다정한 친구로 변신했다. 비글인 조지아는 어찌나 겁이 많은지 사람 목소리만 들어도 벌벌 떨고 다리 사이에 꼬리를 숨기기 바빴다. 그런 조지아도 관심과 애정을 아낌없이 쏟자 애교쟁이로 탈바꿈했다. 미모와 사교성은 나날이 빛이 났다. 검은 셰퍼드 믹스인 빙고는 무섭고 공격적으로 보이는 강아지였다. 하지만 구출자 말에 따르면 '점잖고 똑똑하고 충직하고 사랑이 넘치고 아주 깜찍한' 강아지가 되었다고 한다.

나는 지금도 비글 레벨을 생각한다. 레벨이 점점 약해지다 죽음을 맞은 영상은 베어드의 죄를 입증하는 핵심 증거가 되었다. 비록 나는 레벨을 구하지 못했지만 레벨은 사육장에서 구출된 수백 마리 다른 강아지들을 구한 것이다. 아까운 생명이었지만 레벨의 죽음은 결코 헛되지 않았다.

미국 반려견 도매상 수사기를 보여주는

완벽한 강아지

미국 개농장 산업의 중심지가 되는 도시

미주리주 굿맨은 지도상 점 하나 크기밖에 안 되는 작은 도시이다. 오자크산 북쪽으로 1.5킬로미터에서 미주리 남서쪽 끄트머리에 걸친 이 도시의 인구는 1,000명도 되지 않았다. 토네이도가 트레일러촌을 할퀴고 지나간 후 지역 뉴스에서나 간간이 언급되는 곳이었다. 하지만 세상에 알려지지 않은 사실이 하나 있다. 면적이 3.4제곱킬로미터에 불과한 이 도시가 미국 개농장 산업의 중심지라는 것이다.

베어드 사건을 마무리하고 1년쯤 지난 어느 날, 현장 업무 시간을 최대한으로 늘리고 싶다는 생각이 들었다. 함께 일했던 스티브 개릿이 더 많은 사건을 맡기 위해 LCA를 떠나 사설 수사관으로 혼자 일하기 시작했기 때문이다. 어디에 구속되지 않고 의뢰인을 받으며 일하는 모습이 좋아 보였다. 나도 그런 식으로 동물보호운동을 하고 싶었다. 번잡한 절차는 집어치우고 현장에 집중하고 싶었지만, 의뢰인을 찾기란 쉽지 않았다. 링크드인LinkedIn(구인구직 서비스를 제공하는 SNS－옮긴이) 프로필에 '프리랜서 개농장 잠입 수사관'이라고 쓸 수 있을까? 내가 어떤 일을 하는지 이해하는 사람도 몇 명 없었다. 그러다 우연히 한 친구에게서 반려동물보호협회Companion Animal Protection Society, 일명 CAPS라는 비영리단체 이야기를 들었다. 주로 개농장 반대 운동을 벌이는 곳이라고 했다. 알아보니 CAPS는 개농장 수사 경험이 다른 곳보다 월등히 많지만 베어드 사건을 진행한 LCA처럼 소속 직원에게 수사를 맡기지는 않았기 때문에 내게는 기회였다.

1인 사업자로서 새로운 '회사'의 이름이 필요했다. 전에 스티브가 자기 회사 이름 후보로 '포인트맨 인베스티게이션'을 언급했던 기억이 문득 떠올랐다. 공식적으로는 어디에도 쓰이지 않은 이름이라 내가 선수를 쳤다. 물론 스티브의 허락도 받았다. 그렇게 나는 포인트맨 인베스티게이션이라는 무허가 · 비등록 · 비공식 기업을 소유하게 되었다. 국세청 서류나 수표에는 쓰지 못할 이름이지만 뭔가 있어 보였다. CAPS도 함께 일하자는 제안을 받아들였다.

2000년대 초, CAPS는 여러 차례의 조사 끝에 한 회사가 전국의 브리더로부터 강아지를 대량으로 사들이는 정황을 포착했다. 펜실베이니아, 오클라호마, 텍사스의 개농장에서 아이들을 한가득 실은 트럭이 소도시 굿맨으로 향하고 있었다. 바로 그곳에 미국 최대 규모의 B급 중개인 업체인 헌트코퍼레이션이 있었기 때문이다. 헌트에 도착한 강아지들의 다음 행선지는 전국의 펫숍이었다. 미국 지도의 중심에서 몇백 킬로미터 반경 안에 들어가는 헌트의 입지는 매해 수천수만 마리를 전국의 펫숍에 공급하기에 최적이었다.

헌트가 잠입 수사 대상으로서 CAPS의 레이더망에 포착된 것은 2003년이다. 당시 헌트는 스티븐 킹 소설의 한 장면처럼 공동묘지에 강아지 시체 수백 킬로그램을 불법 유기했다가 주 조사관의 소환 명령을 받은 바 있다. 내가 개농장 수사에 평생을 바쳐도 폐업까지 가는 경우는 1만여 곳 중 소수일 것이다. 하지만 전국 개농장의 가장 큰 판매

처인 헌트를 공격한다면 산업 전체가 흔들리지 않을까?

새로운 도전을 하다

나는 우선 헌트에 취직해야 했다.

이미 다른 동물보호단체의 수사를 차단한 전적이 있는 헌트는 수사관이 잠입하지 못하도록 늘 경계하고 있었다. 그러니 거처부터 신중하게 골라야 했다. 굿맨은 사람이 거주지로 선택할 법한 곳이 아니였다. 어쩔 수 없이 흘러들어오는 곳이라면 모를까. 나는 굿맨 북쪽으로 약 20분 거리에 있는, 아주 가깝지도 아주 멀지도 않은 네오쇼라는 작은 마을을 선택하고 복층집을 빌렸다. 겉모습만 복층집이었다. 한 층은 그나마 생활하기 괜찮았지만 다른 한 층에는 집주인이 낡은 가구와 건축 자재를 보관하고 있었다. 나는 더 형편없는 곳에서도 살아봤으니 당장 월세 계약을 했다. 집주인은 창고에 나의 산악용 자전거를 세워도 좋다고 했다. 자기가 소유한 외곽의 토지에서 오토바이를 마음껏 타라고도 했다. 나는 동네 시장으로 가서 기본적인 생활 살림을 장만했다. 낡은 의자, 소파, 카드게임용 테이블이 있으면 그

곳이 바로 나의 집이다.

다음 날, 푹푹 파인 흙길을 달려 굿맨으로 갔다. 중심가에는 침례교 교회가, 길 건너에는 라이벌인 삼위일체 오순절 교회가 있었다. 몇 블록 더 가면 말씀과 성령 부활교회도 있었다. 주류판매점, 메기와 BBQ 요리를 파는 레스토랑 '레드넥(교육 수준이 낮고 보수적인 미국 시골 사람을 비하하는 말-옮긴이)', 작은 잡화점까지 전형적인 시골 중서부 마을이었다. 하지만 곧 도착해서 본 헌트코퍼레이션의 풍경은 전혀 달랐다.

바다같이 넓은 콘크리트 땅위에 주택 30~40채는 합친 크기의 건물이 서 있었다. 케이지 안에서 깡깡— 짖어대는 강아지들을 태우고 들어오는 트럭과 밴의 행렬은 길었다. 이런 개농장은 본 적이 없었다. 보통은 농가의 헛간을 개조해 사용하고 한두 사람이 운영을 했다. 정규직이 아닌 파트타임 직원 한 명 정도 두고 있었다. 헌트 건물은 단 하나의 목적으로 설계된 것 같았다. 최대한 많은 강아지를 수용하고 운송한다는 목적이었다. 직원 수십 명이 분주하게 건물 안팎으로 케이지를 옮기고 있었다. 먼 곳의 영세한 브리더들도 갓 태어난 새끼를 데리고 왔다. 대부분 헌트가 강아지를 사주지 않으면 생계가 막막해질 사람들이었다.

물어물어 찾아간 인사과 사무실에서 푸근한 인상의 중년 여성에게 지원서를 받고 항목을 채우고 있자니 어쩐지 따가운 시선이 느껴졌다. 헌트는 최저임금(당시 5.15달러)을 지불하는 곳이었다. 외지인이 큰돈을 노리고 올 곳은 아니었다. 지역에서 가장 규모가 큰 회사로서 다른 데 취직하지 못한 인근 고등학교 졸업생을 주로 채용했다. 그래서 인사 담당자는 나를 의심했다.

"여기까지 와주셔서 고맙습니다." 말투는 다정했다. "지금은 직원을 뽑지 않지만 자리가 나면 연락드릴게요."

고속도로로 나오자마자 CAPS의 데버라 대표에게 전화했다. "힘들겠어요. 아무래도 저를 뽑아줄 것 같지 않아요."

"계속 시도해봐요." 데버라는 말했다. "걱정할 게 뭐 있어요. 사람 다루는 솜씨 좋잖아요."

틀린 말은 아니었다. 내게는 남이 나를 믿게 만드는 능력이 있었다. 그것은 유능한 잠입 수사관이라면 꼭 갖춰야 할 자질이었다. 설득력 있는 거짓말의 핵심은 말이 아니다. 말 외의 요소도 작용한다. 미주리 시골 마을에 있는 개농장에서 최저임금을 받고 일하겠다는 24살 청년의 경우에는 취업길이 꽉 막혀 있었다. 범법 행위도 몇 번 하고, 마약에도 손을 대고, 교도소에서도 잠깐 살다 나오고… 이런 거짓말이 먹히려면 말을 하지 않고도 불우한 과거를 암시하는 힌트를 줘야 한다.

그래, 도전해보자. 나는 결심하고 헌트로 트럭을 돌렸다.

내가 사무실에 들어가자 인사 담당자는 인상부터 찌푸렸다. 하지만 나는 의도적으로 절박한 말투를 꾸미고 말했다. "부탁드려요. 지금 사람 안 뽑으신다는 거 알아요. 제가 경력이 있는 것도 아니고요." 한두 번 말을 더듬고 사무실 내부를 초조하게 둘러봤다. 키보드 옆에 '신디'라는 명패가 보였다. 심호흡을 하고 인사 담당자의 눈을 똑바로 마주쳤다. "신디 선생님. 저기, 지금은 직원을 안 뽑는다고 하셨지만 제가 정말 열심히 일하는 사람이라는 말씀을 꼭 드리고 싶어서 다시 왔어요. 사실 요즘 많이 힘들거든요. 그래서 이 일을 꼭 해야 해요. 절대 지각하지 않을게요. 술 먹고 출근하지도 않을 거고요. 지원서 받아주셔서 감사합니다, 선생님."

신디는 잠시 나를 말없이 보기만 했다. 그러더니 따스하게 미소를 지었다. 그 순간 느꼈다. 통했구나. 굿맨은 인구의 20퍼센트가 극빈층에 해당하는 도시이다. 메스암페타민 중독자 수는 나날이 급증하는 추세고 모든 주민이 소외 계층으로 살아가고 있다. 내가 말을 하지 않아도 신디는 속사정을 짐작할 수 있었을 것이다. 신디가 나를 믿은 이유는 그런 사람을 너무도 잘 알았기 때문이다. 아마 처지가 비슷한 남동생이 있었을 것이다. 나 같은 조카, 심지어 아들이 있었을지도 모른다. 우리만 아는 비밀이었지만 신디는 내게 두 번째 기회가 필요하다고 생각한 것이다. 양심이 찔렸다. 신디는 착한 사람이었다. 아무 조건 없이 나를 도우려 했다. 하지만 나는 굿맨에 만연한 문제가 있는 척, 약자인 척하는 연기로 신디의 환심을 샀다. 아무리 강아지를 구하러 왔다고 하지만 착한 사람을 속여도 되는 걸까? 하지만 다른 방법이 없었다.

신디가 매니저를 불렀다. "이 친구 좀 안내해줘요." 매니저 스테퍼니는 회사의 역사부터 간략히 설명해줬다. 1991년, 앤드루 헌트라는 사업가가 선다우너켄넬을 인수해 헌트코퍼레이션으로 사명을 바꿨다. 2000년대 중반 무렵, 헌트의 직원은 250명을 넘고 수익은 35배로 뛰었다. 건물을 2,200평 이상으로 확장했고, 현재는 3,800평까지 확장하는 공사가 진행 중이었다. 공간을 최대한으로 넓혀야 했다. 산처럼 쌓인 케이지에 들어가 있는 강아지가 약 3,000마리나 됐기 때문이다. 대부분 며칠 안에 전국의 펫숍으로 가지만 그러고 나면 더 많은 수가 들어왔다.

살다 살다 이런 광경은 처음이었다. 목을 아무리 꺾어도 끝이 보이지 않았다. 그런 케이지 탑이 『인디아나 존스』 시리즈 1편에 나오는 창고처럼 몇 줄, 몇 단씩 있었다. 하지만 가장 기억에 남는 것은 강아지가 짖는 소리였다. 3,000마리가 울고, 짖고, 조르고, 악을 쓰는 소리가 1초도 쉬지 않고 들렸다. 아이들의 합창 소리는 창고 벽에 부딪혀 지붕을 넘고 비닐 장판 바닥에 반사되어 귀에 꽂혔다. 나를 안내하던 스테퍼니도 덩달아 고래고래 소리를 질렀다.

"하다 보면 익숙해져요." 큰소리로 외치는 스테퍼니의 말투는 쾌활했다. 하지만 나는 이렇게 생각했다. 하다 보면 귀가 머는 게 아니고?

놀랐던 점은 또 있었다. 헌트의 시설은 의외로 깨끗했다. 그때까지 본 개농장은 대개 더러웠는데 말이다. 케이지는 똥 범벅이고, 얼룩덜룩한 축사 벽은 다 갈라졌고, 밥그릇은 진흙으로 뒤덮여 있고, 아이들은 평생 목욕이 뭔지도 모르고 털이 엉킨 채로 돌아다녔다. 하지만 헌트는 청소부가 통로 사이를 돌아다니며 똥을 치우고 물을 갈아주고 밥그릇을 소독했다. 천장에서는 초대형 환풍기가 돌아갔다. 강아지 3,000마리를 수용하는 곳치고는 냄새도 좋았다.

스테퍼니를 따라 좁은 대기실로 들어가니 브리더들이 초조한 기색으로 앉아 있었다. 오전에 트럭으로 도착한 강아지는 헌트코퍼레이션 수의사들의 진찰을 받고 해당 품종의 모습과 부합하지 않을 경우 매입 불가 판정을 받았다. 수의사의 판단에 그 달치 자동차 할부금이나 주택 대출금이 걸려 있었다. 근처에서도 오지만 일부는 펜실베이니아 같이 먼 곳에서 강아지를 태우고 왔다. 영세한 브리더에게는 한 해의 성공과 실패가 갈리는 순간이었다.

잠입 수사관이 동료 직원의 신뢰를 얻는 비결은 공통 관심사이다. 스포츠, 텔레비전 방송, 정치 뭐든 좋다. 그동안 개농장에 잠입할 때는 노동자 말투를 연습하고 댈러스 카우보이스(미국의 프로 미식축구팀－옮긴이)의 역사를 머리에 넣었다. 하지만 헌트코퍼레이션은 특별했다. 거의 모든 직원이 굿맨 출신이었다. 같은 고등학교를 나오고, 같은 술집을 다니고, 같은 문제에 휘말렸다. 어린 시절부터 이어진 끈끈한 우정은 그럴듯한 거짓말 따위로 꾸밀 수 없었다. 그런데 웬 외지인이 마을에 불쑥 나타나 맥도날드 햄버거 패티를 뒤집는 일만큼이나 별 볼일 없는 일을 시켜달라고 조른

것일까. 고개를 돌릴 때마다 열아홉, 스물쯤 된 직원들의 시선이 느껴졌다. 아마 이런 생각들이었을 것이다. 저 놈은 대체 뭔 짓을 했길래 여기까지 온 거야?

게다가 직원 대부분이 사내 연애를 하거나 사내 부부로 함께 일하고 있었다. 이게 가장 큰 문제였다. 헌트는 대체로 남직원에게 청소를, 여직원에게 사육을 맡겼다. 사육 파트는 밥을 주고, 털을 손질하고, 케이지 카드를 작성하는 일 등을 한다. 강아지들이 어디서 왔고, 어떤 대우를 받고 있으며, 어디로 가게 되는지 판단하기 위해 이곳에 온 나는 사육 파트로 가고 싶다 요청했다. 그러자 남자 직원들이 나를 미워하기 시작했다. 낯선 외지인이 이제 자기네 아내나 애인까지 빼앗으려 한다고 생각한 것이다.

이전의 사건과 비교했을 때 특별히 더 위험한 것도 아닌데 헌트 사건은 유독 힘들었다. 마틴크리크켄넬에서는 출입 금지 구역에 몰래 들어가는 위험을 감수했었다. 하지만 헌트에서 가장 위험한 존재는 자신감 없는 여드름쟁이 청소년들이었다. 첩보 활동보다는 갈등을 정리하고 주변의 신뢰를 얻는 게 더 중요했다. 당시에는 그저 따분했지만 훗날 돌아보니 몇 주는 비밀 동물 수사관으로서 반드시 경험해야 할 시간이었다. 사람들과 잘 어울리는 것. 스파이의 능력이라기에는 섹시하지 않은가? 하지만 모든 잠입 수사관은 무리에 자연스럽게 녹아드는 기술을 연마해야 했다.

헌트는 온갖 견종을 다 사들였다. 그래서 여기 있는 동안 각 품종을 공부할 수 있었다. 수 세기 동안 이어진 동족번식의 결과로 순종 강아지는 품종별로 특정한 문제에 취약하다. 잉글리시 불도그 프렌치 불도그, 보스턴 테리어, 퍼그는 출생 직후에 눈꺼풀을 짧게 잘라줘야 한다는 것이다. 그렇게 하지 않으면 안구가 튀어나올 위험이 있었다. '태킹'이라고 해서 숨을 쉴 수 있도록 코도 잘라줘야 했다. 그레이트 데인, 핏불, 도베르만, 슈나우저 등 많은 견종은 단이ear cropping를 했다. 수술을 이용해 강아지의 귓바퀴를 더 '바람직한' 형태로 바꾸는 것이다. 굉장히 고통스럽기 때문에 일부 국가에서는 금지된 수술이지만 미국에서는 흔히 볼 수 있었다. 미국애견협회American Kennel Club에서 '품종의 특성을 정의하고 유지하며 건강을 증진하는 데 필수적으로 허용해야 할 시술'이라고 보기 때문이다. 소규모 브리더는 직접 강아지의 귀를 자르기도 했다. 그러다 끔찍한 감염을 일으켰다.

일하는 동안 강아지들이 어디서 오고 어디로 가는지 적힌 서류도 볼 수 있었다. 케이지마다 달린 카드에는 브리더의 이름, 품종 같은 정보뿐만 아니라 귀를 잘라야 한다거나 탈장 수술을 해야 한다는 수의사의 메모도 적혀 있었다. 나는 카드에 적힌 정보를 모조리 몰래 기록해 브리더의 이름, 주소, 농무부 면허 정보를 긴 목록으로 정리했다. 동료들이 담배를 피우러 나간 틈에는 서류를 사진으로 찍었다. 그 안에는 헌트와 거래하는 모든 펫숍의 상세한 정보가 있었다. 헌트는 구멍가게부터 펫랜드Petland 같은 대형 체인점까지 미국 전역에 새끼 강아지를 가장 많이 공급하는 곳이었다. 그 당시 미국 내 아무 펫숍이든 들어가서 보면 대부분 미주리주 굿맨 헌트코퍼레이션을 거쳐 온 강아지들이었다.

헌트에서 처음으로 사귄 친구는 로라였다. 사람이 워낙 온화해서인지 가장 예민한 아이들조차 로라가 곁에 있으면 진정했다. 비록 헌트라는 조직은 문제가 많았지만 로라 같은 사람이 있어 다행이었다. 강아지들의 삶을 조금이라도 더 편하게 해줄 수 있었기 때문이다. 소문에 의하면 로라는 가정폭력 피해자였다. 사람들이 다 반팔을 입을 때도 로라는 긴팔을 입었다. 경찰에 신고하도록 돕고 싶었지만 로라가 남편을 고발할 것 같지는 않았다.

직원 중에는 스테퍼니의 딸 어맨다도 있었다. 어맨다는 열여덟 살로 얼마 전 딸을 낳고 청소부 맷과 결혼한 사이였다. 둘이 합쳐 시간당 겨우 12달러를 버는 부부는 이 도시 사람들이 다 그렇듯 생활고에 시달리고 있었다. 어맨다가 내게 반했다는 사실은 어렵지 않게 눈치챌 수 있었다.

미치고 팔짝 뛸 노릇이었다. 회사에서 나를 가정파탄범이라고 생각하면 어쩌지?

어맨다는 다른 직원들의 미움을 받고 있었다. 사육장 매니저인 엄마 덕에 일자리를 얻었기 때문이다. 어린 나이에 아기를 낳은 어맨다의 삶이 얼마나 팍팍한지 이해하려는 사람이 없었다. 그래서 어맨다에게 잘해줬던 게 실수였다.

친해지기 위한 피터의 노력

근무를 시작하고 몇 주가 지났을 때, 희한한 일이 생겼다. 케이지 카드를 준비하고 있는데 스테퍼니가 폴 리비어(미국 독립혁명 당시 영국군의 침공 소식을 전한 인물—옮긴이)처럼 창고로 뛰어 들어와 외치는 것이다. "농무부야! 농무부 떴어!" 농무부는 1년에 한 번씩 연방 정부의 허가를 받은 브리더와 중개인을 조사한다. 점검 대상을 무작위로 선정한다고 하지만 대다수 개농장은 사전에 귀띔을 받았다. 그래서 조사관이 도착하기 전에 문제를 덮을 수 있었다. 하지만 이번에는 헌트 측이 몰랐던 모양이다.

법대로라면 케이지 하나에 강아지가 최대 2마리밖에 들어가지 못한다. 하지만 헌트에서는 한 케이지에 5마리까지 욱여넣었다. "돌겠네." 스테퍼니가 말했다. "애들 당장 옮겨야 해. 농무부 사람은 내가 막아볼게." 스테퍼니가 서둘러 나가고 우리는 강아지 수백 마리를 케이지에서 꺼내는 작업에 착수했다. 직원들은 케이지에서 꺼낸 개들을 아무 복도에 두거나 조사관이 이미 살펴본 방에 집어넣었다. 건강한 아이와 아픈 아이가 섞이든 말든 신경 쓰지 않았다. 조사관이 자리를 옮기면 스테퍼니가 주의를 끄는 사이 강아지들을 원래 케이지에 넣었다. 강아지용 의자 뺏기 게임도 아니고 정말 해괴한 광경이었다.

그때까지 헌트코러페이션에 불법 행위는 딱히 눈에 띄지 않았다. 청결하고 관리 상태도 좋았다. 하지만 그런 행동은 분명히 뭔가 있다는 뜻이었다.

다음 목표는 수의사에 접근하는 거였다. 헌트의 수의사들은 온종일 진료실에 박혀서 브리더가 데려온 강아지를 살피고 일주일에 한 번씩은 펫숍으로 가게 될 강아지를 검진했다. 매주 3,000마리를 보고 일반 대중에 팔 수 있음을 확인하는 건강검진서 CVI에 일일이 서명을 하는데 막상 그 일을 하는 수의사는 몇 명뿐이었다. 게다가 1,000마리 가까이 되는 강아지가 항상 따로 격리되어 있다는 점도 수상했다. 매니저는 이유를 함구했지만 나는 그 아이들의 건강에 심각한 문제가 있다고 추측했다. 병든 강아지는 흔히 볼 수 있었다. 하지만 전체의 3분의 1을 영구 격리하고 있다? 이건 결코 정상이 아니였다.

헌트는 집착에 가까울 정도로 강아지와 케이지, 밥그릇을 청결하게 유지했다. 사실상 모든 공간에 소독제를 든 직원이 있었다. 청소 파트에 들어가면 수의사 주위를 맴돌며 그토록 많은 강아지가 지속적으로 아픈 이유를 알아낼 수 있지 않을까? 하지만 그러려면 다른 청소부들과 함께 일해야 했다. 내가 헌트코퍼레이션의 모든 여성과 사랑의 도피를 할 계획이라고 믿고 있는 사람들 말이다. 그 안에 들어가야 했다. 하지만 내가 말을 걸 때마다 돌아오는 것은 싸늘한 시선뿐이었다. 남자들은 입을 꾹 다물고 마땅치 않다는 소리를 냈다. 감정 표현을 자제하는 중서부 사람들다웠다. 상대를 죽일 만큼 혐오한다는 감정을 그나마 점잖게 표현한 것이다.

그래도 행운의 여신은 내 편이었다. 어느 날 아침 출근길에 잭이라는 청소부와 마주친 것이다. 잭도 산악용 오토바이가 있다고 했다. 그것은 기회였다.

"안녕하세요. 전에 들으니까 바이크 타신다면서요." 내가 말을 걸었다.

"뭐, 네. 그쪽도요?"

"그럼요. YZ250이요."

잭은 못 믿겠다는 눈으로 나를 보더니 주위를 살폈다. "진짜예요? 지금도 탄다고요?"

"당연하죠. 언제 같이 나가요. 근처에 좋은 트랙 있어요?"

잭이 머리를 긁적였다. "어, 괜찮은 곳이야 있죠. 점프대도 쓸 만하고."

"제가 실력은 아직 부족하지만 공중 도는 건 정말 좋아하거든요. 공중제비가 가능하면 어디든 좋아요. 혹시 달리고 싶으면 아무 때나 연락주세요."

다른 직원 몇 명이 재미있다는 표정으로 우리를 보고 있었다. 내가 고물 오토바이나 애들 바이크를 갖고 나타날 줄 알았던 것이다. 잭은 미소를 짓더니 내일 만나자고 했다. 그러고는 다른 직원들과 큰소리로 웃으며 사라졌다.

다음 날, 괜찮은 모터크로스 경주로를 기대하며 잭의 집으로 갔다. 6~18미터쯤 되는 2단 점프대도 있고…. 하지만

'경주로'의 정체는 과속방지턱 높이의 점프대가 있는 농장 들판이었다. 내가 케블라(질기고 충격에 강한 합성섬유–옮긴이) 소재의 바지, 패딩 셔츠, 방탄복, 라이딩부츠를 입고 헬멧으로 얼굴을 다 가리고 나타났을 때, 잭은 놀란 눈으로 나를 보았다. 잭의 낡은 청재킷과 앞이 뚫린 헬멧은 방과 후 롤러스케이트장에 더 어울렸다.

"세상에. 이렇게 모터크로스에 미친 사람은 또 처음 봤네!" 잭이 말했다.

잭에게는 잘해주기만 하면 됐다. 나의 바이크에 위화감을 느낄 사람은 아니었다. 본인이 레이싱 마니아는 아니었지만 내가 실제 경기인 것처럼 자기 경주로를 쓰는 모습을 보고 은근히 좋아하는 기색이었다. 다음 날, 잭은 동료들 앞에서 내가 바이크를 타는 모습을 묘사했다. 남자다움으로 점수를 땄는지 그때부터는 나도 대화에 낄 수 있었다. 그들은 인생, 가족, 걱정꺼리에 대해 이야기했다. 특히 열여덟 살 데이브와 친해졌다. 데이브드는 착한 아이였지만 가정 형편이 어려웠다. 강아지를 보살필 때는 늘 차분하고 다정한데 사람을 대할 때만큼은 분노를 쉽게 다스리지 못했다. 어느 날은 갑자기 출근을 하지 않았다. 나중에 들으니 화가 나서 주먹으로 벽을 쳤다가 손뼈가 부러졌다고 했다. 그 후로 데이브를 볼 수는 없었다.

탈출 전략을 세우다

오랫동안 잠입 수사를 해왔지만 사람이 어떻게 다른 사람을 믿게 되는지 볼 때마다 놀랐다. 말이나 행동이 전부가 아니었다. 신뢰는 서로 경험을 공유하고 조용한 순간을 함께 보내며 쌓는 감정이다. 헌트에서 매일 함께 일한 그 사람들은 동물 학대를 즐기는 사디스트가 아니었다. 고등학교를 갓 졸업하고 어떻게든 생계를 꾸리려 노력하는 아이들이었다. 헌트는 그들을 필요로 했다. 그곳에서는 없어서는 안 될 존재였다. 그러니 마다할 리가 있을까?

잭 무리와 친해진 후 드디어 청소 파트에 들어갈 수 있었다. 헌트는 강아지들이 머무는 모든 공간을 날마다 구석구석 청소했다. 수의사 진료실은 감염이 발생하지 않도록 청소할 때 각별히 더 신경 썼다. 모든 표면과 기구를 닦고 먼지 한 톨 남기지 않았다. 청소 파트 매니저인 톰은 말했다. "천장에서 바닥까지, 사면의 벽까지 전부 다 닦아야 해."

톰은 죽을 때까지 못 잊을 것 같았다. 블루칼라는 웬만해서 자기 일을 입에 올리지 않으려는 경향이 있다. 육체노동이 부끄럽다는 어리석은 생각 때문이다. 하지만 톰은 달랐다. 누가 어떤 일을 하느냐고 물으면 톰은 상대의 눈을 똑바로 보고 "청소합니다."라고 말했다. 톰은 지시를 내릴 때도 세세한 부분까지 설명했다. 훌륭한 리더였다. 부하들도 톰을 존경했고 강아지가 너무 많이 들어왔다거나 약품이 쏟아졌다거나 하는 예상 밖의 문제가 터져도 함께 문제를 해결할 수 있었다. 게다가 톰은 헌트에 유일한 흑인 직원이었다. 다른 시골 지역 개농장에서는 인종차별을 아무렇지 않게 하던데 여기서는 절대 톰을 그런 식으로 대우하지 않았다.

모든 청소부는 기름때 제거제, 용해제, 암모니아 용액, 구연산, 표백제 등등 각양각색의 청소 용액을 허리에 차고 다니며 조용히 자기가 맡은 일을 했다. 모든 공간에 약품을 뿌리고 빈틈없이 표면을 닦는 것이다. 몇 년이 지난 지금도 헌트의 조용한 노동 환경은 기억에 남아 있다. 천장부터 바닥까지, 사면의 벽까지 전부 닦는다. 잡담 금지, 농땡이 금지, 매일 정해진 일을 그냥 묵묵히 했다. 직원들은 하나같이 개인적인 문제(실패한 결혼, 나쁜 부모, 가난, 마약 중독 등)로 괴로워했지만 공과 사를 구분하고 자기 할 일을 해냈다. 변명의 여지는 없었다. 톰도 분노조절장애가 있다고 당당히 인정했다. 청소부들은 겨우 최저임금을 받으면서도 자부심을 갖고 일했다. 이런 곳은 흔치 않다.

청소부는 전국의 펫숍으로 가는 트럭에 강아지를 싣는 일도 담당했다. 시설을 떠나기 전, 강아지는 수의사 진료실 네 곳 중 하나에서 한 번 더 건강검진을 받았다. 이론대로라면 수의사는 모든 강아지의 CVI에 일일이 서명해야 했다. 연방법으로 정해진 규정이다. 하지만 나의 위장 카메라에 찍힌 영상을 보면 기껏해야 수의사 2명이 한 마리당 5초 안에 강아지를 검진하고 있었다. 다른 진료실을 차지한 것은 CVI를 작성하고 서명할 자격도 없는 청소부나 사육사였다. 수의사의 서명을 고무도장으로 찍고 있었던 것이다.

이건 명백한 불법이다. 하지만 문제는 또 있었다. 수의사는 아픈 강아지가 나오면 무조건 격리 병동에 집어넣었다. 기생충, 파보바이러스, 콕시듐, 기관지염, 심장사상충이 있어도, 다른 아이들에게 전염이 되건 말건 그냥 격리하고 항생제만 잔뜩 주입했다. 운 좋으면 살고, 운 나쁘면 죽는 것이었다.

무법천지와도 같은 헌트코퍼레이션의 상황을 파악하기까지는 무려 6개월이 걸렸다. 더는 견딜 수 없었다. 회사의 사기 행각을 폭로할 영상도 충분히 확보했다. 이제 여기서 나가야 했다. 나는 잠입 수사를 끝낼 때도 시작할 때처럼 빠르게 행동했다. 하루아침에 나타났다가 하루아침에 사라진다고 할까? 품위 있는 퇴장이 무슨 소용이 있을까? 하지만 이곳 굿맨 사람들을 생각하니 쉽게 발걸음이 떠나지 않았다. 헌트코퍼레이션 직원들은 악독하지 않았다. 대부분 강아지를 아끼고 소중하게 대하는 사람들이었다. 그들이 나를 믿어주었듯, 나도 그들을 믿게 되었다. 그런 사람들에 상처를 주고 싶지는 않았다.

헌트코퍼레이션은 강아지만큼이나 근로자도 착취하고 있었다. 수천 만 달러를 벌어들이는 회사에서 직원의 몫은 쥐꼬리만 한 임금이 전부였다. 소유주인 앤드루 헌트는 마을 외곽에 대문 달린 저택을 짓고 살았다. 『심슨 가족』에 나오는 번즈 사장처럼 말이다. 직원들은 사장의 지시로 주말마다 교회에 나가야 했다. 예배 중에 목사는 앤드루 헌트를 칭송하기 바빴다. 미주리 굿맨 사람들은 너그럽고 유복한 헌트 사장의 회사에서 일할 수 있으니까 행운아라고 했다. 목사가 매주 전하는 메시지는 아주 분명했다.

'너와 네 가족이 찢어지게 가난해도 괜찮다. 네가 빈손이어도 헌트 사장은 다 가질 수 있다. 그것이 하느님의 계획

이기 때문이다. 하느님은 그래도 너를 사랑하신다.'

나는 좋게 떠날 수 있는 이야기를 지어내기로 했다. 어머니 병환을 핑계로 2주 전에 퇴사를 통보했다. 병간호를 위해 노스캐롤라이나로 돌아가야 한다고. 나머지 가족은 마약 중독자라는 뉘앙스를 풍기며 집안의 건축 사업을 이어갈 사람이 나밖에 없다고 했다. 허점투성이인 이야기였지만 아무도 의심하지 않았다.

얼마 후 마지막 근무일이 왔다. 어맨다가 내게 다가와 지폐 뭉치가 담긴 플라스틱통을 내밀었다. 다 합쳐 200달러쯤 됐을 것이다. 자기들도 겨우 입에 풀칠하고 살면서 진심으로 나를 돕고 싶었던 것이다. 그날 오후 CAPS 변호사에게 전화를 걸어 이 돈을 어떻게 하면 좋을지 물어봤다. "글쎄요, 갖는다고 불법은 아닙니다." 변호사가 말했다. "하지만 윤리적으로는 파렴치한 행동이겠죠."

마을을 떠나는 날, 어맨다의 집에 들렀다. 그러고 보니 지난 몇 달 동안 가족도 알고 지낼 만큼 어맨다와 친해졌다. 내가 말을 꺼냈다. "저기, 이유를 말할 수는 없는데… 내게 이 돈은 필요 없어. 사실 우리 집은 부모님 돈으로 그럭저럭 먹고살 수 있거든. 하지만 여기 사람들은 다 혼자 생활하기도 빠듯하잖아. 이 돈은 돌려줄게. 받아줘. 어디 말하지 말고. 아니면 로라랑 나눠 가져도 되고. 로라도 요즘 힘들어 하더라."

다들 꾸깃꾸깃한 1달러, 5달러씩 내서 채운 플라스틱통이 왠지 처량해 보였다. 어맨다가 그 통을 들고 있는 모습을 보기가 힘들었다. 보통 사람에게 200달러는 크지 않은 돈이다. 하지만 이곳 굿맨에서는 200달러로 한 달 치 월세, 자동차 할부금을 낼 수 있었다. 빚쟁이의 밤늦은 독촉 전화에서도 잠시 벗어날 수 있었다. 육아에 시달리는 엄마는 그 돈으로 베이비시터를 고용하고 가장 근사한 동네 레스토랑에서 저녁을 즐길 수도 있었다.

그래서 어맨다도 거절하지 못했던 것이다. 열여덟 살에 무일푼으로 아이를 키우는 처지였으니까. 말없이 나를 바라보는 어맨다를 뒤로 하고 트럭으로 걸어갔다. 트럭이 모퉁이를 돌 때까지도 어맨다는 그 자리에 서 있었다. 하지만 차마 손을 흔들 수 없었다.

완벽한 강아지라는 허울

헌트코퍼레이션 수사가 끝나자 CAPS는 내가 찍어 온 영상을 온라인에 게시했다. 기세를 몰아 다른 동물보호단체도 독자적으로 헌트를 조사하기 시작했다. 몇 년 후, 미국휴메인소사이어티Humane Society of the United States는 20개 주에서 병든 강아지를 소비자에게 판 헌트코퍼레이션과 펫랜드를 상대로 집단 소송을 제기했다.

헌트에 대한 안 좋은 기사가 쏟아져 나왔고, 헌트가 아닌 다른 중개인을 찾는 펫숍의 수가 서서히, 하지만 확실하게 늘어났다. 잠입 수사를 마무리한 2005년만 해도 헌트에서 팔린 강아지는 8만 8,000마리 이상이었지만 3년 안에 수치는 7만 2,000마리까지 떨어졌다. 열렬한 동물보호운동 덕분에 전국에서 애완동물 시장 규모가 가장 큰 캘리포니아와 뉴욕에서도 헌트 같은 대형 B급 중개인의 강아지를 펫숍에서 팔지 못하게 하는 엄격한 규정을 도입했다. 헌트는 최근 브랜드 이미지를 바꾸고 있다. 요즘에는 초이스퍼피스라는 이름으로 운영 중이었다. 2015년에 그곳에서 판매된 강아지는 3만 4,000마리에 불과하다.

장기전으로 갈수록 헌트 같은 B급 중개인은 학대반대법과 동물구조운동을 이기지 못할 것이다. 이 싸움에 참전해 공을 세운 것은 내게도 영광이었다. 헌트코퍼레이션은 개농장 산업의 중심에 서 있었다. 미네소타주의 시골 개농장도 헌트를 통해 뉴욕 펫숍과 거래할 수 있었다. 그런데 강아지 상당수가 가게에 도착하면 아프기 시작했다. 헌트에 있을 때부터 아팠던 것인지 몰라도 대부분 병에 걸린 상태로 도착했다. 헌트는 펫숍에 팔기 적합할 정도로만 건강을 관리했고, 펫숍은 그런 강아지를 무작정 소비자에게 팔아넘겼다. 헌트는 최고의 브리더가 키운 강아지만을 공급한다고 했지만, 강아지의 상태를 봤을 때 그 약속은 진실이 아니었을 것이다. 이제는 헌트에 강아지를 공급했던 브리더를 찾아갈 차례였다. 헌트를 수사하며 수백 명의 명단을 확보했다. 이후 몇 년 동안 나는 명단에 있는 강아지 번식업계에서도 가장 더러운 밑바닥인 개농장을 최대한 많이 가보기로 했다.

사건을 진행하다 보면 잠깐 스쳐지나갔을 뿐이라도 뇌리에 박히는 강아지가 있다. 내가 구출한 아이도 있지만 그러지 못하는 경우가 더 많다. 나는 레벨, 스폿을 비롯해 이 책에 나오는 다른 강아지들을 통해 그때 경험을 기억한다. 하지만 헌트는 달랐다. 헌트는 매주 3,000마리가 잠시 머무르다 떠나는 곳이었다. 모든 아이의 종착지는 전국의 펫숍이었다. 언제 여기 있었냐는 듯 사라져버렸다. 날이 바뀌면 처음 보는 골든 리트리버, 허스키, 치와와가 한 무리 들어왔다. 다음 주에는 3,000마리가 더 들어온다. 당시 헌트가 내세운 슬로건은 '완벽한 강아지'였다. 웹사이트에 '헌트는 연방 요건을 철저히 준수하는 브리더의 강아지만을 받아들입니다.'라고 써놓을 정도였다. 완벽한 브리더가 키운 강아지, 혈통도 건강도 완벽한 강아지라고 했다. 하지만 헌트코퍼레이션의 화려한 외관처럼 완벽한 강아지라는 허울도 어두운 진실을 감추고 있었다. 헌트에 강아지를 공급했던 브리더를 조사하며 알게 된 이 강아지들의 고향은 전혀 완벽하지 않았다.

펫숍 강아지의 진실을 보여준

슈거

퇴마사를 만나다

캔자스주 위치타로부터 약 50킬로미터 동쪽에서 77번 국도를 빠져나오자 메마른 평야가 끝없이 펼쳐져 있다. 그 위에는 성장을 멈춘 나무 몇 그루가 드문드문 서 있었다. 덜컹거리는 트럭 뒤로 자욱한 흙먼지가 일어났다. 현재 위치를 확인하기 위해 구겨진 지도를 펼쳤다. 때는 2004년, 아이폰과 길 안내 내비게이션이 없던 시절이었다. 국도에 정식 출구는 없었다. 그냥 자갈길을 쭉 달리니 울타리를 친

넓은 사유지가 나왔다. 트레일러 옆면에 빛바랜 검은색으로 찍혀 있는 글자는 'PS펍스'였다.

헌트코퍼레이션에서 사진으로 찍어온 펫숍 서류를 몇 달에 걸쳐 훑는 동안, 계속해서 눈에 띄는 브리더 이름이 있었다. 헌트는 우수한 사육장이 아니면 거래를 하지 않는다고 주장했다. PS펍스의 닐 스파이스는 헌트에 매년 수백 마리의 강아지를 판매하는 최우수 브리더였고, 이 정보는 헌트의 '완벽한 강아지'들, 더 나아가 모든 펫숍 강아지들이 어디에서 오는지 알려줄 단서였다.

진입로를 운전해 들어가니 낮은 대문에 녹슨 쇠사슬을 걸어 입구를 막아놓은 상태였다. 쇠사슬을 풀어 게이트를 열고 안으로 들어갔다. 마당 곳곳에 낡은 도구와 쓰레기더미가 굴러다녔다. 파란 방수포를 뒤집어쓰고 철조망으로 벽을 친 대형 야외 우리가 최소 50개는 있었다.

지붕이 다 무너져 내리는 작은 집 옆에 차를 세웠다. 현관문으로 다가갈 때마다 발밑에서 테라스가 삐걱거렸다. 집 뒤편에서 강아지 한 마리가 짖기 시작하자 수십 마리가 따라서 짖기 시작했고 노크도 하기 전에 문이 홱— 열렸다. 내가 마주한 사람은 키가 크고 숱 없는 머리가 희끗희끗한 중년 남자였다. 피부는 창백했고 희뿌연 눈은 나를 통과하는 것 같았다. 어쩐지 내 존재를 알아차리지 못하는 느낌이었다. 몇 개 안 남은 치아는 누렇게 변색되어 있었다. 수년간 시골 지역에서 잠입 수사를 한 경험으로 금방 알아차릴 수 있었다. 이건 메스암페타민 중독자의 얼굴이었다. 조심할 필요가 있었다.

"닐 스파이스 사장님?" 내가 자연스럽게 물었다.

"어디, 위에서 나왔어?" 스파이스가 윽박 질렀다.

"아닙니다, 사장님." 며칠 머리를 굴려 지어낸 얘기가 있었다.

"저는 데이브라고 합니다. 잡지 「커머셜 캐나인」에서 나왔어요. 선생님께서 하시는 브리딩 사업에 관해 인터뷰를 부탁드리고 싶어서요."

「커머셜 캐나인」 같은 잡지는 없었다. 허술한 거짓말이었지만 과거에는 그게 통했다.

"브리딩 사업자를 위한 잡지예요. 선생님처럼 업계에서 성공한 분의 인물탐구 기사를 싣고 싶습니다."

"저기 나무 보이나?" 스파이스가 축구장 다섯 개를 합친 거리에 있는 뒤틀린 떡갈나무를 가리켰다.

"내가 베트남에서 저격수였거든. 저 나무 옆에 서 있는 사람도 맞출 수 있어. 조사관이 내 대문을 넘어오면 눈알에

총알을 꽂을 수도 있단 말이야."

"우와." 그러면서 테라스 구석에 세워둔 사냥용 라이플을 곁눈질했다. "대단하시네요."

스파이스의 날카로운 시선을 느끼며 반사적으로 하품을 했다. 긴장하지 않은 척 연기한 것이다. 잠입 수사관 사이에서 예전부터 전해 내려오는 비법이다.

"저, 스파이스 사장님. 혹시 잠깐 시간 내주실 수 있나요? 사육장을 둘러보며 개들에 대해 말씀 나누고 싶어요."

"뭐, 구경이야 할 수 있지. 그런데 요즘은 이게 내 주업은 아니야. 아, 계속하기는 할 건데 잡지에 내가 하는 다른 사업도 얘기해주면 좋겠네. 이제 막 시작한 게 있어."

장단을 맞춰주기로 했다.

"뭔데요?"

"퇴마."

이런 인간이 헌트코퍼레이션의 최우수 브리더다.

"네… 칼럼에 그 얘기도 넣을 수 있을 거예요, 아마."

"이거 어떤가, 지금 내가 공짜로 한 번 해주지."

그러더니 스파이스는 갑자기 내 머리를 붙잡고 끌어당겼다. 땀과 고양이 오줌 냄새가 났다. 다시 말해 메스암페타민을 제조하는 냄새였다. 스파이스는 내 얼굴에 숨을 후—

내뱉고 손을 놓았다.

"끝. 이제 축복 받을 거야. 안에 있던 악마가 사라졌네."

이번 여행이 완전히 시간 낭비로 끝나지는 않은 셈일까? "고맙습니다, 사장님." 아직도 속에서는 입 냄새 때문에 구역질이 넘어오려 했다.

"방금 그것도 기사에 써, 알았지? 또 내 옆에 4미터 넘는 천사가 둘 붙어 있다고도 쓰고. 내가 예언자라는 말도 빼먹으면 안 되지. 좋아." 그러고 나서 하는 말. "이번에는 차로 갑시다."

차 보닛으로 자신만만하게 걸어가 무릎을 꿇은 스파이스는 고개를 숙인 채 눈을 감고 뭐라 중얼거렸다. 그러더니 환한 얼굴로 나를 보고 이렇게 말했다.

"자, 자, 다 됐다. 방금 기자 양반 차에 축복을 내렸어. 천사의 기름이 생겨서 연비가 더 좋아질 거요."

"그럼 감사하죠. 제가 또 운전을 많이 해요."

하루만이야 조금만 더 참자

악령을 퇴치하고 가솔린에 축복까지 내렸으니 이제 사

육장을 둘러볼 차례였다. 스파이스가 브리딩하는 견종은 저먼 셰퍼드, 라사압소, 몰티즈, 시츄, 미니핀, 비글 등 150개라고 했다. 철망에 둘러싸인 야외 우리는 바닥이 아주 지저분했다. 내가 지나가자 개들은 낑낑대며 펄쩍펄쩍 뛰었다. 속으로 농무부 규정을 몇 개나 위반했는지 세어보았다. 개들은 몇 주나 쌓인 배설물과 진흙탕을 피해 다녔고, 물그릇에는 진흙이 말라붙어 있었다. 잔뜩 엉킨 털은 목욕이나 빗질을 전혀 하지 않았다는 증거였다. 병이 나도 치료를 해주지 않는 듯했다. 사방의 파리는 말할 것도 없었다. 저먼 셰퍼드 우리의 바닥에는 톱밥과 배설물이 몇 센티미터 두께로 굳어 있었다. 비글 우리에 있는 작은 오두막은 궂은 날에 모든 아이를 보호해주기엔 너무 비좁았다. 우리를 보고 미니어처 푸들 한 마리가 점프를 하자 스파이스가 돌을 던졌다. 푸들은 깽— 소리를 내고 방수포 아래로 몸을 숨겼다. 스파이스는 퇴마 사업과 연방정부를 뒤엎을 계획에 대해 쉬지 않고 떠들어댔다.

이런 열악한 환경에서 사는 아이들은 주인을 만나지 못한다. 평생 새끼만 낳는 모견들이기 때문이다. 반복된 임신으로 몸이 망가지면 죽임을 당하는 것이다. 한 마리당 수십 마리를 낳고 새끼들은 전부 헌트코퍼레이션 같은 B급 중개인 업체로 간다. 헌트코퍼레이션 강아지들이 왜 그렇게 골골대는지 이제야 알 것 같았다.

스파이스를 뒤따라 사육장 마당 한가운데로 가니 우리가 또 있었다. 가로 60, 세로 120센티미터 정도로 좁은 우리였다. 그 안에서 몰티즈 암컷 세 마리가 똥과 톱밥을 피해 요리조리 돌아다니고 있었다. 복슬복슬한 하얀 털과 곰돌이 같은 얼굴형이 특징인 몰티즈는 우아한 품종이다. 여기 있는 몰티즈 아이들은 몸집도 작았다. 길이는 20센티미터도 되지 않고 체중도 2킬로그램이 간신히 넘어 보였다.

"여기, 이걸 기사에 쓰면 되겠네." 스파이스가 말했다. "새끼를 안 낳으려고 하는 망할 몰티즈."

그러면서 버둥대는 한 마리를 집어들었다. 아이는 억센 손에 붙잡혀 벌벌 떨었다.

"얘처럼 말이야. 새끼를 영 안 낳잖아. 쓸모없는 것 같으니라고."

유독 몸집이 작은 아이였다. 나이는 4살쯤? 커다란 검은 눈망울이 꼭 애니메이션 캐릭터 같았다. 몰티즈라면 보통 털이 뽀송뽀송한데 이 아이의 새하얀 털은 진흙으로 뒤덮여 있었다. 몇 달 동안 방치한 발톱은 길고 거칠었다.

"아무짝에도 쓸모가 없어서 여기 됐네. 조만간 저 세상으로 보내야지, 뭐." 스파이스가 대수롭지 않게 말했다.

농무부가 닐 스파이스 같은 파렴치한 브리더를 상대로 조치를 취하려면 최소 몇 년은 걸릴 것이다. 계획에 없던 일이지만 나는 여기 있는 동물 중 한 마리에게나마 자그마한 인정을 베풀기로 했다.

"그러실 필요 없어요." 내가 스파이스에게서 몰티즈를 받았다.

"마침 저희 어머니가 강아지를 키우고 싶어 하시거든요." 몸의 떨림이 고스란히 전해졌다. 아이는 발로 나를 붙잡고 어깨에 얼굴을 묻었다.

스파이스는 별일이라는 듯 나를 보면서도 몰티즈를 내주었다. 차에 용품이 없어 내일 다시 오기로 하고 작은 몸을 케이지에 도로 내려놓으려 하자 안겨 있던 아이가 사납게 내 팔을 할퀴는 것이다. 날 두고 가지 마. 그렇게 말하고 있었다. 귀를 긁어주며 작은 소리로 안심시켰다.

"하루만이야. 조금만 더 참자."

다음 날이 되어 이동장, 리드줄, 하네스, 사료, 장난감, 간식, 대형 수건 몇 장을 들고 다시 찾아갔다. 스파이스가 혹시 약속을 잊었을까 걱정했지만 다행히 작은 몰티즈는 아직 우리에 있었다. 스파이스와 악수를 하고 강아지를 차 조수석에 태웠다.

"여러 가지로 감사합니다, 사장님. 잡지에 특집 기사로 써드릴 테니 기대하세요."

"악령이 돌아오면 연락하라고." 그렇게 외치는 스파이스를 뒤로 하고 농장을 떠났다.

잠시 후, 차는 빠른 속도로 77번 국도를 달렸다. 방금 구조한 작은 강아지를 보았다. 바들바들 떨고 있었다. 밥도 제대로 못 먹은 듯했다. 가까운 마을로 들어가 호텔을 잡고 따뜻한 물로 목욕을 시켰다. 털이 레게머리 수준으로 꼬이고 엉켜 있었다. 흙을 다 씻겨내자 이제는 평범한 강아지 냄새가 났다. 반지르르한 하얀 털이 꼭 달콤한 솜사탕 같았다. 그래서 슈거라는 이름을 지어줬다.

전문 반려견 미용사도 강아지 레게털은 어떻게 할 방법이 없다고 해서 슈거는 털을 박박— 밀어야 했다. 그랬더니 이제는 하얀 치와와가 됐다. 몇 주만 참으면 예뻐질 거라고 슈거를 안심시켰다. 슈거는 미용이 끝날 때까지 얌전하게 기다렸다가 내게 안겨 품에 머리를 묻고 잠이 들었다.

다른 때와 마찬가지로, 슈거도 구출 자체는 문제가 되지 않았다. 문제는 집을 찾아주는 거였다. 온종일 길에서 생활하는 나는 슈거를 항상 케어해줄 형편이 아니었다. 다행히 부모님 지인 중에 몰티즈를 원하는 가족이 있었다. 동물병원에서 접종을 하고 슈거와 함께 노스캐롤라이나행 비행기를 탔다. 항공사 측의 배려로 작은 이동장에 넣어 기내에 태울 수 있었지만(다들 아기 고양이라고 착각했다). 슈거는 다시 갇히는 게 싫어보였다. 몸을 떨고 낑낑대기 시작했다. 비행 내내 이동장 안에 손가락을 넣어 다독여줘야 했다.

다음 날, 부모님의 친구인 산드라 아주머니가 남편 닐과 슈거를 만나러 왔다. 쥐를 닮은 모습을 보고 마음이 바뀔까 걱정했지만 부부는 슈거에게 첫눈에 반했다. 슈거는 산드라의 무릎에 폴짝 올라가 애정공세를 받았다.

내가 만난 수많은 구출견처럼 슈거도 사랑을 받을 줄 모르고 있었다. 간식이 뭔지, 리드줄을 차고 산책을 어떻게 하는지도 몰랐다. 신나게 노는 법, 물건을 물어오는 법도 몰랐다. 내가 던진 팝콘이 코에 부딪혀도 슈거는 보고만 있었다.

시간이 흐르면 본능이 되살아나지만, 그러기까지는 참으로 많은 사랑과 관심이 필요했다.

산드라와 닐은 슈거의 잃어버린 시간을 되찾아주었다. 혼자가 싫은 슈거와 항상 슈거를 안고 싶어 하는 산드라는 정말 완벽한 조합이었다. 산드라는 슈거가 관심과 애정을 듬뿍 받는 사진을 매일 보내주었다. 사진을 받을 때마다 털이 풍성해지고 뽀얘지는 게 보였다. 산드라는 슈거를 직장, 레스토랑, 영화관 어디든 안고 다녔다. 평생 발로 차이고 학대를 당한 슈거가 이제는 사람의 품에 있을 때 가장 행복해했다. 산드라는 앙증맞은 옷을 손수 뜨개질해 입혔고 슈거의 건강이 나빠지자 기저귀를 채워줬다. 어느 날, 슈거는 잠을 자던 중 열다섯의 나이로 세상을 떠났다. 내게 구출된 지 10년이 지난 후였다. 닐 스파이스 곁에 있었더라면 10시간도 생존하지 못했을 것이다.

개농장이 없어지지 않는 불편한 진실

모든 개농장 아이들이 슈거처럼 따뜻한 가정을 찾을 수 있으면 얼마나 좋을까? 안타깝지만 슈거 같은 경우는 소수이다. 미국에 있는 약 1만여 개농장에서 16만 7,000마리가 번식견으로 사용된다. 슈거도 그런 아이였고, 번식견은 대부분 PS펍스처럼 열악한 곳에서 매년 약 200만 마리의 새끼를 낳는다. 그런 데와 비교하면 헌트코퍼레이션은 최고급 호텔이라고 할까.

"이런 걸 금지하는 법이 있지 않아요?"라고 묻는 분들이 많다. 수백 개의 연방법 가운데 강아지를 보호하는 법은 단 하나뿐이다. 동물복지법Animal Welfare Act, AWA은 1966년 전시회나 연구기관에서 강아지와 고양이를 함부로 이용한다는 우려가 커지며 통과된 법이다(2002년, 해당 법의 개정안에서 쥐와 새가 빠졌다. 이로써 실험동물의 95퍼센트가 법에 저촉되지 않게 되었다).

동물복지법은 동물을 관리하는 데 케이지 크기, 온도, 운동 시간, 교배 횟수, 기본 위생, 사회화 등에서 최소한의 기준을 정한다. 이전까지 가본 수백 곳의 다른 개농장처럼 PS펍스도 무수한 규정을 위반하고 있었다. 그 정도면 닐 스파이스는 면허를 잃지는 않아도 거액의 벌금을 물었을 것이다. 하지만 스파이스가 법을 위반했다는 기록은 전혀 없었다. 동물보호법을 집행해야 하는 농무부가 일을 똑바로 하지 않은 것이다.

오래전부터 농무부는 자기들이 단속해야 할 대상과 아주 가까운 사이였다. 동물복지법은 동물보호가들이 '사업유지법'이라 농담할 정도로 규정이 애매했다. 농무부는 브리더와 연구소의 편에 서서 그마저도 강행하지 않았다. 법을 정할 때부터 빠져나갈 구멍을 일부러 만들어놓은 건 기본이고, 동물복지법에 따르면 중형견이 1.4제곱미터 크기의 케이지에서 한 발짝도 나가지 못하고 평생을 살아도 불법이 아니다. 한 케이지에 4~5마리를 넣고 방치해도 괜찮다. 닐 스파이스 같은 브리더는 바닥에 구멍이 숭숭 뚫린 케이지로도 탑을 쌓았다. 강아지가 발을 다치지 않도록 케이지 철망 간격도 적당히 넓어야 했지만 농무부는 감독을 나와도 굳이 자세히 살펴보지 않았다.

문제는 농무부의 상반된 이해관계였다. 어쨌거나 농무부의 공식 강령은 '미국인에 양질의 영양을 공급하기 위해 미국 농촌의 성장을 돕고 농업 생산을 장려한다.'였다. 농무부 산하 기관으로 강아지 브리더를 감독하는 미국동식물검역소Animal and Plant Health Inspection Service, APHIS가 있다. 하지만 그곳의 공식 목표는 '미국의 농업과 천연 자원의 건강과 가치를 보호한다.'이다. 동물의 건강과 가치는 어디에도 언급되어 있지 않다.

전국에 농무부 면허를 가진 개농장은 3,000곳이 넘지만 APHIS 감독관의 수는 100명에 불과하다(그 외에 700곳 정도 되는 소규모 개농장은 연방 면허가 없어도 운영할 수 있다). 원칙대로라면 사육장을 불시에 방문해 조사해야 하지만 그러기에 감독관의 일은 너무 많고 봉급은 적다. 농무부 허가를 받고 동물을 이용하는 서커스와 연구소 등의 시설 8,000곳도 방문해야 한다. 그러다 보니 농무부에 실제 보고되는 개농장 위법 사례는 충격적으로 적다. 2016년, 농무부에서 강아지 브리딩 업체, 동물 전시장, 연구소에 발부한 경고장은 총 192장이다. 정식으로 기소한 사건도 23건뿐이다. 2018년에 3분기까지는 경고 39건, 기소 1건에 그쳤다. 그마저도 2,000달러 벌금으로 즉시 합의를 보았다. 한때는 웹사이트에 공개했던 법집행 내역도 사라졌다. 이제는 정보공개법에 의해 따로 요청을 해야 볼 수 있다. 개인 정보는 공개되지 않고 문서를 받기까지도 몇 달이 걸릴 것이다. 최근 농무부는 사전 고지 점검을 시범적으로 도입했다. 이제 브리더는 몇 달 전부터 예정된 점검 방문을 대비할 수 있다.

그러니 닐 스파이스 같은 브리더가 동물들을 계속 학대하고도 처벌을 받지 않는 것이다. 농무부가 브리더의 면허를 취소하는 사례는 극히 드물었다. 2016년에는 겨우 9명만이 면허를 박탈당했고 이후 수치는 0에 수렴되었다. 펜실베이니아, 캘리포니아, 뉴욕 같은 주에서는 위반 정도가 심한 범법자를 규제하는 주법이 통과되었지만 아칸소 같은 주에서는 별다른 요건 없이도 브리더가 면허를 딸 수 있다.

정부 여러 부처에서 단속을 느슨하게 한 결과로 개농장의 수는 급증하는 추세이다. 그리고 이후에 알게 된 사실이지만 개농장은 지역 경찰의 보호도 받고 있었다.

경찰의 마음을 보여주는

포메라니안

동물보호를 찬성하는 여론이 많을지라도

2016년 11월 9일 아침, 주요 방송사가 일제히 도널드 트럼프 대통령의 당선 소식을 전한 후 『레이트 쇼』의 스티븐 콜버트는 충격을 받아 퀭한 눈으로 선거 특집방송을 진행했다. 상황을 해석하려다 결국 할 말을 잃은 코미디언은 '그래도 아직까지 미국의 여론이 일치하는 것들의 목록'을 황급히 열거하며 방송을 마무리했다. 단체 메일에 전체 회신을 하는 사람을 혐오하고 게임쇼 『제퍼디Jeopardy』 진행자

알렉스 트레벡을 좋아한다는 것 외에 여론이 명백하게 일치하는 포인트는 몇 가지 나오지 않았다.

하지만 나는 온 국민이 의견을 같이 하는 사실을 한 가지 알고 있다. 그것은 바로 '동물학대는 나쁘다'이다. 대중은 동물의 학대를 금지하는 법을 전적으로 지지하고 있다. 2015년 실시한 여론조사를 보면 미국인의 32퍼센트는 동물도 사람과 같은 권리를 누릴 자격이 있다고 믿는다. 62퍼센트는 철저한 동물 보호가 필요하다 보고 있다. 동물을 뭐하러 보호해주냐는 사람은 3퍼센트에 불과했다. 탬파, 플로리다를 비롯해 많은 지역은 유죄 판결을 받은 동물학대자의 이름, 사진, 주소를 성범죄자와 똑같은 방식으로 온라인에 등록하고 공개했다.

기본적인 동물보호를 찬성하는 여론이 압도적이라 해서 동물보호 법안이 쉽게 통과된다는 말은 아니다. 법집행기관이 동물학대자를 상대로 기소를 진행하기는 더더욱 쉽지 않다. 나는 한바탕 고초를 겪고 이 사실을 알아냈다.

미네소타주에 있는 시골 마을 밸러턴에서의 일이다. 2000년대 초반, CAPS의 표적 최상위권에는 루벤 위라는 브리더가 있었다. 위는 2001년 농무부 면허를 상실했기 때문에 법적으로 개인에게만 강아지를 팔 수 있었다. 하지만 CAPS는 위가 규제를 피해 펫숍에 강아지를 납품하는 정황을 포착했다. 펫숍에 강아지를 파는 중개인과 거래하는 것이다. 농무부 단속을 피하고 싶은 브리더들이 애용하는 수법이었다. 불법 행위지만 기소까지 가는 경우는 드물었다.

CAPS는 2001년과 2002년에 걸쳐 잠입 수사를 진행해 위가 운영하는 개농장의 처참한 실태를 온라인 영상으로 공개하고 농무부에 신고했다. 하지만 농무부에서는 아무 반응이 없었다. 2005년, 다시 시도할 때가 됐다고 판단한 우리는 지역 경찰을 찾았다.

밸러턴은 미네소타 남서부에 있는 호숫가 마을이다. 몇 개 없는 도로가 완벽한 90도로 교차하고 일직선으로 뻗어 있어 하늘에서 보면 꼭 모눈종이 같았다. 나머지 땅은 대부분 어깨 높이의 옥수수 밭이 차지했다. 고속도로 출구에 사람 집이 있고, 지겹도록 오래 운전해야 주유소가 나오는 곳이었다.

위의 농장도 91번 고속도로 출구 바로 옆에 있었다. 6월답지 않게 쌀쌀했던 아침, 고속도로를 빠져나와 먼지 자욱한 진입로로 차를 몰았다.

차를 세우기 전부터 위법 행위가 눈에 보였다. 콘크리트로 된 우리 바닥은 진흙, 배설물, 근처 밭에서 날아온 옥수수수염 천지였다. 뼈만 남은 미니핀과 젖은 털이 엉킨 포메라니안 무리가 그 안에서 나를 보고 있었다. 아이들은 다리 사이로 꼬리를 숨기고 이리저리 돌아다니며 콘크리트를 발로 긁었다. 사육장을 따라 사유지 뒤편으로 가니 흰색 집이 나왔고, 앞에 밴 한 대도 서 있었다.

집 앞에 차를 세우자 인사를 하듯 강아지 30여 마리가 동시에 짖어댔다. 위가 번식 목적으로 사용하는 성견들이었다. 문에 노크를 했지만 응답이 없어 도박하는 셈 치고 농장을 둘러보기로 했다. 포메라니안과 미니핀 우리부터 살펴봤다. 가로세로 180센티미터쯤 되는 우리는 다이아몬드형 철조망으로 둘러싸여 있었다. 물에 흠뻑 젖은 강아지들은 부들부들 떨며 몇 주 동안 쌓인 배설물 주변을 조심조심 피해 다녔다. 진흙이 말라붙은 밥그릇에는 사료가 물에 퉁퉁 불어 있었다. 물그릇은 아예 갈색으로 진흙물이 들어 있었다. 포메라니안은 굴러다니는 털뭉치 같았다. 흔히 유행하는 티컵 강아지를 낳기에 완벽한 크기였다. 갈색, 금색, 검은색, 흰색 같은 단색만이 아니라 하얀색 바탕에 검은색과 갈색 점이 크게 박힌 종류도 있었다. 긴 털이 얼마나 심하게 엉겨 붙었는지 완전히 납작하게 꼰 레게머리가 되어 있었다. 검은색과 갈색의 미니핀은 트레이드마크인 뾰족한 귀를 쫑긋 세웠다. 다들 배설물 범벅이 된 몸이 가려워 상처가 나도록 긁어댔다.

그러다 플라스틱 개집과 철조망 사이의 콘크리트 바닥에서 하얀 포메라니안 한 마리가 눈에 들어왔다. 몸을 떨면서 나를 쳐다보려 하지 않았다. 내게 가까워지려 철조망으로 달려오거나 개집 주변을 미친 듯이 도는 다른 아이들과 달랐다. 하얀 포메라니안은 그 자리에 앉아 떨고만 있었다. 내 존재만으로도 공포를 느꼈던 것이다.

범죄 현장 같은 사육장을 촬영하다

범죄 현장인 것처럼 사육장 곳곳의 사진을 찍었다. 엄밀히 말해 범죄 현장이 맞긴 했다. 위가 농무부 면허를 상실했기 때문에 동물복지법을 적용할 수는 없지만 미네소타주에는 동물에게 집, 식사, 기본적인 치료를 제공해야 한다는 법이 있었으니까 말이다. 지역 당국이 위를 중죄로 고소할 권한은 충분했다.

다음으로는 불마스티프와 복서 우리로 향했다. 개들은 진흙, 배설물, 물이 섞여 딱딱하게 굳은 진창을 밟고 서 있었다. 구석에 다 허물어진 싸구려 플라스틱 개집이 있었지만 너무 작아서 누구 하나 몸을 집어넣지 못했다. 우리는 철조망을 겨우 케이블 타이로 엮어 막아놓고 있었다. 불마스티프와 복서는 주름진 얼굴과 강인한 근육이 특징인 대형 작업견(경찰견, 군견, 맹인안내견 등 애완용 외의 목적으로 사용하는 개 - 옮긴이)이다. 두 견종 모두 힘이 장사지만 적절한 사회화를 거치면 다른 강아지처럼 세심하고 다정한 가정견이 된다. 작업견 브리딩에는 규칙적인 운동이 필수인데 위가 사육하는 아이들은 생전 우리 밖에 나가보지 못한 듯했다. 한 불마스티프가 개집 뒤에서 내 눈치를 살폈다. 45킬로그램 정도 나가는 몸에 줄무늬로 난 갈색, 검은색, 황색 털이 아주 예뻤다. 내가 손을 내밀자 크고 슬픈 눈망울을 한 그 아이가 조심스럽게 다가왔다. 입술을 핥는 모습이 어쩐지 긴장한 것 같았다. 한쪽 발목은 정상 크기의 거의 2배로 부풀어 있었다. 다치고 나서 치료를 받지 못한 게 분명했다.

위의 집 근처에는 낡은 헛간도 있었다. 떨어지기 직전인 합판 문에 다가가자 숨을 헐떡이는 소리, 이리저리 돌아다니는 소리가 들렸다. 안으로 들어가자 공기는 후끈하고 답답했다. 창문으로 새어 들어오는 빛에 먼지가루가 휘날렸다. 햇빛이 들어오게 문을 활짝 열자 안쪽까지 다 보였다. 헛간 가장자리를 빈틈없이 채운 것은 낡은 우리들이었다. 여기는 위가 새끼 강아지를 두는 곳이었던 것이다. 배설물로 더러워진 바닥에서 어린 불마스티프와 미니핀 십수 마리가 뛰어다녔다. 제일 안쪽 구석을 들여다보니 복서 새끼들이 겁먹은 눈으로 나를 보고 있었다. 대팻밥을 깐 바닥에는 맥주 캔, 담배꽁초가 굴러다녔고 그야말로 개똥밭이었다. 어둠이 익숙한 아이들은 빛이 들어오자 슬금슬금 뒤로 물러났다. 그러다 한 마리를 시작으로 작은 새끼 강아지들이 한꺼번에 짖기 시작했다. 이제 시간이 없다는 생각에 최대한 많은 사진을 찍었다.

농장을 떠나려는 찰나, 남동쪽 끝에 나란히 쌓인 쓰레기 더미가 눈에 들어왔다. 위는 강아지를 학대하고 사육장을 지저분하게 방치할지언정 나머지 부분은 잘 관리하고 있었다. 여러 차례 잠입 수사를 한 경험으로 보기도 전에 뭔지 알 수 있었다. 쓰레기더미 뒤편으로 가니 나무판자로 덮인 무성한 잔디밭에 파리 한 무더기가 윙윙—대고 있었다. 영상을 찍으며 판자를 들어 올린 나는 죽은 포메라니안 2마리를 발견했다.

더 이상 볼 것도 없었다. 얼른 트럭을 타고 호텔로 돌아가 영상을 편집하고 오후 5시 머리카운티 보안관국에 증거를 제출했다. 그리고 스티브 텔캠프 보안관에게 분명히 전했다. CAPS가 지역 신문에 영상을 제보할 것이고, 보안관국에서 농장을 급습해 강아지를 구하면 CAPS와 연계한 지역 보호소에서 받아주기로 했다고 말이다. 부스스한 금발의 청년 보안관 텔캠프는 깨끗한 제복을 단정하게 갖춰 입고 있었다. 그는 내 말을 진지하게 들어주고 최대한 빠른 시일 안에 농장을 방문하겠다는 약속까지 했다.

약속대로 텔캠프는 그날 저녁 농장을 찾아갔다. 동물들을 즉시 압수하지는 못해도 위를 기소할 수는 있겠다는 전화가 왔다. 위를 체포하건 말건 강아지부터 구조하고 싶었지만 그게 어디인가. 이제 시작이라고 생각했다.

"잘됐네요!"

다음날 위 본인과 직접 만났다. 아이들을 받아주기로 한 지역 보호소 애니멀아크 직원과 함께 갔다. 나는 기소가 예정돼 있으면 일단 범죄자에게 도움을 주는 편이다. 자진해서 동물을 포기하면 기소를 중지하도록 텔캠프를 설득하겠다고 위에게 설명할 계획이었다. 그러면 모두 행복해질 수 있다고 생각했다.

농장에 도착하니 위가 정문까지 나와 있었다. 그는 대머리에 배불뚝이인 60대 남성이었다. 내가 본 다른 개농장 주인들처럼 첫인상은 나쁘지 않았다. 시골 사람 특유의 부끄럼 타는 태도로 우리를 반갑게 맞아주었다. 왜 이런 사람이 강아지를 형편없이 관리하는지 이유를 생각해보려 했다. 정말로 사람이 좋아 보였다. 혹시 아픈 걸까? 무기력증에 빠졌나? 아니면 몸이 너무 약해서 아이들을 돌볼 힘이 없나?

우리는 상황을 설명하고 강아지들을 대신 맡겠다고 제안했다.

"최대한 선생님께 맞춰드리겠습니다. 개들은 좋은 집을 찾아줄게요. 현재 상태가 좋지 않다는 건 선생님께서도 잘 아시잖습니까."

위는 차분하게 대화를 이어갔다. 느낌이 좋았다. 일이 잘 풀리려나 보다 생각했다. 하지만 우리의 제안을 이야기하자 위가 인상을 팍 썼다.

"고맙지만 됐습니다." 내가 계속 밀어붙이자 위는 강아지들이 아들딸 소유라고 했다. 새끼를 낳는 강아지는 4마리뿐이고, 나머지 수십 마리 성견은 반려견이었다.

흔한 수법이다. 대부분의 주에서 강아지를 번식용으로 사용해도 5마리 이하면 브리더 등록을 하지 않아도 되기 때문이다. 그래서 동물보호법에 의거한 감독과 규제를 받지 않는다. 위는 농장에 있는 강아지 수십 마리가 자녀의 반려견이라 주장했다. 동물학대 혐의로 기소를 당해도(당시 미네소타주에서 동물학대는 기본적으로 벌금형에 해당했다) 강아지를 불법으로 번식하고 판매하는 일은 아무렇지 않게 계속할 수 있었다. 위도 다 생각이 있었던 것이다.

다음날 보안관국으로 가서 텔캠프에게 위가 이러저러해 의심스럽다고 설명했다. 그 말을 들으면 위의 강아지를 몰수하자는 나의 의견에 텔캠프가 동의할 줄 알았다. 하지만 텔캠프는 조금 더 기다리라는 말만 했다.

"기소를 준비 중입니다. 시간이 조금 걸릴 거예요. 개들을 어떻게 할지는 그다음에 생각해보자고요." 텔캠프가 말했다.

나는 지금 개들을 어떻게 할 방법이 있냐고 물었다. 텔캠프는 어이없다는 표정이었다.

"이봐요, 원하는 대로 됐잖아요. 기소한다고요. 이제는 개 번식 못할 겁니다. 이 정도면 사건 종결 아니에요?"

"애들을 총으로 죽일까 봐 걱정돼서 그래요." 내가 간곡히 말했다. "분명 우리가 할 수 있는 일이…."

"아니요." 자리에서 일어난 텔캠프가 나를 차분하게 응시했다. 하지만 눈빛은 매서웠다.

"안 됩니다. 농장에 다시 가지 마세요." 그러고는 말을 끊고 나와 눈을 마주칠 뿐이었다. 짐작이 갔다. 텔캠프는 내가 언론사와 연락하고 있음을 알았던 것이다. 그래서 자기 생각을 말하고 싶지 않았던 것이고, 내가 증거를 추가로 모으는 것도 반대했다.

"내 구역에서 당장 꺼져."를 정중하게 표현하고 있었다.

나는 사건이 진행될 동안 기다리겠다고 했다. 공권력과 우호관계를 유지해야 내게도 이득이니까 말이다. 하지만 기분이 좋지 않았다. 아무 조치 없이 시간만 흐르는 동안, 하얀 포메라니안은 치료를 받지 못하고 불마스티프는 진흙과 배설물로 오염된 사료를 먹었다. 배수구에 묻힌 강아지는 또 어떤가. 몇 주가 지나도 감감무소식이었다. 수도 없이 텔캠프에게 전화해도 응답이 없더니 마침내 연락이 왔다. 위를 한 건의 동물학대 혐의로 기소했다는 것이다.

하지만 보안관국은 위가 나머지 강아지를 어떻게 할지 확인할 생각이 없어 보였다. 이 아이들에게 제대로 된 집을 찾아달라는 게 무리한 부탁인가? 위가 강아지를 굶겨죽이거나 고속도로에 그냥 풀어버리면 어떡하지? 위는 동물에게 밥도 제대로 먹이지 않는 인간이었다. 시간 들여 평생 살 집을 찾아줄 리가 없었다. 위가 그 작은 포메라니안을 어떻게 할까? 마지막으로 봤을 때 아이는 철조망과 개집 사이에 머리를 묻고 있었다. 자기 방어도 하지 못하고 겁에 질린 상태였다. 다른 개농장으로 가서 번식에 사용된다면 두려움을 감당하지 못할 것이다. 위가 남에게 강아지를 보낸다고 쳐도 누가 선뜻 입양하려 할까?

목숨을 걸고 달리다

돌아가야 했다. 위가 내 차를 알고 경계할 것이라는 판단에 친구 차를 타고 새벽에 농장 입구에서 내렸다. 진입로에서 보니 포메라니안과 미니핀 우리가 비어 있었다. 복서와 불마스티프 우리도 마찬가지였다. 개 짖는 소리는 들리지 않았다. 고속도로조차 조용했다. 내 부츠가 조용히 진흙과 모래를 서걱서걱 밟는 소리밖에 들리지 않았다. 집에 불빛도 없었다. 헛간으로 가서 안을 들여다봤지만 아무것도 없었다. 몇 주 전만 해도 여러 마리 있던 어미와 새끼가 한 마리도 남김없이 다 사라졌다. 뒤편의 쓰레기장으로 향했다. 설마 공동묘지를 보게 되지는 않을까 겁이 났지만 그곳도 비어 있었다. 그냥 헛간으로 돌아가려는 순간, 어디선가 나뭇가지가 뚝 부러졌다. 돌아보니 루벤 위가 거대한 불마스티프를 옆에 끼고 나를 노려보고 있었다.

위가 집 벽에 세워뒀던 삽을 들고 빠르게 걸어왔다. 어두운 새벽녘이었지만 일그러진 표정은 선명했다. 지난 여름 만났던 인자하고 순박한 할아버지의 모습은 없었다. 지금의 위는 악마와도 같았다.

"여기서 뭐 하는 거야?"

"가는 중이었어요." 위의 추궁에 답이 반사적으로 나왔다.

"떠나기는 개뿔."

개는 주인의 기분을 읽는 신기한 능력이 있다. 위의 불마스티프가 이를 세우고 내게 달려들었고 동시에 위는 삽을 치켜들었다. 황급히 몸을 돌려 농장 끝에 있는 숲으로 전력 질주를 했다. 이제 됐다고 생각했디. 꽁무니 빠지게 도망치는 모습을 보고 위가 삽을 내리고 개를 진정시킬 줄 알았다. 하지만 웬걸, 예순한 살 노인은 수십 년 전 열혈 창던지기 선수로 활약하던 시절 단련한 근력까지 쥐어짜 내게 삽을 던졌다. 삽은 마치 석궁 화살처럼 3미터를 날아와 내 얼굴을 가까스로 지나 땅에 깊숙이 박혔다.

아드레날린 반응은 사람을 참 희한하게 만든다. 삽이 머리 옆을 쌩하니 날아간 후 내가 처음으로 한 생각은 도망치는 동안 벗겨진 모자를 가서 가져오자는 거였다. 내게 행운의 모자였기 때문이다. 하지만 나를 향해 달려오던 불마스티프가 떠올랐다. 불마스티프는 주인에 대한 보호 본능이 강하기로 유명했다. 주인이 어린 아이가 아니라 살기 등등한 개농장 주인이었던 것도 있었다. 그래서 모자는 포기하고 숲으로 뛰었다. 통나무에 걸려 넘어지고 덤불을 헤치며 가슴이 타들어갈 때까지 달렸다.

남의 밭 여러 개를 지나 잔디밭에 쓰러졌다. 이렇게 온힘을 다해 뛰어본 적은 처음이었다. 숨을 돌리고 있는데 위의 농장 쪽으로 가까워지는 사이렌 소리가 들렸다. 나는 아니니 위가 신고했다는 뜻이었다. 어쩔 수 없이 보안관국에 전화해 내 입장을 설명해야 했다. 전화를 받은 접수원은 참을성 있게 나의 이야기를 들어주었다.

"보안관님이 모시러 가고 있습니다. 꼼짝 말고 계세요."

일이 잘 풀리거나, 아주 잘못되거나 둘 중 하나였다.

도착한 텔캠프가 수갑을 꺼냈다. 나는 그 수갑이 내 몫이라는 걸 뒤늦게 깨달았다. 텔캠프는 수갑 찬 나를 순찰차 뒷좌석에 태웠다. 차가 출발하자마자 호통이 떨어졌다.

"제가 한 말 잊으셨습니까?" 텔캠프가 말했다.

"보안관님…."

"제가 뭐라고 했죠?"

자초지종을 설명했다. 위의 개들이 어떻게 됐는지 보고 싶었을 뿐이라고 했다. 그리고 나를 못 가게 붙잡고 해치려 한 건 위였다고 했다. 하지만 텔캠프는 들으려 하지 않았다.

"당신네 동물보호가들 말이야…."

경멸이 뚝뚝 떨어지는 목소리로 텔캠프가 말했다.

"만족을 모르지? 여기 와서 실컷 분란을 일으켜놓고 문제를 더 키우려고 하잖아. 카메라는 어디 있지? 어? 그렇게 떠벌리던 기자는 어디 있는데?"

동물보호가에 대해 불평을 15분 더 듣고서야 보안관국에 도착했다. 나를 조사한 부보안관이 진술서를 쓰라고 해서 그날 일을 2시간 동안 정성껏 글로 썼다. 내게 농장에 접근하지 말라고 한 사람이 텔캠프지, 위였나요? 농장에 '출입 금지'라는 푯말도 없었다. 변호가 될지 모르겠지만 나 때문에 '사탄의 개농장'을 폐업하게 된 위가 나를 삽으로 공격한 것은 엄연한 사실이었다. 피해자는 위가 아니었다.

"좋습니다. 이제 가보세요." 진술서를 다 쓰자 부보안관이 말했다.

"이게 끝이에요?"

부보안관이 고개를 끄덕였다. 내가 기소되는 일은 없었다. 그랬다는 얘기는 들은 적 없으니까. 보안관국을 나온 나는 미네소타 밸러튼에 다시는 돌아올 일이 없기를 바라며 마을을 떠났다.

훗날 루벤 위는 한 건의 동물학대 혐의에 유죄를 인정받았다. 선고 결과는 벌금 370달러였다. 집에 강아지를 한 마리 이상 키우지 못하는 판결을 받기는 했다. 판결대로라면 위는 브리딩 사업을 가족의 반려견 교배로 위장하지 못한다. 하지만 높은 확률로 일을 계속할 것이다. 오물을 피해 다니던 암컷 불마스티프와 종일 밥그릇을 갉아먹던 작은 포메라니안을 떠올렸다. 미네소타 밸러턴의 농장에서 서서히 죽어가기에는 너무 아까운 생명들이었다.

유죄 판결이 나오다

마음을 애써 다잡고 위 사건을 기억에서 지웠는데 약 한 달 후, 머리카운티 지방검찰청에서 전화가 왔다. 검찰관은 내가 무단 침입으로 유죄를 받았다고 했다. 법정에 출두하라거나 정식으로 기소되었다는 통보를 받은 적이 없는데, 선고일에 맞춰 머리 카운티로 돌아가야 했다.

"재판에 출석하지 않으셨죠? 그래서 유죄 판결이 나왔습니다. 유감입니다만 원래 원칙이 그래요." 검찰관이 말했다.

힘없이 자초지종을 다시 들려주었다. 애초에 밸러턴에 간 이유부터 나의 신고로 보안관국이 위의 개농장을 폐업시킨 과정까지 다 이야기했다. 나는 단지 강아지들에게 좋은 집을 찾아주고 싶었을 뿐이라고 했다. 여느 지방검찰청 검찰관처럼 처리해야 할 일이 산더미였던 그도 합의에 동의했다. 나는 벌금 600달러를 내고 1년 동안 문제를 일으키지 않겠다고 약속했다. 앞으로 평생 미네소타 밸러턴에 발을 디딜 생각도 없다고 했다. 그렇게 기소를 당했다는 기록은 삭제되었다.

나는 운이 좋은 편이었다. 내가 경험한 미네소타 머리카운티의 부패가 이상해 보이는가? 하지만 축산업에 특화된

주에서는 이런 일이 흔하다. 미네소타는 전국에서 돼지를 두 번째로 많이 기르는 주이다. 칠면조 생산량은 전국 1위였다. 내가 미네소타에서 방문한 개농장은 대부분 공장식 축산농장에 있었다. 돼지우리는 새끼 강아지를 두기에 적합했다. 새끼 돼지의 우리는 아래에 배설물 구덩이가 있어 케이지에 든 강아지를 여러 마리 보관할 수 있었다. 미네소타는 여러 차례 소위 어그개그법ag-gag law(농업 시설을 비밀리에 조사하지 못하게 하는 법-옮긴이) 제정을 시도한 바 있다. 그러면 농장 안에서 허가 없이 영상을 촬영하는 행위도 불법이 된다(많은 주에서 개농장도 해당 법의 적용을 받는다). 이 법의 목적은 내부고발자를 차단하고 동물보호가를 처벌하는 것이다. 아이다호와 유타에서는 법정 싸움 끝에 어그개그법이 폐지되었지만 이미 앨라배마, 아칸소, 아이오와, 캔자스, 미주리, 노스캐롤라이나에서는 어그개그법이 통과되었다. 이 주들은 전국에서 개농장이 가장 많은 곳이라는 공통점이 있다.

농장의 삶은 힘들고 스트레스로 가득하다. 잠과 휴식이 부족한 직원들은 쉽게 허기와 갈증을 느낀다. 그러다 보니 동물학대에 둔감해진다. 아프거나 부상을 당해 걷지 못하는 동물을 봐도 도와야 할 생명체가 아니라 외면하고 싶은

골칫거리로 보는 것이다. 이런 이유가 동물학대의 변명이 되지는 않는다. 하지만 왜 동물학대가 만연하지, 왜 지방 경찰이 '가벼운' 학대를 대수롭지 않게 여기는지 설명은 된다.

경찰의 마음

경찰의 마음도 이해는 된다. 자신의 관할 지역을 들쑤시고 다니는 민간 수사관이 곱게 보일 리 있을까? 나는 따로 면허가 없다. 여러 동물보호단체의 의뢰로 교육프로그램을 개발했지만 내가 정식 교육을 받은 적은 없었다. 독학한 동물보호가가 프로답지 못한 태도로 수사를 진행하는 모습도 보았다. 그럴 때면 나도 화가 나지만 그런 사람을 상대해야 하는 경찰이 어떤 심정일지 평생 알지 못할 것이다. 내게 교육을 받은 활동가 절반은 중도 포기하거나 퇴출되었다. 그것도 서류를 통과한 1퍼센트 얘기이다. 저주이자 축복이라 할 수 있다. 비전문가는 경찰과 마찰을 빚고 동물보호운동에 문제를 일으킨다. 하지만 전문가가 되면 얽매일 규칙도 얼마 없고 무한한 권한을 가질 수 있다. 언제든 동물학대 범죄를 적발할 수 있다.

시골 지역에서는 주로 카운티 보안관이 법을 집행한다. 보안관은 선출직이기도 하다. 그래서 정치적으로 민감한 법을 집행할 가능성이 낮은 것이다. 텔캠프 보안관은 나를 그렇게 대하면 안 됐지만 어쨌든 루벤 위가 브리딩 사업을 하지 못하게 조치를 취했다. 신고해도 아무 변화가 없는 곳이 더 많았다.

위의 농장에서 본 하얗고 조그마한 포메라니안이 결국 어떻게 됐는지 나도 모른다. 우리에 갇혀 있던 다른 아이들의 행방도 모른다. 위가 친구에게 줬다고 생각하고 싶을 뿐이다. 내가 맡은 사건 중에는 학대와 방치를 당하던 아이들이 좋은 집을 찾는 해피엔딩도 있다. 하지만 불행하게도 대부분은 흐지부지하게 끝이 난다. 개농장 주인은 예전처럼 법과 규정이 집행되지 않는 모호한 영역으로 돌아간다. 루벤 위는 농장을 폐업했지만 나머지 수백 명은 처벌을 받지 않고 영업을 계속하고 있다. 제2~4의 기회를 받는다. 목숨을 걸고 개농장에 잠입하고 농장주를 공개 고발하는 민간 수사관이 없다면 유죄 판결은 0에 가까워질 것이다.

개농장의 중심을 무너뜨린

다비다

아름다운 그곳의 비밀

펜실베이니아 남동부의 랭커스터카운티는 아주 아름다운 곳이다. 둥근 곡선을 그리는 언덕에는 초목이 무성하고 밭에는 곡물이 반듯하게 자라고 있다. 좁고 구불구불한 길의 양옆에는 수백 년 전부터 존재했을 법한 그림 같은 헛간과 창고가 자리한다. 폭풍우가 지나가면 곳곳의 아름다운 연못에서 물안개가 피어오른다. 여기서는 차도 천천히 움직인다. 도로표지판이 운전자에게 마차와 도로를 함께 쓰라 당부하고 있기 때문이다.

'네, 이곳은 아미시 마을입니다.'

랭커스터카운티을 얼마나 자주 갔던지 굽은 길의 모습이 아직도 생생하다. 소박한 메노파교회도, 개울 위로 삐걱거리는 일방통행 다리도 기억난다. 그러나 아름다운 풍경과 전통적인 생활방식의 이면에는 어두운 비밀이 숨어 있다. 랭커스터카운티는 동부 개농장의 중심이다.

2000년대 초반, CAPS는 펫숍을 조사하며 공급자의 이름을 알아내 데이터베이스를 만들었다. 강아지들은 미주리, 아이오와, 미네소타 같은 보수적인 중서부 지역과 헌트코퍼레이션 같은 대형 중개인 업체를 통해 펫숍으로 흘러 들어왔다. 그런데 그 무렵 개농장의 온상으로 떠오르는 곳이 있었다. 펜실베이니아가 동부 해안 지역의 펫숍에 강아지를 대거 공급하기 시작한 것이다. 브리더는 특히 랭커스터카운티에 집중되어 있었다. 말이 안 된단 말이다. 인구수도 적고 전기나 자동차 같은 편의시설을 사용하지 않는 곳에서 어떻게 매년 수만 마리 강아지를 판매하는 걸까?

더 심각한 이야기도 들렸다. 아미시 마을에 있는 개농장의 환경이 미국 내에서도 가장 열악하다는 것이다.

나는 2005년 겨울과 여름에 아미시 마을을 두 번 방문했다. 세상의 눈을 피해 수십억 달러 규모의 강아지 번식 산업을 하는 그곳에 가서 최대한 많은 증거를 확보할 생각이었다. 아미시 사람들은 외지인인 나를 반갑게 맞아주었고 완벽한 영어를 구사했다. 하지만 자기들끼리 있을 때는 소위 '펜실베이니아 독일어'라고 하는 독일 사투리를 썼다. 생활방식만큼이나 소박한 복장은 그들이 추구하는 정숙함과 검소함의 가치를 반영했다. 17세기 유럽에 존재하던 사치금지법의 영향이었다. 아미시교의 창시자이자 '아미시'라는 이름의 유래가 된 제이컵 애먼은 사치금지법을 신봉했다. 결혼을 한 아미시인 남성은 수염을 덥수룩하게 기르고 챙이 넓은 모자, 어두운 색 슈트, 브로드폴 바지(바지의 단추와 지퍼 부분을 천으로 덧대 가린 바지—옮긴이), 멜빵, 커다란 버튼이 달린 셔츠를 입었다. 여자들은 단색 천으로 만든 수수한 원피스를 입고 보닛으로 항상 머리를 가렸다. 이 복장의 기원은 고린도전서 11장 5절이다.

'무릇 여자로서 머리에 쓴 것을 벗고 기도나 예언을 하는 자는 그 머리를 욕되게 하는 것이니 이는 머리를 민 것과 다름이 없음이니라.'

아미시교도로 잠입하는 것은 시도조차 하지 않았다. 내게도 불가능한 영역이 있다. 그 대신 강아지 번식 산업을 홍보하는 가상의 잡지 「커머셜 캐나인」 기자로 변신했다. 웬만해서 이 방법을 쓰고 싶지 않았다. 인터넷만 대충 검색해 봐도 30초 만에 탄로 날 거짓말 아닌가. 하지만 아미시인이 구글로 내 링크드인 프로필을 검색해야 할까?

당시 보고에 따르면 당국의 허가를 받고 개농장을 운영하는 브리더는 랭커스터카운티에 대략 300명 있었다. 여기에 온갖 술수로 존재를 숨기는 무허가 시설도 600곳 있었다. 이곳을 방문한 동물보호가들은 개농장 주인이 날카로운 도구로 강아지가 짖지 못하게 하려고, 강아지의 목을 내리쳐 성대를 망가뜨린다고 주장했다.

아미시 마을을 운전하다 보면 3세기 전으로 돌아간 기분이 든다. 수염을 길게 기르고 멜빵을 찬 남자들과 덩치 큰 말이 끄는 나무쟁기가 보였다. 평생을 현대 세계와 단절된 생활을 한 그들은 당연히 수상하다는 듯 내게 다가온다. 눈이 휘둥그레진 아미시 아이들은 입을 쩍 벌리며 나를 둘러싸고 구경한다. 개농장 주인이 동물보호가를 경계하는 것과는 차원이 달랐다. 아미시인라면 기본적으로 갖고 있을 외부인에 대한 불신도 극복해야 했다.

그래도 기자로 위장해 매일 10곳 넘는 개농장을 방문할 수 있었다. 주인은 대부분 아미시 농부였다. 나머지 소수는 메노파교도가 운영했다. 아미시교와 메노파교 모두 재세례파이다. 재세례는 성인의 세례를 강조하는 기독교 분파로 항상 수수한 옷을 입는다. 메노파교는 아미시교과 달리 세탁기, 트랙터, 전화기 등 현대 과학기술에 열려 있다는 차이가 있지만, 대형 표지판으로 광고를 하는 농장도 있었다. 주인들은 나를 따뜻하게 맞아주었다. 아미시인들은 나를 '잉글리시'라 불렀다. 아미시 세계에서 모든 외지인을 칭하는 이름이다. 아미시 마을의 개농장은 과학기술을 활용하지 않을 뿐 내가 그동안 둘러본 중서부의 다른 개농장과 다를 게 없었다. 실내에 사는 강아지는 철제케이지를 한 발짝도 벗어나지 못했고 실외 우리의 바닥은 진흙과 눈으로 뒤덮였다. 전기를 사용하지 않았기 때문에 난방이 되지 않아 물그릇이 다 꽁꽁 얼었다. 전기 이발기가 없으니 미용도 하지 않았다. 지저분하게 엉킨 털은 배설물로 떡이 져 있었다. 눈에 감염이 된 강아지, 상처가 벌어져 피를 흘리는 강아지도 목격했다.

사육장을 보는 순간 생기는 감정

처음으로 방문한 개농장의 주인은 아모스 스톨츠푸스라는 사람이었다. 농무부 면허를 소지한 강아지 브리더였다.

첫 만남 당시 스톨츠푸스는 헛간에서 일을 하던 중이라 손님을 맞을 시간이 없어 보였다. 내가 넌지시 잡지 「커머셜 캐나인」 얘기를 꺼냈다.

"사장님 같은 분들을 위한 잡지예요."

"글쎄올시다, 저는 잡지 같은 거 안 봅니다."

"네, 하지만 선생님 한 분을 위한 잡지는 아니고요, 강아지 브리딩 산업 전체를 홍보하는 잡지입니다. 이 산업을 대변하는 책이나 잡지가 없잖아요. 선생님 같은 브리더 분들이 전문직이라는 사실을 모르는 사람이 너무 많아요. 여기서 파는 애완동물이 가장 품질이 좋다는 사실도 잘 모르고요."

스톨츠푸스가 내 말에 혹하는 표정을 지었다. 자만심이 발동한 것이다. 첫 번째 관문은 통과했다.

"지금도 우리 강아지들은 다 팔리고 있는데…" 그가 말했다.

"그럼요, 선생님께서 키웠다면 품질은 보장된 거죠. 하지만 브리더 간에 협력을 하고 대중의 인정까지 받으면 물품을 지금보다 더 싼값에 공급받으실 수 있습니다. 강아지를 팔 때도 이윤을 더 남길 수 있고요."

스톨츠푸스가 씩— 웃었다. 탐욕을 건드리며 나는 두 번째 관문도 통과했다. 이제 하나만 더 넘으면 된다.

"그래서 나보고 뭘 어쩌라는 겁니까?" 스톨츠푸스가 물었다.

"음, 우선 선생님께 여쭤봐야겠네요. 원하는 구매자층이 따로 있으신가요? 사육장에 개선하고 싶은 부분은요? 어떤 품종을 주로 판매하고 싶으십니까? 동물들을 보면서 한 가지씩 말씀 나눠봐요."

스톨츠푸스가 더러운 부츠를 보며 중얼거렸다.

"그게, 지금 사육장이 안 깨끗해서…."

"걱정하지 마세요. 저도 평생 브리딩 사업에 몸담았던 사람입니다. 사육장이야 원래 조금 지저분하죠."

세 번째 관문도 통과했다. 스톨츠푸스의 안내를 받아 사육장으로 들어간 나는 은밀하게 영상 촬영을 시작했다. 왜 그곳을 선뜻 보이지 못했는지 알 것 같았다. 스톨츠푸스는 작은 헛간 두 개에 강아지 수십 마리를 두고 있었다. 벽이 높은 철제케이지에 아이들을 다 쓸어 넣었고 콘크리트 바닥에 깔린 톱밥은 대소변으로 푹 젖은 상태였다. 암모니아 냄새에 코가 마비될 지경이었다. 털과 거미줄을 주렁주렁 단 케이지에 갇힌 강아지들은 서로 부딪히든 말든 원을 그리며 미친 듯이 뛰어다녔다. 누가 자기를 보러 왔다는 사실에 흥분해 숨을 헐떡였다.

그때 검은색 플라스틱 개집 안에서 비숑 한 마리가 고개를 내밀었다. 아이의 눈에는 빨간 순막이 튀어나와 있었다. 눈꺼풀 아래에서 제3안검이 안구를 부분적으로 가리는 '체리아이cherry eye'는 얼마든지 치료할 수 있는 질병이었다. 하지만 이 강아지는 치료를 받지 않은 것 같았다. 분비선이 얼마나 심하게 부었는지 눈 밑과 주둥이 사이에 핏자국이 보였다. 얼굴 왼쪽에는 오래전 봉합한 상처도 있었다. 그래도 나는 웃으며 스톨츠푸스에게 강아지를 정말 잘 키웠다고 칭찬했다. 거짓말로 사육장에 들어왔다는 죄책감은 전혀 없었다. 분노를 애써 참고 있었다.

지역 경찰은 웬만하면 아미시 사회에 간섭하지 않으려 했다. 아미시인은 지대 설정이나 가축 규제 같이 자기들 생활에 영향을 주는 문제가 생기면 합심해 투표를 했다. 그래서 선출직인 지방검사는 아미시 내부에 가정 폭력이나 미성년 노동 착취 같은 문제가 있어도 자체적으로 치안 유지를 맡겼다.

개농장이 위반한 규정

나는 개농장이 위반한 규정을 최대한 많이 기록했다. 지방검사가 사건을 맡지 않는다 해도 우리가 키우는 반려동물이 어디서 오는지에 대한 대중의 인식을 바꿀 수 있기 때문이다. 그리고 2005년 봄, 나는 랭커스터카운티를 다시 찾아갔다. 몇 달 전 방문한 개농장들이 여전히 규정을 위반하고 있는지 확인하기 위해서였다. 변한 것은 없었다. 차이라고 해봐야 케이지 안에 얼어붙은 퇴비 더미가 사라지고 그 자리에 쌓인 배설물에 구더기와 파리가 들끓는 정도일까? 강아지의 털은 관리를 받지 못해 여전히 지저분하게 엉켜 있었다. 그런데도 이런 사육장은 적발 사항 하나 없이 농무부 점검을 통과했다.

농무부 허가를 받은 개농장 중에는 연방법을 깡그리 무시한 곳도 있었다. 소유주인 데이비드 블랭크는 랭커스터카운티에서도 갭이라는 작은 마을에 살았다. 블랭크의 농장에는 당시 인기 있던 미니핀, 푸들, 퍼그, 코커 스파니엘, 시츄, 비숑 프리제, 잭 러셀 테일러, 닥스훈트, 슈나우저 등 약 30개의 견종이 있었다. 블랭크는 기자로 위장한 내게 사육장 구경을 시켜주었다. 카메라가 돌아가는 동안, 강아지들은 임시로 만든 나무 상자에 웅크리고 앉아 눈과 비를 피했다. 다른 케이지에서도 문을 조잡하게 자른 플라스틱 통이 개집 역할을 하고 있었다. 규정에 적합한 부분이 하나도 없는데 농무부 점검 보고서에는 그와 관련한 언급이 전혀 없었다. 강아지들은 잔뜩 엉킨 털에 흙먼지를 뒤집어썼고, 물그릇은 꽁꽁 얼어 있었다.

분만 창고로 들어가자 번식견들이 비좁은 철장 안에서 생활하고 있었다. 털이 다 엉킨 채로 케이지 구석에 웅크린 시츄 한 마리는 다른 강아지들이 예민해져서 짖고 껑충껑충 뛰는 와중에도 벌벌 떨며 제자리를 지켰다. 나는 걸음을 멈추고 심각할 정도로 비쩍 마른 미니핀 암컷을 보았다. 케이지를 열자 기껏해야 2킬로그램인 아이가 나를 향해 철망 사이로 작은 발을 푹푹 빠뜨리면서 다가왔다. 뒷다리 윗부분, 엉덩이, 눈가에는 검은색과 갈색 털이 듬성듬성 빠져 있었다. 이 작은 강아지는 평생 살아온 감옥을 탈출하기로 단단히 결심한 것처럼 보였다. 내가 반응할 새도 없이 내 품에 뛰어올라 얼굴을 묻었다. 털이 빠져 비늘처럼 미끈해진 피부에서는 고름이 흘렀다. 눈꺼풀은 정상 크기의 3배 정도로 부풀어 있었다.

케이지에 다시 넣으려 해도 발을 구부려서 내 팔을 붙잡왔다. 내 어깨를 딛고 바닥으로 뛰어내리려 했다. 정말 그러고 싶지 않았지만 방법이 없었다. 못 움직이게 붙잡고 조심스레 케이지에 넣었다. 잠시 내 눈을 응시하던 아이는 다시 구석으로 물러났다. 이후 경찰 제출용으로 영상을 검토하고 편집하는 동안, 데버라와 나는 그 미니핀을 주인 데이비드 블랭크의 이름을 따서 다비다라고 불렀다. 우리는 현장에서 만난 강아지 이름을 모를 때 사육장 주인의 이름을 따서 부르곤 했다. 그래야 수백 장이 넘는 수사 기록을 체계적으로 정리할 수 있었다. 사실 다비다는 사랑하고 아껴주는 가족을 찾아줘야 하는 것처럼 그보다 좋은 이름을 받아야 했다. 하지만 한편으로는 잘 어울리는 이름이었다. 다비다는 주인과 마찬가지로 펜실베이니아 개농장을 상징하는 존재였기 때문이다. 퉁퉁 부은 눈과 속살이 드러난 상처, 지옥에서 탈출하려는 절박한 의지는 강아지 번식 사업의 총체적인 문제를 보여주고 있었다.

CAPS는 내 기록과 영상을 모아 개농장을 단속하는 기관인 펜실베이니아 강아지보호국Pennsylvania Bureau of Dog Law Enforcement으로 보냈다. 혹시나 했지만 역시나 답은 오지 않았다. 예상했던 일이다. 농무부처럼 강아지보호국도 자신이 방지해야 할 동물학대를 모르쇠하기로 유명했기 때문이다. 다비다 같은 강아지를 돕고 싶다면 그런 기관 내부의 문화가 바뀌도록 동물보호단체가 정치적으로 압박하는 방법밖에 없었다.

다행히 우리에게는 에드워드 렌델 펜실베이니아 주지사라는 강력한 아군이 있었다. 2003년 취임한 렌델 주지사는 오랜 애견인으로, 강아지에 관해서라면 좋은 소리를 듣지 못하는 펜실베이니아의 평판에 우려를 표한 몇 안 되는 정치인이었다. 렌델 주지사는 사업가이자 자선가인 마샤 펄먼과도 친분이 있었다. 아주 오래전부터 동물보호운동을 지지해 온 펄먼은 펜실베이니아에서도 무척 영향력 있는 인물이었다. 미국동물학대방지협회American Society for the Prevention of Cruelty to Animals, ASPCA 위원이기도 한 펄먼은 펜실베이니아 강아지들을 돕기 위해 펜실베이니아 개농장의 실태를 폭로하기로 결심했다.

ASPCA 소속 수사관인 밥 베이커는 내가 그동안 CAPS에서 어떤 일들을 했는지 알고 있었다. 랭커스터카운티를 여러 차례 방문했다는 사실도 알고 있었다. 그래서 2006년 초, 베이커는 한 가지 아이디어를 떠올렸다. 내가 펄먼의 의뢰를 받아 랭커스터카운티 개농장을 고발하는 증거를 수집하는 게 어떻겠냐고 했다. 펄먼은 내가 확보한 영상을 렌델 주지사에게 직접 전달할 위치에 있었다. 주지사는 펜실베이니아 강아지보호국을 움직일 권한이 있었다. 나는 당장 펄먼을 만났다. 펄먼의 설명에 따르면 주지사는 진정한 동물애호가들로 보호국을 물갈이할 계획이라고 했다.

"한번 해볼게요."

그렇게 나는 비밀 동물 수사관 일을 시작하고 처음으로 민간인의 의뢰를 받았다. 이번에는 열심히 노력해 얻은 결실이 지방검사의 사건 파일 밑바닥에 놓이는 일은 없을 것이다. 그렇게 생각하니 기운이 솟아났다. 이건 하늘이 내린 기회였다.

다시 방문한 랭커스터카운티

2006년 5월, 머리를 자르고 수염을 기른 나는 랭커스터카운티를 다시 방문했다. 이번에는 강아지를 사려는 남자로 위장했다. 이쯤 되자 브리더를 상대한 경험이 쌓여 어디를 가든 교묘한 말로 상황을 모면할 수 있다는 자신감이 생겼다. 2주 동안 개농장 18곳을 조사해보니 1년 전 내가 촬영한 영상과 상태가 하나같이 다 똑같았다. 아무 변화가 없었던 것이다. 굶주리고 더러워진 강아지들은 바닥이 숭숭 뚫린 철장에서 배설물을 밟으며 생활하고 있었다. 사료에는 곰팡이가 피고 물은 흙탕물로 변했다. 치료받지 못한 상처에는 염증이 났다.

내가 지난번에 방문한 후로도 아미시 마을의 개농장들은 농무부와 펜실베이니아 강아지보호국의 면허를 갱신했다. 정부 조사관들은 위반 사실을 다 알면서도 아무 조치를 취하지 않았다. 나는 농장을 둘러보고 대부분 아미시교나 메노파교 사람인 농장 주인들과 이야기를 나눴다. 왜 이 사람들은 동물을 이토록 끔찍한 환경에 방치하는 걸까? 궁금했다. 겉보기에는 좋은 사람들이었다. 다들 따뜻한 가정을 이루고 살았다. 괜히 사람을 미워하고 싶지는 않았다. 검소한 삶을 추구하는 사람이라면 동정심도 가지는 게 당연하다고 생각하고 싶었다. 하지만 그들도 CC 베어드, 루벤 위, 닐 스파이스 등 내가 만난 개농장 주인들과 다를 바 없었다. 이 나라에서 강아지는 가축 취급을 받기 때문이다. 일반적인 개농장 주인이 강아지를 트럭처럼 이야기하듯, 아미시 개농장 주인은 강아지를 마차처럼 이야기했다. 강아지를 가여워할 대상으로 보지 않는 사람에게 당신이 키우는 강아지를 가엾게 봐달라고 어떻게 설득할까?

브리더는 강아지를 가축처럼 '머리'로 수를 센다. 강아지를 사육하는 기간에 관해서는 보통 이런 식으로 말한다. "7년쯤 써먹으면 도태시켜야죠." 여기서 도태란 '가축을 도태시키다'와 같은 의미이다. 어디다 팔거나 죽인다는 거죠. 번식견을 구조대에 보내는 브리더도 있지만 대부분 그냥 총으로 쏴 죽이고 농장에 묻는 방법을 선호한다. 아니면 돈을 노리고 경매에 붙인다. 그럴 경우 구조단체는 비싼 값을 치르고 강아지를 구한다. 본의 아니게 개농장 주인의 배를 불려주는 셈이다.

내가 펄먼에게 증거를 보냈을 무렵, 렌델 주지사는 강아지보호국을 정비했다. 몇 주 만에 지도부만이 아니라 보호국에서 '고문' 역할을 하던 자문단이 전원 해고되었다. 자문단에는 강아지 800마리를 사육하는 악명 높은 개농장 주인도 있었다. 보호국의 주요 업무가 하루아침에 싹 바뀌었다. 그전까지 감싸주던 개농장을 이제는 엄중 단속해야 했다. 정부 조사관들은 엉킨 털, 지저분한 밥그릇, 녹슨 철장, 방치된 배설물 등등 전에는 못 본 체하던 항목들에 체크를 하기 시작했다. 이후 수없이 이어질 공청회도 열렸다. 주로 아미시인과 메노파인으로 구성된 브리더 300명은 해리스버그에 있는 농업전시장 엑스포센터Farm Show Complex & Expo

Center를 가득 채우고 보호국의 규제가 사업에 과도한 부담을 준다고 주장했다. 하지만 주 검찰차장 출신인 제시 스미스가 새로 이끌게 된 보호국은 꿈쩍도 하지 않았다.

대부분의 농장은 조명, 온도, 환기, 운동 등 새로운 요건을 충족하도록 시설을 업그레이드하는 대신 폐업을 선택했다. 2007년 10월, 나는 CAPS의 의뢰로 펜실베이니아에 돌아가 면허를 갱신하지 않은 개농장 수십 곳을 돌아보았다. 새 규정을 따르기 싫어 사업을 접었다고는 하지만 대부분 불법 운영을 계속한다는 의심이 있었다. 이번 일은 스미스 국장의 허락을 받고 진행했다. 스미스에게 펜실베이니아주의 개 포획원dog warden(주인 없는 개를 포획해 동물보호소로 보내는 직업－옮긴이) 모임에 나가 강연을 해달라는 부탁도 받았다. 현재 개농장을 조사하고 단속하는 일을 포획원들이 맡고 있었기 때문이다. 펜실베이니아 허시에 있는 컨벤션센터 회의실에 모인 포획원들 앞에서 스미스가 직접 나를 소개했다. 그곳에 스물여덟인 나보다 어린 사람은 없었다.

스미스가 말했다.

"피터를 소개할게요. 이분이 하는 말은 한 마디도 빠짐없이 새겨 들어야 합니다. 만약 피터가 위반 사항을 보고하면 무조건 조사하세요."

웃으며 내 말을 경청하는 포획원도 있었지만 일부는 불쾌한 기색이었다. 새로운 규정에 따라 움직이고 긴 시간을 들여 조사 결과를 기록하는 것도 모자라 밀리터리 모자를 쓴 애송이가 이래라저래라 하는 설교를 들으라고? 이런 마음이었다. 나는 예의 바른 말투로 그동안 해왔던 일과 앞으로 몇 주간 하게 될 일을 설명했다. 펜실베이니아에 있는 포획원이 다 나를 미워해도 상관없었다. 개농장을 다 없앨 수만 있다면 말이다. 내 마음이 전해졌는지 강연을 주의 깊게 들었던 포획원 몇 명이 내게 명함을 건넸다.

다시 한번 랭커스터카운티 개농장들을 순회했다. 이번에는 포획원들의 협조 약속을 받아 다른 카운티까지 활동 반경을 넓혔다. 펜실베이니아 주법에 의거, 강아지 26마리 이상을 소유하면 주 정부로부터 브리더 면허를 받아야 하는데 역시나 면허를 갱신하지 않은 브리더 대다수가 영업을 계속하고 있었다. 강아지 판매를 홍보하는 표지판을 없애고 우리 마당을 농장 뒤편으로 옮겼을 뿐이다. 농장 주인들은 수사관에 대한 경계가 심했기 때문에 현찰로 강아지를 사겠다고 제안하는 방법을 썼다. 아미시 개농장 주인은 일반적인 개농장 주인과 의상, 말투, 작업 방식, 종교가 다르지만 공통점도 있었다. 돈을 밝힌다는 것이다. 무허가 개농장을 적발하겠다는 나의 계획은 간단했다. 농장주에게 아직 강아지 브리딩을 하는지 묻고 만약 그렇다면 최고가를 지불하겠다는 의사를 분명히 표현하는 것이다. 다들 강아지를 못 팔까봐 안달이 나있었다. 이 전략으로 나는 폐업했다고 주장하는 번식장 문을 수도 없이 통과했다.

지머맨 농장의 불시 단속

작년에 만났던 브리더인 앨빈 지머맨은 2007년에 면허를 갱신하지 않았다. 다시 농장을 방문했을 때 작은 창문이 여러 개 난 헛간에서 분명히 강아지 수십 마리가 짖었는데 말이다. 아미시인인 지머맨은 미혼답게 깨끗하게 면도한 얼굴이었다(전통에 따라 아미시 남성은 결혼을 해야만 수염을 기를 수 있었다). 멜빵을 메고 페도라를 썼는데 머리 크기에 비해 모자가 턱없이 작았다.

"아직 번식하세요? 강아지를 좀 사고 싶은데요." 내가 물었다.

뭐라 알아듣기 힘든 말을 중얼거리던 지머맨은 내가 현찰을 제시하자 몇 마리 보여주겠다고 했다. 잠시 기다리라

하고는 농장 저편에 있는 헛간으로 달려갔다. 나도 헛간으로 재빨리 뛰어가 창문 너머로 안을 살폈다. 아미시는 전기 조명을 사용하지 않아 녹슬고 비어 있는 케이지만 겨우 보였다. 케이지 바닥에는 배설물이 그냥 말라붙어 있었다. 하지만 곰팡내 나는 헛간 안쪽에서 강아지 수십 마리가 짖는 소리만은 똑똑히 들렸다. 황급히 차로 돌아가 지머맨이 돌아오기를 기다렸다.

지머맨은 당시에 유행하던 코카푸 새끼 몇 마리를 데려왔다. 코카 스파니엘과 푸들을 교배한 품종이다. 아이들은 아주 오랜만에 바깥 세상에 나온 듯 밝은 햇살에 눈을 찌푸렸다. 나는 지머맨에게 현금을 찾아오겠다고 말하고 농장을 나왔다. 5분 후, 전에 명함을 받은 포획원 한 명에게 방금 본 장면을 설명했다. 그렇다고 큰 기대는 없었는데 11월 13일 강아지보호국은 정말로 지머맨의 농장을 불시 단속했다. 이후 제시 스미스는 아래와 같은 보도 자료를 냈다.

펜실베이니아주 개 포획대는 민간 수사관을 지원해 유니언 카운티에 있는 무허가 시설에서 강아지 29마리를 구조했다. 이는 부적합한 사육장을 엄중 단속하고자 하는 에드워드 G. 렌델 주지사의 정책에 따른 조치였다. 지난 화요일, 포획대는 무허가로 시설을 운영하고 있다는 제보를 받고 루이스버그 페어뷰 사육장을 방문했다. 조사 결과, 40마리 중 29마리가 털이 지저분하게 엉킨 상태로 배설물이 가득한 불결한 환경에서 살고 있었다.

지머맨은 무허가 사육장을 운영하고 강아지를 비위생적인 환경에 방치한 혐의로 기소되었다. 어안이 벙벙했다. 펜실베이니아는 '동부 개농장의 수도'라고 조롱 받던 곳이다. 그런데 주 당국이 나의 제보만 듣고 개농장을 급습하다니…. 변화의 바람은 그칠 줄을 몰랐다. 내가 촬영한 영상들을 인터넷에 올린 CAPS 외에 다른 동물보호단체도 참전했다. 2008년 초, 빌 스미스라는 수사관이 이끄는 메인라인 동물구조단Main Line Animal Rescue은 펜실베이니아 개농장을 고발하는 전광판 광고를 했다. 얼마나 눈에 잘 띄었는지 오프라 윈프리의 시야에도 포착되었다. 오프라는 방송 스태프를 보내 스미스를 밀착 취재했다. 위험을 무릅쓰고 각 지역의 개농장을 돌아다니는 스미스는 개농장 강아지들의 비참한 생활을 보여줬다. 그 모습이 전국 방송을 타며 개농장을 더 엄격히 규제해야 한다는 믿음은 한층 더 굳어졌다.

강아지 학살 사건

민간 조사관이 끊임없이 노력하는 동안, 개농장 주인들은 극단적인 행동을 벌였다. 2008년 7월, 랭커스터카운티와 맞닿은 북쪽의 버크스카운티에서 일어난 일이다. 개농장 주인 두 명은 당국의 규제를 더는 참을 수 없었다. 강아지 벼룩 따위를 치료하라니? 어느 날 아침 두 남자는 자기 농장에 있는 푸들, 시츄, 코카 스파니엘을 향해 엽총을 발사했다. 좁은 우리 안에서 강아지 80마리 이상이 학살을 당했다. 시체는 퇴비 더미에 던져졌다. 시체가 발견된 후 대중은 두 브리더를 처벌하라고 당국에 요구했지만 아무것도 할 수 없었다. 동물을 가축으로 인식하는 면죄부 덕분에 이런 학살도 엄연히 합법이었던 것이다. 벼룩 치료 같은 사소한 규제를 지키느라 수익이 줄어들면서 곧이어 기괴한 일이 벌어졌다. 사업가의 눈에 강아지는 살아 숨 쉬는 생명체가 아니었던 것이다. 최대한 적은 비용으로 많은 수익을 올려야 할 환금 작물일 뿐이었다. 원칙과 절차를 생략하고 규정은 위반한다. 비용이 너무 많이 들면 상품을 폐기 처분한다.

학살 사건까지 일어나자 강아지보호국 개편만으로는 충분하지 않다는 결론이 나왔다. 개 포획원들이 아무리 일을 잘하고 있어도 부족했다. 지옥 같은 개농장을 없앨 법을 통과시켜야 했다. 그러려면 펜실베이니아주 의회에 법안이 상정돼야 했다. 만만치 않은 일이었다. 하지만 2008년 봄, 렌델 주지사는 법률안 2525호, 일명 펜실베이니아 강아지법을 제출했다. 이 법이 제정되면 개농장은 번식견의 케이지 크기를 2배로 늘리고 강아지를 실외에도 내보내야 한다. 강아지는 24시간 내내 물을 마실 수 있어야 하며, 구멍이 뚫린 철망 바닥에 강아지를 두는 행위는 불법이고, 총을 이용한 안락사도 금지되었다.

번식 업계는 미친 듯이 저항했다. 해리스버그에 있는 로비스트를 이용해 최종 투표를 무기한 연기하는 수정안으로 법안을 무력화하려 했다. 하지만 변화의 바람은 너무도 거셌다. 2008년 9월 17일, 법안은 찬성 181 대 반대 17이라는 압도적인 차이로 펜실베이니아 하원을 통과했다. 곧이어 상원에서도 통과되었고 렌델 주지사가 10월 9일 법안에 서명하며 법률로 제정되었다. 서명식에는 주지사의 반려동물 매기도 자리를 함께했다. 골든 리트리버인 매기는 1년 전 아미시 개농장에서 구출된 아이였다.

"강아지를 사랑하는 우리 펜실베이니아 사람들은 '동부 개농장의 수도'라는 오명을 씻을 때가 왔다고 판단했습니다. 그리고 저희는 해냈습니다."

렌델의 말처럼 법은 변화를 이루어냈다. 농무부 허가를 받은 펜실베이니아 개농장의 수는 4년 만에 약 300곳에서 30곳으로 줄었다. 개농장 입장에서는 강아지를 존중하고 가엾게 여기는 데 드는 비용이 너무도 높았던 것이다.

펜실베이니아에서 우리의 역할은 끝나지 않았다. 최근 몇 년 사이 대규모 사육장의 수가 다시 증가세를 보이고 있기 때문이다. 번식견 수를 최소 기준 이하로 유지해 규제를 피하는 소규모 사육장도 수백 곳이다. 번식 업계에서는 여전히 사기와 거짓말이 판을 치고 있었다. 특히 아미시 개농장은 경찰의 불간섭주의를 만끽하고 있었다. 하지만 여전히 동물보호가들은 선출직 공무원들에게 압박을 가하는 중이다. 2017년, 펜실베이니아 주지사 톰 울프는 리브레법에 서명했다. 랭커스터카운티 개농장에서 구출되며 가까스로 죽음을 면한 강아지 리브레의 이름을 딴 법이다. 리브레법은 기존의 동물학대법을 개정해 위반 행위에 처벌 수준을 대폭 높였다. 검사 측에서 중죄로 유죄 판결을 이끌어내기가 훨씬 쉬워졌다.

강아지가 돈으로 거래되는 한, 펜실베이니아의 문제는 뿌리 뽑히지 않을 것이다. 수년 전 랭커스터카운티에서 만났던 강아지 다비다는 지금도 내 기억에 남아 있다. 더러운 케이지에서 도망치려 애쓰던 모습이 뇌리에 각인되었다. 다비다가 부디 평안을 찾았기를 바란다. 내가 더 도와주지 못해 미안할 따름이다. 인간이 무슨 자격으로 강아지에게 그런 삶을 강요할까? 아무리 많은 보호법이 생긴다 한들 그게 다 무슨 소용일까? 케이지는 그래봐야 케이지이다. 크기를 키운다 해서 근본적으로 달라지는 것은 없다.

잔인한 브리더의 추락을 보여준

매기

수의사 자격 없이 행해지는 불법 수술

그동안 내가 방문한 번식장은 수백 곳이 넘지만 대부분 구멍가게 수준이지 일반적으로 생각하는 개농장이 아니다. 하지만 학대는 어디서나 발생한다. 업장의 규모는 아무 상관이 없다. 지난 18년간 작은 번식장부터 공장식 축산농장까지 다 수사하며 발견한 사실이 있다. 동물로 수익을 추구하는 사업에는 학대와 방치가 자동으로 따라온다는 사실이다. 동물을 불쌍히 여기면 수익이 줄어들고 기본적인 관리를 하면 경쟁력이 떨어진다. 이런 상황에서 고통을 받는 것은 강아지들이다.

대다수 번식장 주인은 어쩌다 보니 나쁜 일을 하게 된 좋은 사람들이다. 하지만 어쩌다 한 번씩 크루엘라 드 빌(『101마리 달마시안』의 악당으로 강아지를 죽여 모피 코트를 만들어 입으려 한다－옮긴이) 같은 사람을 만날 때가 있다. 순수한 생명체에 고통을 주며 즐거워하는 이런 인간은 '악마'라는 한 단어로밖에 묘사할 수 없다.

2008년 4월, 나는 미네소타주에 있는 기묘한 작은 마을 뉴욕밀스에서 현실판 크루엘라를 만났다. 이야기는 역대급으로 잔혹했던 한 개농장에서 시작되었다.

픽오브더리터켄넬은 농무부 허가를 받은 번식장으로 운영자는 캐시 바우크라는 여자였다. 캐시는 1980년대 초부터 남편 앨런과 강아지 브리딩을 시작했고 주로 펫숍과 거래했다. 그러다 인터넷이 발달하자 다른 브리더와 마찬가지로 강아지를 소비자에게 직접 판매하는 방식으로 수익을 높였다. 1990년대 후반이 되자 대규모로 발전한 번식장은 모든 견종을 취급했다. 강아지 수는 무려 900마리에 달했다. 1996년, 한 수의사가 오터테일카운티 보안관국에 캐시 바우크를 강아지 학대 혐의로 고발했다. 수의사와 다른 정보제공자 3인의 제보에 의하면, 캐시는 수의사 자격이 없으면서도 항생제 없이 제왕절개와 중성화수술을 했다. 캐시가 병든 강아지를 치료하지 않는다는 내부고발은 추가로 더 나왔다. 방치되어 케이지 안에서 사망한 강아지는 살아있는 형제들 사이에서 부패된다는 것이다. 캐시는 굳이 진찰하지 말고 빈 건강증명서에 서명만 하라고 수의사를 회유한 혐의도 받고 있었다. 그렇게 하면 병든 강아지를 소비자에게 대량으로 팔 수 있기 때문이다.

어떤 이유에서인지 달라지는 건 없었다. 캐시는 처벌을 받지 않고 영업을 계속했다. 농무부는 면허를 갱신했고 캐시에 대한 고발이 쏟아지는데도 지역 경찰은 수사를 거부했다. 10년 후, 데니스 스탠퍼드라는 수의사가 한 강아지를 진료했다. 몇 달 전 픽오브더리터에서 구입한 아이였다. 중성화수술이 잘못된 상태였는데 아무래도 수의사 솜씨가 아니었다고 했다. 스탠퍼드 박사의 신고를 받은 보안관국은 사건을 미네소타 수의사의원회에 이송했다. 위원회는 면허 없이 수술을 한 캐시에게 즉각 정지명령을 내렸다. 오랜 시도 끝에 간신히 얻은 두 번째 기회였지만 캐시는 명령을 무시했다.

번식장에서 일했던 직원들의 고발은 계속해서 쌓여갔다.

바우크 부부는 수의사에게 줄 돈을 아끼기 위해 여전히 중성화수술과 제왕절개를 직접 실시하고 있었다. 자격도 없이 위험한 약물을 멋대로 쓰고 있었다. 캐시가 던진 장대에 강아지가 맞아 죽는 장면을 목격했다는 직원도 나왔다. 오랫동안 방관하던 오터테일카운티 보안관국도 이제는 움직이지 않을 수 없었다. 2008년 4월, 캐시는 무허가로 수술을 한 혐의 5건, 동물학대 1건으로 기소되었다. 하지만 정의의 수레바퀴는 천천히 돌아가는 법이다. 특히 동물 문제라면 고통스러울 정도로 천천히 움직인다. 재판이 열리고 법적 절차가 진행되는 와중에도 캐시는 농무부 면허를 유지했고 픽오브더리터는 강아지로 넘쳐났다.

까다로운 잠입 수사가 시작되다

2008년 봄 기준으로 캐시의 개농장은 전국에서 규모가 가장 컸다. 성견과 새끼 강아지를 약 1,300마리 보유하고 있었다. CAPS의 데버라 하워드는 캐시가 유죄 인정을 놓고 협상을 하는 중이라는 경찰 소식통의 말을 들었다. 그렇게 되면 강아지 번식과 판매를 계속할 수 있었다. 나와 CAPS

는 캐시 문제에 관한 사법부의 판단을 믿을 수 없다고 생각했다. 그래서 내가 2008년 4월 캐시의 농장에 위장 취업을 한 것이다. 그 안에서 발생하는 위반 행위를 전부 기록할 작정이었다. 캐시를 업계에서 영원히 추방하려면 확실한 영상 증거가 있어야 실낱 같은 기회라도 잡을 수 있었다.

하지만 이번 일은 평범한 잠입 수사가 아니었다. 대부분의 번식장과 공장식 농장은 수사관이 잠입하려 해도 영문을 모른다. 동물보호단체에서 자기를 노리고 있다는 사실조차 몰랐다. 하지만 캐시는 직원들이 내부고발을 했다는 걸 알고 있었다. 이전에도 비밀 수사관이 잠입 시도를 했다는 사실도 알았다. 그래서 경계가 아주 심했다.

나는 2008년 4월 초 뉴욕밀스에 도착했다. 인구가 약 1,200명인 이곳은 노스다코타주 파고에서 약 130킬로미터 남동쪽에 위치한 혹한의 땅이었다. 겨울이면 낮에도 기온이 영상으로 올라가지 않고 수은주가 영하 17도 근처를 맴돌았다. 뉴욕밀스 같은 마을은 봄이 왔다고 해도 떨떠름할 것이다. 4월, 5월에도 차가운 날씨가 이어지기 때문이다. 마을의 공식 모토는 '집처럼 편안한 곳'이지만 얼어붙은 툰드라는 내가 사는 따사로운 노스캐롤라이나만큼 편안하지 않았다. 비가 와서 추운 날 아침, 나는 뉴욕밀스에서 남동쪽으로 15분쯤 가면 나오는 마을 워디나에 도착했다. 여기서 집을 구할 생각이었다. 웬만해서 표적물과 가까운 곳은 피하는 편이다. 안 그래도 캐시는 눈에 불을 켜고 동물보호가를 경계하고 있기 때문이다.

픽오브더리터에 지원하기 전, 이야기를 빈틈없이 지어내야 했다. 사전 준비를 잘하면 반은 성공했다고 할 수 있다. 트레일러촌 한 곳을 찾아갔다. 뭔가 켕기는 듯 눈빛이 흔들리는 주인 남자는 아주 반색을 하며 가장 싼 집을 보여주었다. 트레일러촌에 있는 작은 연립의 1층집은 난방이 되지 않는 데다 카펫도 얼룩덜룩했다. 집을 보는데 주방 천장에서 탁한 갈색 물이 떨어졌다.

"위층에서 샤워 중이에요." 집주인이 설명했다. "그래도 걱정은 마세요. 일주일에 한 번만 샤워하는 사람이라."

나는 현금으로 월세를 내고 그날 당장 짐을 들였다.

지역 차량국에 가서 미네소타 운전면허증과 새 번호판을 받고 본격적으로 일을 시작했다. 우선 캐시의 성격, 유머감각, 독특한 습관까지 전부 알아내야 했다. 당시 시점으로는 정보가 하나도 없었기 때문에 나는 기본 원칙 하나를 어겼다. 경찰에 동물학대 신고를 했다는 전 직원에게 연락한 것이다. 평소라면 CAPS의 데버라 외에는 수사 사실을 아무에게도 알리지 않는다. 하지만 이번 사건에는 새로운 규칙과 전략이 필요했다.

픽오브더리터 직원 출신인 모니카에게 전화를 했다. 번식장 폐업을 위해 CAPS 의뢰로 일하고 있다는 사실을 두루뭉술하게 설명했다. 다행히 모니카는 필요한 정보를 곧바로 알려주었다. 모니카는 캐시를 '사람 괴롭히기 좋아하는 변덕쟁이'라 묘사했다. 직원을 다 자기 뜻대로 쥐락펴락하려 한다는 것이다. 직원은 대부분 헤로인이나 메스암페타민 중독으로 다른 곳에 취업하기 힘든 사람들이었다.

"사정이 어려운 애들을 종처럼 부려요." 모니카가 말했다. "뭐, 기독교인 중에도 좋은 사람은 남이 어렵고 힘들면 진심으로 도우려 하죠. 하지만 캐시요? 그 여자는 불쌍한 사람을 보면 제멋대로 갖고 놀려고 해요."

통화 내용을 아무에게도 말하지 말아달라고 모니카에게 당부했다. 그러겠다는 약속을 받았지만 나는 그날 밤 잠을 이루지 못했다. 나는 모니카에 대해 아는 게 없고, 모니카는 말 옮기기를 좋아한다. 좁은 마을에서는 소문이 빨리 퍼질 것이고, 나는 모니카를 믿어도 되는 걸까?

다음날 아침, 픽오브더리터켄넬로 차를 몰았다. 모니카에게 입수한 정보를 이용해 말로 일자리를 얻어낼 자신이 있었다. 캐시는 농장에 살고 있었다. 평범한 주택 양 옆으로 헛간 몇 개와 강아지 우리 수십 개가 줄을 지었다. 허스키 우리 옆에 차를 세웠다. 나를 보고 우리에 바짝 붙은 허스키들이 반짝이는 파란 눈으로 숨을 헐떡이며 따라왔다. 마스티프 우리를 지나자 덩치 큰 녀석들의 짖는 소리가 헛간 지붕을 뚫고 메아리쳤다. 늘씬한 저먼 셰퍼드, 통통한 래브라도, 요크셔테리어, 잭 러셀, 치와와, 코카 스파니엘, 미니어처 슈나우저, 시츄, 닥스훈트, 퍼그, 시바견, 케언 테리어, 페키니즈, 푸들, 몰티즈, 비숑도 보였다.

개 짖는 소리에 귀가 먹을 것 같았다. 악취는 코를 마비시켰다. 헛간은 그야말로 강아지 창고였다. 성견 천 마리와 새끼 강아지 수백 마리가 콘크리트 우리와 철제 케이지에 바글바글했다. 아이들은 돌고 짖고 케이지 철망을 발로 할퀴었다. 다른 친구들이 왜 짖는지 몰라서 정신없이 안으로 뛰어 들어오고 밖으로 뛰어 나갔다. 헛간 건물은 미로와도 같았다. 고개를 돌리는 곳마다 케이지가 줄줄이 늘어서 있었다. 그 아래에 쌓인 배설물에는 파리가 들끓고, 진입로와 이어진 번식장 입구에 잘 손질된 화단은 혼란스러운 풍경을 보기 전 화사한 색으로 눈을 진정시키는 역할을 하는 것 같았다.

캐시 바우크가 헛간 하나에서 나왔다. 강아지들과 오래 일해서인지 나는 사람을 만날 때면 견종에 비유하는 버릇이 있다. 몸이 근육질이고 세파에 찌들어 항상 찡그리고 있는 중년 여성 캐시는 불도그와 비슷했다. 긴 금발을 하나로 묶은 그녀는 못마땅하게 아랫입술을 비쭉 내밀었다. 묘하게 작은 눈이 안경알 뒤에서 나를 응시했다.

"뭐요?" 캐시가 버럭 외쳤다.

땅을 보며 어깨를 움츠리고 소심하게 물었다.

"여기가 픽오브더리터켄넬인가요? 일자리를 구하려고요."

캐시는 나를 위아래로 훑어보고 질문을 퍼부었다. 이름이 뭐지? 어디 출신이야? 어떻게 알고 왔어? 왜 여기서 일하려고 하지? 나는 좋아하는 여자를 따라 이 동네에 왔지만 일이 잘 풀리지 않았다고 설명했다. 아직 고향에 돌아갈 돈을 못 모았다고 했다. 그래서 취직을 해야 한다고. 주머니에 손을 넣고 땅에 시선을 고정하며 가끔씩만 캐시를 올려다보았다.

"나는 최저임금밖에 안 주는데." 캐시가 의심스러운 듯 말했다.

"건설 쪽으로 가면 두 배를 받고 일할 수 있어. 여기가 뭐 그렇게 특별하다고?"

"그런 일은… 저랑 안 맞아서요…."

내가 말을 흐렸다. 번식장에서 일한 경험이 있다는 티는 내지 않았다. 멍청하고 삶이 버거운 어린놈이라는 인상을 심어줘야 했다. 한두 건 정도 유죄 판결을 받은 적도 있고, 사는 게 너무 어려워 어떤 일이든 마다하지 않을 것이라는 인상을 남겨야 했다.

"개에 대해서는 잘 모르지만 열심히 배울게요. 약속해요." 어색하게 발을 움직이고 처음으로 캐시와 눈을 마주쳤다. "제발요."

이 방법이 먹혔나 보다. 캐시는 자기 번식장이 얼마나 크고 개들이 얼마나 많은지 떠벌리기 시작했다. 자기가 수많은 펫숍을 먹여 살리고 떼돈을 번다고도 자랑했다.

"내가 하는 일은 아무나 못하는 거야. 이건 자신 있게 말할 수 있어."

"그럼요, 사장님."

"네 손이 수고한 대로 먹을 것이라. 네가 복되고 형통하리로다." 캐시가 눈을 가늘게 떴다. "어디서 나온 말인지 아나?"

마음속으로 부모님께 감사를 전했다. 수년 동안 가톨릭 학교를 다닌 보람이 있었다.

"알지요, 사장님. 성경입니다."

캐시는 성경 구절을 읊는 사이사이 자신을 기소한 지방 검사를 욕했다. 본인은 아무 잘못이 없다고 했다. 강아지들도 자기 덕분에 행복하게 산다고 주장했다. 그러고 나서 사육장을 둘러보게 해주었고, 대형견용 분만 창고도 보여줬다. 창고 바닥을 뜯고 콘크리트가 발라져 있었다. 어둑한 적외선등이 거미줄을 달고 천장에서 달랑거렸다. 공기는 암모니아와 퇴비 악취로 찌들었다. 헛간에 몇 줄씩 늘어선 분만 우리는 새끼 강아지로 가득했다. 품종이 몇 개나 있는지 세다가 잊을 정도였다. 무수한 철장 안에서 겨우 몇 주 전에 태어난 새끼들이 깡깡— 짖고 돌아다녔다. 자그마한 발이 케이지 철망 사이로 푹푹 빠졌다.

"자네 운이 좋네." 캐시가 말했다.

"마침 일손이 필요하던 참이거든. 동물보호가인지 뭔지 하는 추잡한 놈들이 아니라는 걸 증명할 때까지 일단은 수습이야. 일은 힘들 거야. 주변이 지저분하고 근무 시간도 길지. 최저임금을 줄 건데 인상해달라는 부탁은 생각도 하지마. 여기서 일한다는 말도 하면 안 돼. 친한 사람이 자꾸 물어보면 그냥 농장에서 일한다고 해. 무슨 동물을 키우냐고 하면 그냥 '개'라고 하면 돼. 개가 몇 마리 있냐고 물으면 너무 많아서 모른다고 하는 거야. 똥을 얼마나 많이 치우냐고 물어봐도 너무 많아서 모르겠다고 해. 다 알아 들었지?"

"네, 사장님. 저는 다시 일을 할 수 있는 것만으로도 좋아요. 시키는 대로 할게요."

집으로 돌아와 데버라에게 전화하자 데버라는 뛸 듯이 기뻐했다. 캐시 바우크는 데버라의 목표물 1순위였기 때문이다. 데버라는 캐시의 번식장에 동물보호가를 잠입시키려고 몇 년 전부터 갖은 노력을 하고 있었다.

하지만 캐시는 아직 나를 믿지 못했다. 밤사이 그녀는 내 말이 진실일지 판단할 계획을 세웠다. 다음 날 아침 내가 출근하자 어제와 같은 질문을 했다. 대답이 바뀌는지 보려는 거였다. 어디 출신이야? 어떻게 알고 왔어? 왜 여기서 일하려고 하지? 지방검사나 동물보호단체의 지령을 받은 사람을 대하듯 물었다. 캐시는 코앞까지 얼굴을 들이밀고 내 얼굴을 관찰하며 호기심 많은 앵무새처럼 고개를 옆으로 기울였다.

“저는 다른 목적 없어요, 캐시 사장님.” 내가 말했다.

“저는 동물에 정신 나간 그런 사람 아닙니다. 그냥 일하고 싶을 뿐이에요.”

캐시는 내 대답에 만족한 듯했다. 하지만 그 질문 공격은 이후 끝없이 이어질 성격검사의 시작이었다. 근무 첫날, 캐시는 나를 도나라는 직원과 짝지어 강아지 털 손질을 시켰다. 늘씬하고 금발을 찰랑이는 도나는 문신이 아주 많았다. 말이 많은 스타일도 아니라 우리는 침묵 속에서 소형견의 빗질과 목욕에 열중했다. 그런데 갑자기 도나가 똑같은 질문을 하는 것이었다. 어디 출신이야? 어떻게 알고 왔어? 왜 여기서 일하려고 해? 도나는 나와 눈도 마주치지 않고 무미건조한 말투로 질문을 쏟아냈다. 캐시가 시킨 거였다. 대답을 비교해 내 이야기에 일관성이 있는지 확인하려고 한 것이었다. 『CSI: 마이애미』에서 보고 배운 수사 기법이었을 것이다.

그날 오후에는 캐시의 딸 커린과 짝을 지어 일했다. 내 또래인 커린은 체격이 좋았다. 검은 머리에 웨이브를 넣고 손톱에는 새빨간 색을 칠한 그녀는 성격도 좋았다. 커린은 이동식 주택 두 개를 하나로 뭉쳐놓은 듯한 건물로 나를 데려갔다. 안으로 들어가니 벽 전체에 철제케이지가 보였다. 콘크리트 바닥 위에 띄워놓은 철장 안에는 대형견 새끼들이 있었다. 노란 래브라도와 푸들을 빗기는 동안 다른 강아지들이 어찌나 시끄럽게 짖어대는지 대화를 이어가기도 힘들었다.

"그래서…. 어디 출신이야? 여기는 어떻게 알고 왔어?" 커린이 어색하게 물었다. 하마터면 폭소가 나올 뻔했지만 웃음을 참고 조용히 질문에 답했다. 이번에는 커린이 변화구를 던졌다.

"음, 자리 잡는 데 뭐 필요하면 알려줘. 채식주의 음식은 어디서 사야 한다거나? 이 주변에서는 찾기 힘들어서…."

커린은 의미심장한 눈으로 나를 바라보았다. 내가 숨겨왔던 동물보호 정신을 밝히기를 바라는 눈치였다. 커린도 엄마처럼 케이블TV로 유치한 경찰 드라마를 본 게 분명했다. 당연히 나는 채식주의자였다. 하지만 그렇게 얕은 수법에는 낚이지 않았다.

"고기를 아예 안 먹는 거 말이야?" 내가 놀랍다는 듯 말했다.

"나는 그러고 못 살아. 말도 안 되지. 내가 베이컨이랑 스테이크에 얼마나 환장하는데."

커린이 어색하게 웃었다.

"그렇구나, 나는 채식주의자거든. 사실 그렇게 힘들지는 않아. 뭐, 가끔은 닭고기도 먹으니까. 돼지고기도. 아, 햄버거도 먹지. 어쨌든 나머지는 채식을 해."

커린에게 채식주의자의 뜻을 알려주는 건 좋은 생각이 아니겠지? 그래서 고개를 끄덕이고 화제를 바꿨다. 여가 시간에 뭘 하느냐고 물었다. 커린은 질문이 떨어지기 무섭게 좋아하는 영화, 친구, 가족에 대해 이야기하기 시작했다. 복잡한 이혼 절차를 밟고 있어 현재 마음고생이 심하다고 했다. 작은 마을을 벗어나 대도시로 이사하는 게 꿈이라 했다. 1시간 동안 커린의 일대기를 들었다. 커린과의 대화는 즐거웠다. 캐시보다 다정하기도 했다. 훗날 커린이 캐시에 발목 잡히는 일은 없기를 바랐다.

얼마 후부터는 사육장 곳곳을 돌아다니며 일을 할 수 있었다. 잠입 수사라고 하면 특수 도구를 쓰고 은신처에 숨는다고 생각하는 사람들이 많다. 제임스 본드 영화처럼 말이다. 실제 잠입 수사는 그렇게 섹시하지 않다. 위장 카메라와 녹음기를 쓸 때도 있지만 보통은 지시대로 열심히 일하면 끝이다. 애스턴마틴을 타고 근사한 칵테일파티에 가는 본

드와 달리 나는 픽오브더리터켄넬에서 똥을 치웠다. 강아지를 옮기고 망가진 우리를 수리했다. 강아지들에게 빗질과 목욕을 시켜주었다. 그러면서 모든 것을 관찰했다. 한동안은 기록도 하지 않았다. 몸을 사리고 고용주의 신임을 얻어야 했기 때문이다.

결코 헛된 시간은 아니었다. 이 개농장에 관한 정보를 최대한 많이 흡수했다. 어느 품종이 어디에 있는지, 아이들을 다 어디에 두는지 헛간과 우리의 구조를 익혔다. 근무 첫 주의 첫 번째 임무는 이곳에 꼭 필요한 직원이 되는 것이었다. 캐시의 신뢰만으로는 부족했다. 캐시가 나를 의지하게 만들어야 했다.

이 목표는 아주 쉽게 달성할 수 있었다. 직원으로서 일만 잘해도 수사에 큰 도움이 되었다. 나는 이후 몇 주 동안 픽오브더리터켄넬의 전 직원을 만났다. 나와 나이가 비슷한 래리는 아주 성실했다. 메스암페타민에 빠져 있다가 까마득한 지옥에서 한 단계씩 기어올라 중독을 극복한 친구였다. 빌은 키가 크고 말랐지만 힘이 좋은 50대 아저씨였다. 말이 느리고 행동은 더더욱 느렸다. 남에게 도움을 청하느니 절벽에서 뛰어내리고 말 사람이었다. 직원 중에는 캐시의 남편 앨런도 있었다. 앨런은 키며, 몸집이며 완전히 폴

버니언(미국 민간설화에 나오는 나무꾼 – 옮긴이)이었다. 수염까지 길었고, 말은 참 없었다. 짧은 말 한두 마디도 운이 들어야 들을 수 있었다. 앨런의 업무는 하나였다. 캐시 기준에 치료비가 너무 나가는 아픈 강아지를 22구경 라이플로 쏴서 죽이는 것이다.

메스암페타민이나 진정제가 떨어졌을 때만 출근하는 젊은 커플도 있었다. 애덤은 마른 몸에 문신이 많았다. 수다쟁이 다이앤은 잠시도 가만히 앉아 있지 않았다. 둘 다 얼굴에 상처가 많고 눈이 퀭했다. 순전히 약값을 마련하기 위해 일을 하는 사람들이었지만 캐시는 신경 쓰지 않았다. 다른 직원들도 정도만 다를 뿐 약에 중독되었거나 약을 끊고 있었다. 캐시가 왜 이런 사람들을 고용하는지 알 것 같았다. 비록 최저임금을 주지만 이 마을에서 그들에게 손을 내미는 고용주는 캐시밖에 없었다. 애덤과 다이앤 같은 약물 중독자의 증언을 믿어줄 검사는 어디에도 없을 테니까 말이다.

캐시가 직원들의 입단속을 할 이유는 많았다. 사방에서 동물복지법을 위반하고 있었다. 나는 하나하나 보고서에 기록했다. 동물 우리의 합판 벽과 플라스틱 벽은 발톱에 긁혀 멀쩡한 부분이 없었고 배설물로 아예 물이 들었다. 야외 케이지의 철망 바닥 아래에는 몇 개월이나 치우지 않은 배설물과 얼음이 산처럼 쌓여 있었다. 플라스틱 급식기는 곰팡이와 배설물 얼룩으로 더러워진 상태였다. 이런 위반 사항이 매일 수십 개씩 추가로 눈에 띄었다.

하지만 이런 규정 위반은 규모가 큰 개농장이라면 특별하지 않다. 픽오브더리티켄넬과 다른 개농장의 본질적인 차이점은 범죄였다. 내가 보는 앞에서 캐시는 계속해서 무면허 수술을 했다. 하지만 이건 시작에 불과했다. 수사를 개시하고 일주일도 지나지 않은 4월 22일, 나는 피투성이가 된 암컷 아메리칸 불도그를 발견했다. 근처 우리에 있던 수컷이 철조망 틈으로 공격한 듯했다. 스트레스를 받는 환경에 개들이 모여 있을 때 운동을 시켜주지 않으면 흔히 벌어지는 일이다. 찢긴 한쪽 발에서 피가 흐르고 있었다. 다친 발에 무게를 싣지 못해 아이는 발을 허공에 들고 있었다. 한쪽 뺨에 난 상처는 10센티미터가 넘었다. 내가 아는 척을 하자 꼬리를 흔들고 절뚝거리며 다가왔다. 얼른 캐시에게 상황을 보고하자 캐시는 별 소리 다한다는 눈으로 나를 보며 신경 쓰지 말라고 했다.

다음 날 보니 상처에 염증이 생겼기에 캐시에게 알리자 이런 지시가 떨어졌다.

"그냥 거기다 락스 물 조금 발라줘." 여기서는 상처를 그 방법으로 치료하고 있었던 것이다. 카메라를 돌리고 있다는 것만 빼고는 비밀 수사관으로서 나는 다른 사육장 직원과 똑같이 일을 해야 했다. 하지만 어떻게 다친 강아지에게 표백제를 뿌릴 수 있을까? 이후 며칠 동안 나는 최대한 다친 불도그의 편의를 봐주고 상처를 소독했다. 그러는 동안 캐시가 강아지를 수의사에게 보이지 않겠다고 거부하는 장면을 증거로 남겼다. 다행히 상처는 서서히 나았다.

하지만 모든 아이가 그렇게 운이 좋지는 않았다. 통통하고 털이 복슬복슬한 페키니즈가 갑자기 경련을 일으켰다. 캐시는 수의사를 부르지 않고 직원을 불러 강아지를 콘크리트 우리에 넣었고 다음 날 페키니즈는 죽었다. 수유 중이던 잉글리시 스프링어 스패니얼은 몸이 약해져 계속 콧물을 흘렸다. 젖이 나오지 않으니 새끼들도 약해져 하나둘 죽어갔다. 이때는 어떻게 치료했을까? 설탕 시럽을 먹였다. 눈병으로 눈이 정상 크기의 2배로 부푼 퍼그도 있었다. 수의사에게 보이면 쉽게 치료할 수 있는 증상이 2주가 지나며 점점 심해졌으나 캐시는 치료를 거부했다. 기력이 다해 일어나지 못하게 된 그 퍼그는 앨런의 총에 맞아 죽었다. 캐시는 세균이 잔뜩 묻은 손으로 새끼를 받았다. 나는 매일

10개 이상 발견되는 위반 사항을 전부 촬영하고 노트에 기록했다. 캐시는 개가 많으니 자연 치유되기를 기다리거나 죽이는 쪽이 경제적이라고 판단했던 것이다.

강아지 학대의 끝

캐시는 법적으로 자격 있는 수의사만 할 수 있는 고난도 수술인데도, 강아지들의 귀와 꼬리를 직접 자르고 있었다. 수술이 잘못된 강아지들은 피를 철철 흘리며 아파서 낑낑댔다. 하지만 가장 충격적인 행위는 따로 있었다. 캐시는 욕조에 프롤레이트/린톡스-HD Prolate/Lintox-HD를 가득 붓고 강아지를 담가 '살충'을 했다. 소나 말 같은 가축의 진드기와 옴을 제거하는 화학약품 말이다. 저렴하지만 체구가 작은 반려동물에게 사용하기에는 너무 독하고 위험했다. 그런데도 캐시는 어린 새끼와 임신한 어미를 주기적으로 용액에 담갔다. 상처가 나서 살이 벌어진 아이들도 약품 목욕을 해야 했다. 한번은 몸이 쇠약해진 잉글리시 마스티프를 욕조에 담그라고 명령했다. 스티프는 일주일 만에 살이 푹푹 빠졌고 부어오른 팔꿈치에서는 피가 흘렀다. 곧 우리에서 발작을 일으켰다. 진정시키기 위해 옆에 무릎을 꿇고 앉아 배를 문질렀다. 심장이 어찌나 빨리 뛰는지 가슴이 터질 것 같았다. 캐시는 발작하며 피거품을 토하는 아이를 몇 시간이나 혼자 두더니, 결국은 앨런에게 라이플로 쏴죽이라 명령했다.

캐시는 강아지마다 따로 이름을 붙이지 않았지만 웬일인지 한 잉글리시 불도그만 매기라고 불렀다. 다른 불도그처럼 매기도 호흡기 질환, 고관절이형성 같은 심각한 유전병으로 고생하고 있었다. 인공 수정 없이는 임신도 되지 않았다. 불도그는 아마 지구상에서 가장 교배를 많이 하는 견종일 것이다. 수 세대에 걸쳐 집요하게 주둥이를 짧게 만든 결과, 호흡이 힘들어졌다. 보기에는 귀엽지만 큰 머리 때문에 잉글리시 불도그의 80퍼센트는 제왕절개로 태어난다. 매기는 불도그의 유전병을 전부 다 갖고 있는 것도 모자라 피부병도 심했다. 온몸이 상처투성이였고, 털이 뭉텅뭉텅 빠진 자리에는 뱀 껍질 같은 회색 피부가 드러났다.

상태가 점점 심각해지고 있다고 몇 번을 얘기한 끝에야 캐시는 매기를 분만 우리에서 꺼냈다. 알고 보니 매기는 바닥에 깔린 대팻밥에 알레르기가 있었던 것이다. 하지만 고통은 사라지지 않았고 체중이 줄더니 귀가 붓고 귀에서 끈적끈적한 게 나왔다. 진균감염의 전형적인 증상이었다. 진균감염은 고통스러운 질환이지만 약만 먹으면 깨끗하게 낫는다. 그런데 캐시는 수의사를 부르지 않고 매기에게 날달걀을 먹였다. 그래서야 치료가 될까? 이제 매기는 너무 약해져 잘 걷지도 못했다. 계속해서 캐시에게 매기의 상태가 이런데 치료해야 하지 않겠냐고 물자 캐시는 매번 다 치료하자면 돈이 너무 많이 든다고 말했다.

수사는 아주 빠르게 진행되었다. 캐시는 더 이상 나를 의심하지 않았다. 내가 있어도 아무렇지 않게 범죄 행위를 과시했다. 강아지를 괴롭히고 강아지가 괴로워하는 모습을 보며 즐거움을 느끼는 사람이었다. 한시라도 빨리 사건을 종결하고 싶었다. 수사가 길어지는 동안 매일 더 많은 아이가 다치고 죽임을 당했다. 하지만 캐시가 가끔씩 심심하면 강아지를 학대한다는 영상 증거만으로는 부족했다. 학대가 일상적으로 일어난다는 증거가 필요했다. 그러려면 몇 주는 더 조사해야 했다.

그러다 모든 게 실패로 돌아갈 뻔한 사건이 터졌다. 분만창고에서 일하고 있는데 캐시가 나를 향해 뛰어 들어왔다. 캐시는 분노로 입술을 일그러뜨리며 손을 뻗더니 내 얼굴에 마구 손가락질을 했다.

"방금 이상한 얘기를 들었는데 말이야, 피터." 그러면서 내 코, 이마를 손가락으로 건드렸다.

"마을에 소문이 돈다는 거야. 내가 CAPS 수사관을 고용했다고 모니카가 말했대." 눈알을 찌를 듯 잠시 눈앞에 떠 있던 엄지가 내려갔다.

"혹시 너야?"

모니카가 떠벌리고 다닌 것이다. '이래서 정보제공자를 믿을 수 없다는 거야.' 속으로 그런 생각을 하며 잠시 마음을 가라앉혔다. 이 궁지에서 빠져나가려면 아주 강력한 거짓말이 필요했다.

"캐시 사장님, 저는 모니카라는 사람을 몰라요. CAPS도 들어본 적 없고요. 다른 사람은 몰라도 저는 아니에요. 저는 절대 사장님을 배신 안 해요."

캐시의 표정이 누그러졌다. 캐시는 다시 내 얼굴에 손을 올렸다.

"놀라지 마, 피터. 이렇게 하면 하느님을 통해 네 생각을 읽을 수 있거든."

손가락이 눈앞을 지나가자 긴장으로 몸이 굳었다. 하느님이 눈알을 뽑아버리라고 할까 봐 두려웠다. 캐시는 나를 놓아주었다.

"나는 너 믿는다." 상황은 그렇게 종료되었다.

빨리 사건을 마무리해야 했다. 점심시간에 데버라에게 전화를 했다. 데버라는 즉각 오터테일카운티 보안관국에 있는 지인을 연결해주었다. 내가 잠입 수사를 할 때 따르는 표준 절차대로 데버라는 이미 경찰에 귀띔을 해둔 상태였다. 단, 보안관국이 알고 있어야 할 정보만을 선별해야 했다. 안 그랬다가는 내 입장이 난처해질 수 있었다. 정보를 필요 이상으로 이야기하거나 경찰의 지시를 받기 시작하면 나는 주의 공무직 근로자가 되어 번거로운 규칙에 구속된다. 예를 들어, 캐시와 직원들에게 당신들의 범죄 행위가 법정에서 불리하게 작용할 수 있다는 고지도 해야 했다. 하지만 나는 그보다 법의 경계가 모호한 영역에서 활동했다. 보안관국은 내가 어떤 일을 하는지 알고 내가 확보한 영상 증거와 기록을 받았다. 하지만 내게 지시를 내리지는 않았다. 어느 쪽에서든 말이 새나가면 픽오브더리터켄넬 직원으로 위장한 사실이 발각되고 사건을 그르칠 수 있었다. 조심하지 않으면 나도 방조자로 처벌받을 가능성도 있었다.

수사는 어떻게 될까

수사를 시작하고 3주 후, 그간 수집한 증거를 정리해 키스 반다이크 형사를 만났다. 겉모습이 멀끔한 중년의 형사 반다이크는 내가 하는 말을 전부 받아 적었다. 잡담을 하지도, 사건에 개인적인 감정을 드러내지도 않았다. 지극히 사무적인 태도였다. 나도 그게 좋았다. 캐시가 강아지를 소독약에 담그는 영상, 귀와 꼬리를 자르는 영상, 그 밖의 불법 수술을 하는 영상을 전달했다. 병든 강아지의 치료를 거부하는 모습도 카메라에 고스란히 담겼다. 농무부 감독관이 시설을 둘러볼 때 캐시와 앨런이 불법 약품을 숨기고 강아지의 발이 푹푹 빠지던 철망 바닥에 서둘러 고무 매트를 까는 영상도 증거로 제출했다. 법대로라면 항상 매트가 깔려 있어야 했다("저 여자 나가면 곧장 걷어 내!" 캐시가 카메라에 대고 큰소리로 외쳤다).

반다이크는 내가 수사를 하며 얼마나 많은 위험을 감수하는지 알고 있었다. 말없이 나의 설명을 듣고만 있다가 미팅이 끝나면 "감사합니다."라고 말했다. 지시도, 조언도, 제안도 없었다. 변호사가 공무 지시로 왜곡할 소지가 있는 말은 아예 하지 않은 것이다. 그래서 반다이크는 내가 픽오브더리터켄넬을 언제 그만두어야 할지 이야기해줄 수도 없었다. 증거를 충분히 확보했다고 판단하는 것도 내 몫이었다.

내가 번식장을 그만둘 무렵, 캐시의 망상증은 최고조에 달했다. 눈에 보이는 직원마다 몇 번이고 비밀 수사관이냐고 물었다. 장기 근속자도 질문을 피할 수 없었다. 정부가 일부러 자기를 괴롭힌다고 혼잣말로 불평하고 다녔다. 몇 달 동안 이어진 법정 싸움 끝에 변호사가 유죄 협상을 한 게 그즈음이었을 것이다. 무면허 수술 혐의 1건에 유죄를 인정하며 동물학대 혐의에 대한 기소는 취하되었다. 단기간 야간에 수감 생활을 해야 하지만 낮에는 번식장에서 일할 수 있었다. 농무부와 미네소타주 브리더 면허도 취소되지 않았다. 동물을 고문하고 엉망으로 수술을 하고 장대를 던져 강아지를 최소 한 마리는 죽였는데도 캐시는 면허를 유지하고 사업을 계속할 수 있었다. 예상대로 캐시는 이걸 부당함의 극치라고 여겼다.

캐시가 또다시 동물학대 혐의를 피하는 일은 없어야 했다. 캐시가 나를 한쪽으로 불러 얼토당토않은 부탁을 할 때까지는 언제까지 근무를 할지 반다이크가 알려줄 수 없는 상황이었기 때문에 계속 성실하게 근무하며 영상 증거를 추가로 수집했다.

"피터, 이번 주말에 커린이랑 호숫가 나들이 좀 해봐. 이혼으로 힘들어했는데 이제 새 출발을 해야지. 트레일러를 빌려줄게. 주말 내내 단둘이 좋은 시간 보내라고."

캐시가 불도그 같은 눈으로 나를 보았다. 이게 부탁이 아니라는 의미였다. 거절한다면 내가 자기에게 거역하는 음모를 꾸미고 있다고 해석할 것이다.

"그럼요, 사장님! 저야 좋죠!" 내가 말했다.

수사 대상의 딸과 남녀 관계로 엮이다니. 최악의 상황이다. 이후 72시간 동안 나는 빠져나갈 구멍을 찾아 머리를 쥐어뜯었다. 다행히 구원을 받았다. 목요일에 퇴근하고 오니 음성 메시지가 나를 반겼다. 스피커 잡음 너머로 반다이크가 특유의 느린 말투로 이렇게 말하고 있었다. "알고 계셔야 할 것 같아서요. 보안관국이 픽오브더리티켄넬에 수색영장을 발부할 계획입니다." 다시 말해 '당장 거기서 빠져나와'라는 의미였다. 하늘이 내린 타이밍으로 개입한 오터테일 보안관국에 감사할 따름이었다. 나는 짐을 싸고 반다이크에게 전화해 마을을 떠난다고 알렸다. "네, 알겠습니다." 반다이크가 말했다. 언제나처럼 감정은 전혀 묻어 있지 않았다.

드디어 번식장을 떠날 수 있어 행복했지만 우리에서 죽

어가고 있는 매기가 자꾸만 마음에 걸렸다. 캐시는 매기를 완전히 잊었다. 매기는 내가 음식을 가져다줘도 겨우 냄새만 맡았고 진균감염은 점점 심해졌다. 1~2주 후면 죽고 말 것이다.

"형사님." 내가 말했다.

"언제 단속할 계획인지 모르겠지만요, 저한테 말씀해줄 수 없다는 것도 아는데요, 정말 아픈 강아지가 있어요. 매기라는 잉글리시 불도그에요."

매기의 병에 대해 설명하는 동안 반다이크는 언제나처럼 진중하게 내 얘기를 들어주었다.

"정보 감사합니다." 반다이크는 그렇게만 말했다. 다음날 오전 5시 30분, 나는 가능한 선에서 최대한으로 속도를 높이고 미네소타주 뉴욕밀스를 떠났다.

얼어붙은 작은 마을로 평생 돌아갈 일이 없을 줄 알았다. 하지만 1년 후 나는 다시 그곳에 있었다. 내가 수집한 증거로 캐시 바우크가 재판장에 섰기 때문이다. 이길 자신이 있었다. 수사 기록을 뒷받침하는 영상에는 시간이 나오고 자백도 담겨 있었다. 캐시의 번식장이 동물복지법을 위반했다는 사실을 얼마든지 증명할 수 있었다. 동물학대가 일상이고 캐시가 틈만 나면 직접 학대를 한다는 사실도 있었다.

나는 잠입 수사를 하고 경찰에 증거를 제출할 때 항상 완벽한 근거를 댄다. 캐시가 아무리 고집불통이라도 징역살이를 피하기 위해 어느 정도 합의를 하고 사업을 접을 거라 예상했다.

새드엔딩이자 해피엔딩

예상은 빗나갔다. 2009년 3월, 나는 오터테일카운티 지방검사 사무실에서 증언을 준비했다. 헤더 브랜드보그 검사는 젊고 자신만만한 여자였다. 기소 혐의는 총 9개로 그중 4개가 중죄에 해당했다. 일부는 일반적인 동물학대에 대한 것이었지만, 다행히 중죄 혐의에는 구체적인 동물이 언급되어 있었다. 캐시가 눈병을 치료해주지 않고 결국 죽인 퍼그, 자기 피 웅덩이에서 홀로 발작을 일으킨 채로 방치되었던 잉글리시 마스티프 같은 아이들 말이다.

재판 당일, 나는 작은 석조건물인 법원 안에 들어가 벤치에 앉았다. 항상 쓰고 다니는 야구 모자 말고도 혹시 사진이 찍힐까 봐 선글라스까지 착용했다. 그때 캐시를 보았다. 캐시도 불도그 같은 눈으로 나를 단번에 알아보고 내가 있는 벤치 쪽으로 다가왔다.

"난 널 용서했어. 이 말 하고 싶어서 왔어." 그러고는 돌아섰다. 증거가 산처럼 쌓여 있고 중죄로 기소될 위기에 있으면서도 이 여자는 자신의 결백을 진심으로 믿었던 것이다.

재판은 순조롭게 진행되었다. 브랜드보그 검사의 일처리 방식은 프로답고 유능했다. 나는 배심원단 앞에 서서 내가 지금까지 어떤 일을 했고 어떤 장면을 목격했는지 차분하게 설명했다. 하지만 말보다는 영상 자료를 중심으로 선보였다. 내가 굳이 설명하지 않아도 배심원단은 캐시의 악랄한 행위를 볼 수 있었다.

캐시의 변호사인 세나 베어는 큰 키, 창백한 피부, 하얗게 쉰 머리카락이 돋보이는 독특한 남자였다. 미네소타와 사우스다코타 라디오를 듣는 사람은 베어 변호사를 잘 알 것이다. 라디오에 '포경 소송' 전문가라는 광고를 쏟아 붓기로 유명했다. 베어는 포경 수술을 한 의사와 병원을 상대로 포경 수술이 '남성에 대한 모욕'이라면서 대략 스무 건이 넘는 소송을 제기했다. 베어 변호사는 내게 공격적으로 질문을 했다. 픽오브더리티커넬에 취직하기 위해 이력을 거짓으로 꾸민 사실에 집중했다. 따라서 내가 하는 이야기는 전부 거짓말이라는 것이다. 피고 측 변호사가 나를 심문할 때 자주 쓰는 수법이다. 하지만 나는 영상을 다시금 언급하며 공격을 쳐냈다. 베어는 최후의 수단으로 내가 CAPS에 낸 경비보고서에 대해 의문을 제기했다. 왜 13일에 스타벅스에서 식사를 하고 다음날은 서브웨이에서 식사를 했는지 설명할 수 있냐고 물었다.

나는 설명할 수 있다고 했다.

"배가 고팠으니까요."

그렇게 세나 베어는 심문을 끝냈다.

마지막에 가서 혐의는 중죄 2개와 경범죄 4개로 줄어들었고 배심원단은 경범죄 4개에 캐시 바우크가 유죄임을 선언했다. 배심원단은 캐시의 농장에 있는 개들이 반려동물이 아닌 가축이므로 중죄 수준의 학대 대상이 아니라고 보았던 것이다. 최종적으로 캐시는 단 한 건의 경범죄(동물에 고문을 한 죄), 즉 마스티프의 발작을 외면한 혐의에만 형을 선고받았다. 캐시는 90일 금고형을 받았고 실제로는 20일만 살다 나왔다. 보안관국과 검찰청이 뛰어난 기량을 발휘하고 내가 6주 동안 끔찍한 범죄를 카메라에 기록했음에도 처벌은 3주가 채 안 되는 징역형과 500달러의 벌금형이 전부였다.

하지만 CAPS는 이런 결과를 각오하고 있었다. 데버라를 비롯한 CAPS 팀은 농무부를 지속적으로 압박했다. 유죄 판결이 나고 언론의 관심이 쏟아지자 농무부는 결국 캐시 바우크의 면허를 박탈하기로 했다. 오랜 법정 싸움 끝에 2010년 8월 최종 판결이 나왔다. 얼마 후 캐시는 농무부 면허를 잃었고 강아지를 팔거나 기증해야 했다. 6마리는 남길 수 있었지만 수천 마리를 소유했던 과거에 비하면 하늘과 땅 차이였다.

캐시 바우크 사건을 생각하다 보면 잉글리시 불도그 매기가 자동으로 떠오른다. 매기가 결국 어떻게 됐는지는 알아내지 못했다. 캐시가 포기한 다른 강아지들의 행방도 알 방법이 없었다. 그래도 나는 매기가 무사히 회복해 평생의 집을 찾았다고 생각하고 싶다.

내게 이 사건의 결말은 해피엔딩이자 새드엔딩이다. 미국에서 가장 크고 열악했던 개농장을 무너뜨리는 데는 성공했지만 그러기까지 CAPS, 동물보호가, 내부고발자, 제보자, 수의사, 공권력, 매스컴의 어마어마한 노력이 필요했다. 사건이 터질 때마다 이런 백만대군이 결집하기는 불가능하다. 매기 같은 강아지를 돕는 일이 정말 이렇게 힘들어야 하는 것인가?

소규모 번식장의 진실을 보여준

에마

완벽해 보이는 펫숍

개농장에 잠입해 있다 보면 동물을 사랑하는 사람으로서 거기 있는 강아지를 다 구해내고 싶다는 충동이 든다. 람보처럼 한쪽 팔에는 노란 래브라도를, 다른 팔에는 푸들을 끼고 뛰쳐나오고 싶다. 하지만 그런 결말은 흔치 않다. 아이들을 자유롭게 풀어주고 싶다는 유혹을 거부해야 한다. 더 큰 수사를 망칠 위험이 있기 때문이다. 수사에 성공하려면 강아지 번식 업계를 꽁꽁 숨기며 보호하는 수많은 불필요한 절차를 요령껏 헤쳐나가야 한다. 그 과정은 몇 달, 심지어 몇 년이 걸린다. 하지만 어쩌다 한 번 현장에서 바로 강아지를 구조하는 일도 있다. 이번 이야기의 주인공은 에마라는 아주 특별한 치와와이다. 내가 이 일을 애초에 왜 시작했는지 새삼 깨닫게 해준 아이였다. 에마의 이야기는 겉으로 완벽해 보이는 번식장에도 끔찍한 학대가 숨어 있다는 현실을 보여준다.

2018년 여름, 나는 CAPS 의뢰로 뉴욕 도심의 펫숍을 연속으로 수사하는 중이었다. 2년 전 발효된 주법은 펫숍이 A급 딜러를 통해서만 강아지를 구매할 수 있도록 정해놓았다. A급 딜러란 강아지를 사서 되팔지 않고 실제로 브리딩만 하는 업체를 말한다. 이제 펫숍은 헌트코퍼레이션이나 CC 베어드 같이 강아지를 수천 마리씩 비축하고 처참한 환경에서 동물을 학대하는 B급 딜러와 거래하지 못한다는 것이다. 내가 할 일은 미국에서 반려동물 시장이 가장 큰 도시인 뉴욕의 펫숍과 거래하는 브리더의 이름과 가장 규모가 큰 업체를 알아내는 것이었다. 그런 다음 하나씩 수사를 했다.

계획은 단순했다. 펫숍에 들어가 강아지를 사고 싶다 하고 자연스럽게 이런 질문을 하는 것이다. "강아지들을 어디서 받으세요? 농무부 허가를 받은 곳인가요? 혹시 지난 5년간 위반 경고를 받은 적은 없대요?" 내 경험상, 펫숍 직원들은 강아지를 어디에서 받는지 모른다. 알아도 거짓말을 한다. 가장 흔한 거짓말은 강아지가 '철장이 아니라 집 안에서 자랐어요.'이다. 내가 가본 브리딩 업체에서는 백이면 백 새끼 강아지를 분만 창고라 부르는 우리와 케이지에서 기른다. 어떤 펫숍 직원은 '행복한' 강아지가 브리더와 함께 푸르른 풀밭에서 뛰노는 사진도 보여줬다. 백화점에서 파는 액자에 기본적으로 껴 있는 사진만큼이나 비현실적인 광경이다. 내가 가장 좋아하는 거짓말은 강아지가 자유롭게 뛰어 놀 공간이 많은 중서부에서 주로 온다고 말하는 것이다. 사실 대부분의 강아지가 중서부에서 오는 이유는 그쪽 동물학대법이 엄격하지 않고 싼 농지에 대규모 사육장을 지을 수 있기 때문이다. 번식업자는 강아지를 우리와 케이지에 가두고 절대 자유롭게 풀어주지 않는다. 18년간 예외는 단 한 곳도 못 봤다.

서류를 보여달라는 말에 순순히 응하는 펫숍이 없지는 않다. 하지만 다른 곳들은 내가 수사관임을 감지하고 창의적인 이유로 상황을 모면하려 했다. 80곳쯤 방문했을 때 나에 대한 소문이 퍼지기 시작했다. 뉴욕 펫숍들은 서로 교류하며 동물보호가를 지속적으로 경계하고 있었다. 9월 즈음에는 스태튼섬부터 시티섬까지 모든 펫숍의 사무실에 나의 사진이 붙어 있었을 것이다. 하지만 그때는 공급자에 관한 귀중한 정보를 이미 다 확보한 후였다.

특히 완다스 릴스타라는 희한한 이름이 계속 등장했다. 완다 존슨과 제리 존슨 소유로 네브래스카 한복판에 위치한 업체였다. 처음 그 이름을 들은 곳은 뉴욕 베이쇼어에 있는 아메리칸 도그클럽American DogClub이었다. 괴상한 강아지 아쿠아리움처럼 유리벽 안에 강아지를 진열하는 대형 펫숍 말이다. 아메리칸 도그클럽은 내가 누구인지 모르고 완다스 릴스타 웹사이트를 보여주었다. 1990년대 디자인 같은 사이트에 저화질의 치와와와 허스키 사진이 있었다. 메인 화면 문구는 다음과 같았다.

> 저희는 결단코 강아지를 방치하는 브리더가 아닙니다. 모든 강아지는 매일 넘치는 관심과 사랑을 받고 있습니다. 궁금하다면 언제든 방문하셔서 강아지를 만나보세요. 댁으로 데려가시기 전에 우리 강아지가 얼마나 따뜻하고 건강한 환경에서 생활하고 있는지 확인하실 수 있습니다.

아메리칸 도그클럽 직원은 완다스 릴스타가 개농장이 아니라고 자신 있게 말했다. "강아지를 집에서 직접 기르는 곳이에요." 다들 그렇게 주장했다. 마치 이 쉐보레가 집과 교회만 왔다 갔다 하는 점잖은 할머니의 소유였다고 수선을 떠는 중고차 영업사원처럼 말이다. 어쨌거나 겉보기에 완다스 릴스타는 작지만 속이 알찬 업체 같았다. 다른 브리더와 다르다는 게 정말 가능한 말일까?

인상 좋아보이는 노인을 만나다

얼마 후, 오마하 서쪽으로 약 2시간을 운전해 네브래스카주 도니판에 도착했다. 흙먼지 가득한 불모지인 도니판은 초대형 토네이도를 추격하는 스톰체이서(대형 폭풍을 촬영하거나 연구하기 위해 쫓아다니는 사람-옮긴이)가 떠오르는 곳이었다. 네브래스카를 가로지르는 주간고속도로 제80호선을 타고 지독히도 무미건조한 풍경을 달리자 바로 옆에 완다스 릴스타가 보였다. 318번 출구로 나와 진입로를 달리는 동안, 깔끔하게 손질된 꽃과 나무가 양옆에서 나를 반겼다. 단란한 가족이 운영한다고 주장하는 개농장은 종종 방문객에게 사육장 투어를 시켜준다. 하지만 예약은 필수였다. 훌륭한 척 위장을 하고 연기할 시간을 버는 것이다. 보는 사람이 없을 때 개들을 어떻게 대우하는지 확인하려면 예고 없이 불쑥 방문해야 했다.

언뜻 봤을 때 완다스 릴스타는 법을 준수하는 것 같았다. 넓은 데다 놀라울 정도로 청결한 운동장에서 허스키들이 뛰어다녔다. 고무매트가 깔린 운동장 뒤편에는 작은 창고가 질서정연하게 늘어서 있었다. 각양각색의 꼬마 치와와들이 빙글빙글 뛰어다니며 나를 보고 짖었다. 대체로 사육장을 방문하면 농무부 규정 위반이 핀볼처럼 머릿속으로 날아든다. 이쪽에 녹슨 철망, 저쪽에 배설물로 얼룩진 콘크리트, 또 저쪽에 엉킨 털, 텅, 텅, 텅… 하지만 완다스 릴스타는 달랐다. 운동장이 잘 관리되어 있었고, 우리도 매일 청소하는 것 같았다. '완다스 릴스타의 강아지들은 애완동물이 아니라 친구입니다.' 웹사이트에 그렇게 쓰여 있었다.

집으로 걸어가 뒷문에 노크를 하고 유리문 안을 들여다보았다. 소파에서 낮잠을 자다 퍼뜩 깬 노인에게 겸연쩍은 미소를 지어 보였다. 노인도 나를 보고 씩— 웃고는 소파에서 일어나 들어오라 손짓했다.

"안녕하십니까!" 훤칠하고 까무잡잡한 노인이 악수를 청하며 말했다.

“제리 존슨입니다.” 미소에 꾸밈이 없었다. 내가 연락 없이 왔는데도 개의치 않은 듯했다. 느낌이 좋았다.

“저는 피터라고 합니다.”

허스키 한 마리가 총총 다가와 내게 코를 비볐다. 제리는 아주 정중했다. 나를 거실로 안내하고 콜라를 내주었다. 제리를 좋은 사람이라고 생각하고 싶었다. 그냥 집에서 강아지를 키우는 친절한 할아버지처럼 보였다. 하지만 내가 위반 사항이나 학대 정황을 발견해도 지역 경찰은 마음씨 좋은 할아버지를 보고 시간을 빼앗아 죄송하다 사과하고 물러날 거라는 생각도 들었다.

다정하게 웃는 제리에게 강아지를 살 수 있냐고 물었다.

“아, 그럼요. 따라와요.”

제리를 따라 에어컨이 돌아가는 침실로 들어갔다. 침실을 갓 태어난 새끼 강아지의 공간으로 사용하고 있었다. 뽀송뽀송한 수건이 깔린 우리 안에서 작은 치와와 새끼들이 뒹굴었다. 한 마리가 벌떡 일어나 우리 쪽으로 오려고 케이지 철망에 앞발을 뻗었다. 제리가 웃음을 터뜨리며 아이의 배를 간질였다. 디즈니가 강아지의 어린 시절을 영화로 만든다면 이런 장면이 나오지 않을까?

그런데 방을 둘러보다 무언가 내 눈에 들어왔다. 어미 치와와가 구석에 웅크리고 누워 새끼 두 마리에 젖을 물리고 있었다. 수척하게 생긴 어미는 파르르 몸을 떨었다. 새끼 하나가 건강한 분홍빛인 반면, 체구가 작은 쪽은 푸르스름한 회색이었다.

"저건 못살 것 같아요." 제리가 작은 아이를 가리키며 말했다. "가끔은 그럴 때도 있죠."

"봐도 되나요?"

제리가 케이지에서 강아지를 꺼내 내 손에 올려놓았다. 피부가 차갑고 단단했다.

"이럴 때 약을 주시나요? 아니면 의사를 부르세요?"

내 물음에 제리는 어깨를 으쓱했다. "집사람이 그냥 손수유를 해요."

새끼를 다시 우리에 넣었다. 어미를 자세히 본 것도 그때였다. 어미는 한쪽으로 혀를 길게 내밀고 있었다. 아래턱이 없었던 것이다.

내가 놀란 것을 감지하고 제리가 한숨을 쉬었다. "어디선가 턱이 부러져서 왔어요. 사육장에서 자기들끼리 싸움이 붙었던 건지 뭔지. 그래도 괜찮더라고요. 밥을 어떻게 먹는지는 모르겠지만 어쨌든 잘 살고 있어요."

"그런데도 새끼를 낳게 하셨어요?" 내가 묻자 제리는 이번에도 어깨만 으쓱했다. 새끼를 낳고 젖을 먹이기에 이 아이는 딱 봐도 몸이 너무 약했다.

"그래, 어떤 강아지를 찾고 계시나?" 제리가 얼른 화제를 돌리려고 물었다.

완다스 릴스타도 궁극적으로는 사업체였던 것이다. 강아지는 상품이었다. 새끼 강아지의 건강에는 각별히 신경을 쓰고 있었지만 교배에 사용한 나이 든 강아지까지는 관심이 닿지 않았다. 다른 개농장과 마찬가지로 이곳의 어미 강아지도 최소한의 케어를 받지 못하고 쇠약해지면 죽음에 이르렀다.

개농장은 개농장일 뿐

"사실 나이가 좀 있는 강아지를 찾고 있어요. 보내도 될 만한 어미는 없나요?" 내가 말했다.

"완다가 돌보는 치와와 중에 서너 살 됐는데 도통 새끼가 안 들어서는 녀석이 있기는 해요. 왜 그러는지, 원."

제리를 따라 뒷마당으로 가니 번식용 치와와 성견들을

두는 우리가 나왔다.

“에마예요.” 그러면서 제리가 가장 작은 강아지를 가리켰다. 흰색과 갈색 털이 섞인 이 치와와는 정말 주먹만 했다. 귀는 박쥐처럼 크고 다리는 가는데 몸통만큼은 퉁퉁했다. 꼭 감자에 성냥개비 4개를 꽂아놓은 생김새였다. 물기 어린 큰 눈은 가벼운 사시였다. 내가 손을 뻗자 잽싸게 우리 구석으로 가서 숨었다. 제리가 우리에 손을 넣어 에마를 잡았다.

“몇 가지 문제는 있을 거예요.” 제리가 대수롭지 않게 말하며 에마를 내 손에 올렸다. “그래도 접종 같은 건 다 했어요.”

에마가 벌벌 떨며 몸부림을 쳤다. 내 손에서 벗어나려고 용을 썼다. 그러다 내가 입을 톡 건드렸는데 몸을 움츠리는 것이다. 제리가 내 눈치를 보더니 주머니에 손을 넣고 시선을 돌렸다. 조심스럽게 입술을 다시 눌러보았다.

이가 썩어서 빠져 있고 그나마 남은 치아에 치석이 잔뜩 껴서 갈색으로 변했다. 염증 난 잇몸은 내려앉았다. 입 안에 흰색, 분홍색보다 갈색이 더 많았다. 이게 제리가 말한 ‘문제’였던 것이다. 나이가 아주 많은 노견이라면 몰라도 세 살밖에 안 된 치와와 치아가 이런 건 생전 처음 봤다. 얼마나 아플지 상상조차 할 수 없었다.

"정부 감독관들이 별로 귀찮게 하지는 않나 봐요?" 에마의 입 안을 살펴보며 말했다.

"에이, 귀찮게 하기는요. 네브래스카 감독관은 사람이 참 좋아요. 더그라고, 우리랑도 친하죠. 1년에 한 번 정도 치과 의사도 나오는데 그 사람도 나쁘지 않고요."

그래, 어련하시겠어. 에마의 썩은 치아를 만져보며 속으로 생각했다. 이가 흔들리고 있었다.

"다른 개들도 있어요. 이쪽에…." 제리가 허스키 우리 쪽으로 걸어갔다.

"얼마예요?" 나는 에마에게서 눈을 떼지 않고 말했다.

"개요? 100 정도 어떻습니까?"

"얘로 할게요."

1시간 거리에 있는 가장 가까운 시내로 가서 이동장, 하네스, 습식 사료를 샀다. 썩은 치아로 딱딱한 사료를 씹을 수는 없었다. 다시 사육장으로 가니 완다 존슨이 집에 와 있었다. 완다도 남편 못지않게 친절해서 에마를 내 차까지 데려다줬다. 작고 통통한 완다는 각진 얼굴에 새하얀 머리가 인상적이었다. 20달러 5장을 건네고 완다와 악수를 했다. 품에 안긴 에마는 무서운지 벌벌 떨면서 고개를 뒤로 빼고 작은 앞발로 내 가슴을 밀었다. 방금 사온 이동장에 조심스럽게 넣으니 금세 잠이 들었다.

존슨 부부와 가볍게 대화를 나눴는데 나쁜 사람들은 아니었다. 미국에 있는 번식장 수천 곳도 완다와 제리 같은 사람이 운영할 것이다. 강아지에게 사료를 넉넉히 주고 집도 마련해주고 때리지도 않았다. 하지만 완다스 릴스타가 아무리 푸근해 보여도 개농장은 개농장이었다. 턱뼈를 잃은 강아지도 억지로 새끼를 낳아야 하는 그런 곳이었다. 어린 치와와가 기본적인 치과 치료도 받지 못하고 평생을 보내야 하는 그런 곳이다. 완다와 제리는 특별히 잔인한 사람이 아니었다. 돈을 아끼고 싶었을 뿐이었다.

존슨 부부와 인사를 하고 고속도로를 탔다. 에마를 돌아보았다. 슬퍼 보이는 눈을 내리깔고 더운지 숨을 헐떡이는 에마에게 에어컨을 틀어주고 말을 걸었다. "새 집 찾아줄게. 이빨도 새로 해줄 거야."

4시간을 운전해 디모인으로 가서 반려동물 동반 가능 호텔에 100달러짜리 방을 잡았다. 평소 CAPS 기부금으로 쓰는 숙박비를 훨씬 초과하는 금액이었지만 평소 묵는 30달러짜리 모텔에는 빈대가 나왔기 때문이다. 어린 나이에 너무 많은 트라우마를 경험한 에마였다. 주머니를 털어 사치를 부릴 수밖에 없었다. 습식 캔을 따서 커피잔에 물을 빼고 이동장 앞에 놓았다. 보통 구출견은 인간과의 접촉이 너무 과하거나 부족해 피해를 입은 아이들이다. 에마는 후자에 속했다. 존슨 부부에게 맞거나 차이지는 않았다. 하지만 에마는 평생 산책을 나간 적도, 아플 때 치료를 받은 적도 없었다. 나는 에마가 스스로 주변을 탐색할 용기를 내기까지 재촉하지 않았다. 이동장 밖으로 고개를 빼꼼 내밀었을 때야 손가락에 습식을 찍어 주었다. 작고 보드라운 혀가 내 검지를 핥는 게 느껴졌다. 이 과정을 반복해 사료를 다 먹일 수 있었다.

"잘했어, 에마."

처음 잔디밭을 밟은 에마

처음에는 계속 손가락으로 먹이다 점차 손바닥에서 습식을 핥아먹게 했다. 항상 몸을 낮추고 시선을 피했다. 이틀이 지나자 드디어 에마도 나를 믿기 시작하는 것 같았다. 이제는 병원에 갈 차례였다.

내가 안아 올리자 에마가 움찔하며 저항했다. 지금까지

애써 쌓아올린 호감이 다 무너지고 있었다. 그래도 포기하지 않고 조심스럽게 하네스를 채워 밖으로 데리고 나갔다. 깨물고 발버둥을 치는 에마를 부드럽지만 단호한 손길로 붙잡고 괜찮을 거라 말해줬다. 눈을 맞추지는 않았다. 동물들은 눈을 정면으로 마주보면 더 겁을 먹는다고 했다. 닭과 칠면조에 족쇄를 채우는 도축장에 잠입했을 때 배운 요령이다. 땅에 내려놓자 에마는 얼음이 되었다. 그러다 몇 번 멈칫거리며 발을 떼더니 부드러운 잔디밭 냄새를 킁킁 맡고 민들레를 뜯어먹는 것이다. 해가 저물며 그림자가 길게 드리워진 가운데 에마는 맹수처럼 주변을 탐색했다. 도시 변두리에 있는 호텔 근처 잔디밭이었지만 에마에게는 세렝게티 초원과도 같았을 것이다. 에마는 흥분한 눈으로 나를 힐끗 보더니 높은 풀숲으로 달려 나갔다. 리드줄을 놓칠까 봐 진땀을 뺐다. 에마가 몸을 발랑 뒤집어 가느다란 다리를 하늘 높이 치켜들고 꽃밭에 엉덩이를 문질렀다. 생각해 보니 오늘 잔디밭에서 처음 놀아보는 거였다. 그전까지는 짧은 일생을 돌바닥과 고무매트 위에서만 보냈다.

몇 걸음 더 가서 똥을 싸던 에마가 갑자기 어딘가를 응시했다. 고개를 갸웃하더니 자기 똥 위에 주저앉았다. 에마는 석양을 보고 있었다. 색이 아주 예쁘지는 않았다. 라마다 주차장에 있는 고물 픽업트럭 뒤로 태양이 저물고 있었다. 하지만 나는 그 순간 에마가 '이제 자유롭게 새 인생을 살 수 있겠구나.' 하고 깨달음을 얻었다고 믿고 싶었다. 나는 아직 똥을 싸다 주저앉을 만큼 멋진 석양을 본 적은 없지만 에마가 그런 경험을 했다고 생각하면 마음이 따뜻해진다.

다음 날 디모인에 있는 동물병원에 에마를 데려갔다. 완다가 준 에마의 진료기록을 보더니 의사가 헛웃음을 터뜨렸다. 에마의 접종 기록은 손 글씨로 적혀 있었다. 누가 주사를 놓았는지 나와 있지도 않았다. 수의사는 주사를 전부 다시 맞히라 지시했다. 그리고 치아 대부분이 심하게 썩어서 어차피 발치를 해야 할 거라고 했다. 그래도 보스턴까지 이동할 수 있는 건강 상태라 했다. 에마는 가족을 찾을 때까지 보스턴에서 나와 나의 여자친구(여기서는 본명 대신 조시라고 부름)와 지내기로 했다.

(현재 에마는 영구치 42개 중 절반이 남아 있다. 음식물을 씹을

치아가 부족해 모든 강아지가 꿈꾸는 삶을 살고 있다. 밥으로 습식만 먹는다는 말이다.)

인디애나폴리스에서 하룻밤을 보내고 16시간을 운전해 보스턴으로 갔다. 3시간마다 휴게소에 들러 잔디밭에서 산책을 했다. 에마는 훌륭한 여행 파트너였다. 내가 좋아하는 헤비메탈과 펑크뮤직을 틀어도 뭐라 하지 않았다. 슬립낫과 배드릴리전 음악을 들으며 이동장 틈으로 손을 넣어 발을 간질였다. 자정이 넘어 여자친구 집에 도착하자마자 에마는 복도에 웅크리고 누워 잠들었다.

에마를 훈련시키기는 생각보다 쉬웠다. 처음에는 밤마다 이동장에 들어가야 했지만 며칠 만에 화장실 가리는 법을 배웠다. 다른 구출견처럼 에마도 말보다는 시각적 단서에 반응을 했다. '멈춰'와 '이리 와' 같은 말에 과장된 손짓을 더하자 몇 시간도 되지 않아 명령어를 익혔다. 며칠 후에는 조시와 호러영화를 보고 있는데 에마가 관심을 달라고 소파를 긁는 순간도 있었다. 에마에게는 도로를 달리는 차, 리드줄을 맨 강아지들, 자전거를 탄 사람들, 집, 길, 음악, 컴퓨터, 거울까지 전부 다 모든 것이 새로웠다. 처음에는 새로운 광경과 소리에 어쩔 줄을 모르고 이동장에 달려 들어가 숨었다. 개농장 출신 강아지에게 흔한 모습이다. 집 안에서 자기 의지로 돌아다니는 법을 배우며 이 증상은 차차 사라졌다. 개농장에서는 누릴 수 없던 자유였다.

규칙적인 생활이 가능해진 후에는 병원에 가서 종합검진을 받았다. 치아 20개가 심하게 썩어 뽑아야 했다. 한 치아의 염증은 치료 없이 방치되는 사이 두개골을 지나 비강까지 퍼졌고, 심장 부정맥도 있었다. 그것도 치아 염증이 생기는 질환이다. 안타깝지만 이중 무엇도 농무부 규정 위반 사항에 해당되지 않았다. 트럼프 정부 들어 새로 생긴 가이드라인에 따르면, 이제는 치아 감염을 치료하지 않아도 규정 위반이 아니었다. 감독관이 신경을 써도 어떻게 할 방법이 없었다.

에마는 치아 절반을 뽑았는데도 수술 후 신기할 정도로 금방 회복했다. 나는 치아가 하나만 아파도 하루 종일 침대에 누워 있어야 했다. 에마는 치아 20개가 썩고 그것이 전부 다 처참한 상태였다. 에마가 얼마나 강한 아이인지 실감이 났다.

완다스 릴스타 이야기로 돌아가, CAPS는 내 증거 영상과 기록을 제출해도 농무부가 가만히 있을 것을 알았다. 첫째, 그 무렵 농무부가 동물보호법을 집행한 횟수는 사상 최저를 기록했다. 둘째, 완다스 릴스타는 에마와 죽어가는 새끼, 아래턱이 없는 어미를 학대할지언정 농무부 규정은 준수하고 있었다. 강아지는 충치가 있어도 된다. 죽어가는 강아지에게 '손 수유'를 해도 괜찮다. 근본적인 문제는 동물복지법 집행 횟수가 아니라 동물복지법 그 자체였던 것이다. 동물복지법이 모호한 것은 우연이 아니다. 번식 사업을 규제하기보다는 보호해 활성화하려는 정부의 의도가 담겨 있다. 동물복지법을 강화하거나 아예 새로운 법이 생기지 않는 한, 완다스 릴스타 같은 번식장은 처벌받지 않고 사업을 계속할 것이다.

하지만 우선은 에마에 집중해야 했다. 에마에게 영원한 가족을 찾아줘야 할 때가 왔기 때문이다. 조시와 나도 에마를 사랑했지만 바쁜 출장 스케줄 탓에 아이에게 관심을 보이고 보살펴줄 시간이 부족했다. 에마와 보내는 마지막 날 밤, 에마는 몸을 둥글게 말고 양탄자에 누워 무언가를 기대하는 눈으로 나를 바라봤다. 나는 에마 옆에 누워 잠을 청했다. 다음 날, 에마와 뉴잉글랜드 퍼그 구조대Pug Rescue of New England를 찾아갔다. 메사추세츠주 웨스트서머빌에 있는 가정집에서 운영하는 훌륭한 구조 단체였다. 마침 퍼그와 더불어 치와와 전문이기도 했다. 치와와와 퍼그 군단에 둘러싸인 태미 쿠퍼 대표와 남편 롭을 만났다. 강아지들이 자그마한 앞발로 내 발을 긁어댔고 에마도 같이 놀기 위해 뛰어 나갔다. 에마는 내 예상보다도 빠르게 다른 강아지와 친구가 되었다. 껑충껑충— 뛰고 꼬리를 흔드는 구출견 친구들과 함께 마당에서 잔디 냄새를 맡고 뛰어놀고 싶어서 안달을 부렸다.

며칠 후, 태미에게 사진 문자가 왔다. 에마가 다른 치와와 옆에서 행복하고 편안하게 자고 있는 사진이었다. 에마가 신이 나서 풀밭을 뛰어다니며 마당에서 다른 강아지를 쫓는 영상도 받았다. 마지막 사진에서 에마는 스웨터를 입고 벽난로 앞에 앉아 있었다. 작은 발을 강아지 침대에 떡하니 올려놓고 말이다. 커다랗고 물기 어린 눈 아래 앙증맞은 분홍색 코가 보였다.

에마가 입양을 간 집은 더 좋았다. 태미와 롭은 에마가 다른 강아지와 잘 어울리는 모습을 보고 친구가 있는 집에서도 잘 지내겠다고 판단했고, 친구 미셸에게 추수감사절 휴일 동안 에마를 봐달라고 부탁했다. 미셸이 키우던 치와와 믹스견 수지와 에마는 처음 만난 순간부터 떼려야 뗄 수 없는 친구가 되었다.

"피터, 에마가 살 집을 찾은 것 같아요. 에마가 이렇게 행복해하는 건 처음 봐요." 태미가 말했다.

그 모습을 직접 봐야 했다. 그래서 에마가 완전히 미셸 집으로 입양 가는 날, 나도 태미의 집을 방문했다. 태미, 롭, 다양한 색깔의 장난꾸러기 구출견들이 나를 반갑게 맞아주었다. 집 안으로 들어서자 커다란 노란색 래브라도가 침을 흘리며 내 품에 얼굴을 묻었다. 프렌치 불도그와 퍼그가 투덕투덕한 목에 모조 진주목걸이를 하고 뛰어다녔다. 앞이 안 보이는 퍼그는 강아지 무리를 뚫고 한 치의 오차도 없이 일직선으로 내게 다가왔다. 치와와 믹스견과 에마가 꼬리를 흔들며 내 주위를 돌았다.

한쪽 귀는 서고 반대쪽 귀는 축 처진 에마는 이 오합지졸 안에서도 가장 체구가 작았다. 작은 주머니 조끼를 입은 모습이 작은 한 솔로(『스타워즈』 시리즈의 주인공–옮긴이) 같았다. 꼬리를 바짝 세우고 다가온 에마에게 빰을 쓰다듬어 주었다. 잠시 후, 에마를 집에 데려가기 위해 미셸이 나타났다.

에마는 미셸에게 총총 다가갔고 미셸이 뺨을 어루만지는 동안 눈을 지그시 감고 미셸의 다리에 몸을 기댔다. 엄마 품에 파고드는 아기를 보는 기분이었다. 미셸의 다른 강아지 수지는 에마보다 몸집이 컸지만 착하고 얌전했다. 수지가 의자 위로 점프해 옆에 앉더니 내 다리에 머리를 기댔다.

"걱정하지 마세요. 에마는 우리가 잘 보살펴줄게요." 꼭 이렇게 말하는 것처럼 말이다.

에마는 그렇게 평생의 집을 찾았다.

2부

우리 집에 어서 와

구출견이란 무엇인가?

지금까지 사례를 통해서 구출견들이 어디서 왔고, 어떤 일을 겪었는지 알아보았다. 이제 한 발짝 물러나 기본적인 질문을 하나 하겠다. 구출견이란 무엇일까?

대답은 간단하다. 구출견은 도움을 필요로 하는 모든 강아지를 말한다.

보호소standard operating procedures,에서 입양된 강아지를 '구출견'이라 부르는 말을 듣고 처음에는 놀랐다. 구출견이라고 하면 학대를 당해 즉각 도와줘야 할 강아지나 길거리에 주인 없이 돌아다니는 강아지라고만 생각했다.

하지만 길을 잃은 강아지나 학대를 당한 강아지가 현재의 비참한 상황을 벗어났다 해서 구출이 끝났다고 할 수는 없다. 이 아이들은 따뜻한 가정으로 구출되어야 한다. 나중에 일반 보호소에서 안락사를 당하거나 다른 강아지를 위해 노킬 셸터 자리를 비워줘야 할지도 모르기 때문이다. 보호소 강아지를 입양한 사람도 강아지를 구출했다고 할 수 있다. 입양을 하면 올무 장대, 통덫, 담요 없이도 강아지를 구출할 수 있다. 입양은 측은지심, 인내심, 따뜻한 가정만 있으면 충분하다.

하지만 일단 강아지를 집으로 데려오면 구출견의 유형에 따라 대하는 방식이 크게 달라진다. 물론 그전에 집으로 데려오기부터 해야 한다.

비 오는 날 길에서 떨고 있는 유기견을 보면 데려와야 한다. 많이들 그렇게 생각할까? 하지만 강아지가 낯선 사람을 무서워해 공격적으로 반응하면 어떻게 할까?

나는 소방학교에서 표준행동절차 standard operating procedures, 일명 SOP를 배웠다. 다양한 직군에서 흔히 사용되는 용어이다. 우리는 소방복을 입을 때, 소방 호스를 잡을 때, 응급처치를 할 때 등 준수해야 할 SOP를 배웠다. 그런데 어느 수업을 듣든 SOP의 예외 상황에 대해 묻는 사람이 있었다. "바로 문 앞에서 사람 비명 소리가 들려도 정말 지원이 올 때까지 기다려야 합니까? 지원팀이 소방차 옆처럼 너무 멀리 있으면 어떡하죠?" 베테랑 소방관들은 보통 이렇게 대답했다. "이론과 현실은 다릅니다."

이론 세계의 SOP는 시험을 통과하고 자격증을 따고 정신없는 상황에 대비하는 훈련을 하기 위해 존재한다. 공포와 본능보다 먼저 발동할 습관을 기르는 것이다. 하지만 내가 지켜본 바에 따르면 최고의 소방관도 필요할 때는 규정집을 과감히 던져버린다.

나는 수사를 진행할 때와 수사관을 교육할 때를 위한 SOP를 만들었다. 동시에 내가 만든 SOP를 죄다 무시한 적도 있다. 현실 세계가 항상 이론대로 움직이지는 않기 때문이다. 간단한 사례를 살펴보자. 대부분의 강아지 훈련사는 새로 데려온 강아지에게 배변 훈련을 시킬 때 이동장에 넣어두라고 한다. 하지만 정말 그래야 할까? 개농장에서 막 입양해 온 강아지를, 평생 케이지에서 살았던 아이를 집에서도 이동장에 넣어야 할까?

지금부터 살펴볼 내용은 길바닥과 인간의 학대와 재난 지역에서 구조한 강아지와 임시보호 가정과 보호소에서 데려 온 강아지를 케어할 때 도움이 될 SOP들이다. 필요하다면 내가 소개하는 규칙을 전부 어길 수 있다는 마음의 준비도 꼭 해두길 바란다.

동물보호단체에 있는 피닉스

2016년 7월, 텍사스주의 작은 마을 빅토리아에서 일어난 일이다. 두 살배기 회색 핏불이 술집 밖에 앉아 있었다. 충직한 강아지는 트럭 범퍼에 묶인 채 주인을 기다리고 있었다. 주인님이 술을 다 마셔야 집에 운전해 갈 수 있기 때문이다. 하지만 술에 취해 트럭으로 돌아온 남자는 자기가 강아지를 트럭에 묶어둔 것을 잊고 차를 출발시켰다.

차를 세우라는 주변 자동차들의 경적 소리를 알아차렸을 때는 핏불 강아지가 도로 위를 1.5킬로미터 넘게 끌려온 후였다. 빠르게 달리는 트럭과 속도를 맞추려 용을 썼지만 그게 가능한가? 자갈이 살갗을 찢고 왼쪽 앞다리와 양쪽 뒷다리의 뼈에 박혔다. 발가락 하나는 잘려 나갔고 오른쪽 뒷발의 발가락도 2개 부러졌다. 피투성이가 되어 서지도 못하는 강아지는 동물관리국이 출동할 때까지 술 취한 주인과 함께 시골 도로에서 기다려야 했다. 이후 도착한 동물관리국은 강아지를 구조하고 주인을 체포했다.

강아지 자체가 주인의 학대를 입증하는 증거였기에 핏

불은 닷새간 동물관리국을 떠나지 못하고 계속되는 고통에 시달렸다. 진통제와 전신 물리치료가 시급했고, 새 가정을 찾기 위해 정신건강도 치료해야 했다. 아이의 운이 180도 바뀐 것은 바로 이때였다.

제니퍼 캐럴은 텍사스주 존슨시티에서 웨그스 호프 앤드 힐링Wags, Hope and Healing이라는 동물구조단체를 운영하고 있었다. 웨그스는 주로 학대 및 방치를 당하거나 애니멀 호더 밑에 있는 전국의 동물을 보호하는 곳이다. 경찰과 긴밀한 관계를 유지하며 동물 구조와 재활 전문가로서 조언도 한다. 웨그스는 소식을 듣자마자 심하게 다친 핏불을 데려왔다. 아이에게 지어준 이름은 불사조라는 뜻의 피닉스. 다시 일어설 수 있다는 희망을 담은 이름이었다.

피닉스는 진통제를 투약하는 2주 동안 혼자 힘으로는 아무것도 하지 못했다. 웨그스 직원과 자원봉사자가 옆에서 밥을 먹여주고 보살펴줘야 했다. 피닉스는 사람들 얼굴에 뽀뽀를 하고 무릎에 달라붙어 도통 떨어지려 하지 않았다. 완쾌로 가는 길은 험난해서 하루에 한 번씩 커다란 욕조에 몸을 담가야 했다. 상처가 빨리 낫도록 수압으로 산소를 주입하는 것이다. 찢겨져 나간 근육의 회복을 위해 피닉스는 리드줄을 차고 가볍게 산책도 했다. 간병인들은 절뚝거리면서도 조금씩 나아지는 아이를 인내심 있게 지켜보며 칭찬을 해줬다. 치료가 끝나면 피닉스는 무릎으로 올라와 품에 커다란 머리를 기댔다. 얼마나 순하고 애교가 많은지 팬클럽까지 생길 정도였다. 사람들은 정기적으로 선물을 안고 병문안을 왔다.

3개월 후 부상은 다 회복되었지만 문제는 아직 남아 있었다. 어쨌거나 피닉스는 거대한 핏불이었던 것이다. 촉촉하고 감정이 풍부한 눈망울로 하루 종일 사람의 품만 파고드는 강아지였지만 모르는 사람은 피닉스가 무슨 잘못을 해서 보호소에 있다고 생각했다. 하지만 웨그스에서 구출해 입양을 보낸 다른 핏불들처럼 피닉스도 결코 위험하지 않았다.

걱정 속에서 몇 달이 지나고 드디어 피닉스의 구출 작전이 완료되었다. 외상후 스트레스장애PTSD에 시달리는 군인을 치료하는 심리치료사가 피닉스의 진면목을 알아봐준 것이다. 겉으로 드러난 상처가 있어도 마음의 상처를 치유할 수 있다. 처음 보자마자 피닉스는 주인의 품에 안겼다. 원래 집에 있던 강아지 복서와도 둘도 없는 친구가 되었다. 피닉스는 1년도 되지 않아 PTSD를 앓는 군인을 돕는 치료견으로 거듭났다.

구출견 이해하기

강아지의 행동에 관한 구체적인 내용으로 들어가기에 앞서 인간과 강아지의 관계부터 짚고 넘어가자.

강아지는 오래전부터 인간과 어우러져 살며 인간 문화에 빠질 수 없는 존재가 되었다. 그 역사는 3만 2,000년 전까지 거슬러 올라갈 수도 있다. 강아지와 함께 진화한 우리 인간은 자연스레 강아지를 자식처럼 대하곤 했다. 강아지도 인간을 부모처럼 여겼다. 하지만 강아지가 인간 문화에 들어왔을 시기에는 그보다 실용적인 이유가 있었을 것이다. 늑대과인 이 동물은 우리의 조상에게 위험을 알리는 역할을 했고, 그 대가로 인간이 식량으로 사냥한 동물의 남은 고기를 받아먹었다. 이렇듯 서로에게 이득을 주고받으며 강아지는 야생동물에서 현재 우리가 아는 모습으로 진화했다. 단, 늑대 같은 본성은 그대로 간직했다(현재로서는 강아지가 늑대의 직계 후손이라기보다는 늑대와 비슷한 조상에서 갈라져 나왔다는 학설이 가장 유력하다).

하지만 이런 본능은 늑대나 강아지의 행동을 형성하는 하나의 요인일 뿐이다. 사람이나 다른 동물처럼 늑대와 강아지도 대부분의 행동을 학습한다. 가족에 협력하는 법을 배우고 본능적인 서열 다툼으로 무작정 상대를 이기려 들지 않았다.

이 말은 강아지가 있는 무리에 나머지 구성원을 지배하는 '대장'이 필요하다는 기존의 통념과 반대된다. 주인이 대장 역할을 맡아 강아지를 복종시켜야 한다는 강아지 훈련사가 많은데, 나는 강력히 반대한다. 나는 강아지가 우리 인간을 동등하게 본다고 믿는다. 이 믿음은 여러분이 알고 있는 강아지에 대한 모든 지식과 대척점에 서 있을 것이다.

이 주장을 받아들이려면 전혀 다른 두 개의 상황을 이해해야 한다. 생존을 위해 어쩔 수 없이 무리를 형성했을 때와 가족 무리가 자연스럽게 구성되었을 때 강아지가 서로를 대하는 모습은 아주 다르다.

강아지 사이에 서열이 존재한다는 개념은 1930년대와 1940년대 스위스 바젤동물원에 살았던 늑대들을 다소 비과학적인 방법으로 관찰하며 탄생했다. 동물원은 각기 다른 두 개의 무리에서 데려온 늑대들을 한 우리에 감금했고, 늑대들은 동물원에서 하나의 무리로 살아가기 위해 사회 시스템을 구축했다. 이 시스템은 늑대가 그 안에서 생활하는 동안 형성된 것이다. 늑대라는 종이 진화하는 동안이 아니다. 이후에도 늑대를 원래의 환경에서 포획해 다른 무리와 뒤섞고 공존을 강요하는 연구는 이어졌다. 그래서 늑대 무리에는 수컷 대장이 있고 서열이 확립된다는 개념이 굳어진 것이다.

하지만 야생의 늑대 무리는 다르다. 엄마, 아빠, 새끼로 구성되고 새끼들은 성장하면 독립해 각자 가정을 꾸리고 살았다.

다시 말해, 군림하는 대장 밑에 순종하는 것은 강아지의 본능이 아니다. 오히려 강아지는 본능적으로 가족의 일부가 되려고 한다. 한 가족 구성원이 다른 구성원의 우위에 설 때도 있다. 강아지가 카펫에 쉬를 하거나 우체부 아저씨를 깨무는데 가만히 있을 수 있나? 강아지가 사람에게 금지시키는 것도 있다. 밤에 영화를 보며 팝콘 한 통을 다 비운다거나 하는 행동 말이다. 몇 알은 강아지 몫으로 남겨야 한다.

나는 많은 사람이 반려견에게 복종을 요구하는 이유가 강아지의 진화 과정과 행동을 잘못 이해하기 때문이라고 생각한다. 강아지 경주를 시키는 이유, 투견을 시키는 이유, 외적인 모습을 보여주려 도그쇼를 하는 이유, 의학실험을 위해 번식하는 이유는 거의 다 인간 중심이다. 여기에 강아지는 별로 중요하지 않다. 이러한 이유는 인간이 강아지를 대하는 방식에도 대단한 영향을 미친다. 하지만 강아지의 행동을 올바르게 이해하려면 우리가 원하는 모습이 아니라 있는 그대의 모습을 봐야 한다. 하지만 지금은 동물이 자신보다 인간을 위해 존재한다는 흐릿한 렌즈로 동물을 바라보는 경우가 너무도 많다.

인간은 소, 돼지, 닭과 마찬가지로 개도 인간이 활용할 목적으로 길렀다. 과거의 강아지는 사냥을 돕거나 사회적 지위를 높여주는 등 인간을 위해 많은 역할을 했다. 이런 역할은 강아지의 본능이 아니라 인간의 뜻으로 만들어진 것이다. 당시에는 정당한 이유가 있었다 해도 이제 와서까지 강아지를 계속 착취할 이유는 없다.

강아지의 본능이 인간의 번식에 영향을 받는 것도 사실이다. 강아지는 본능을 따를 때 더 큰 성취감을 느낀다. 예를 들어, 테리어 품종은 침대 밑이나 쓰러진 통나무 아래 같이 비좁은 공간을 탐색하려 한다. 하지만 우리의 조상이 강아지의 모습과 행동을 어떻게 바꾸었든 그것이 오늘날 우리가 강아지를 보는 관점에 개입해서는 안 된다. 스스로를 위해 존재하는 생물 그 자체로 인정해야 한다. 강아지는 인간에게 행복, 사랑, 충성, 존경을 보내는 것 말고도 능력이 많다. 강아지도 행복, 사랑, 충성, 존경을 받을 자격이 충분하다.

인간이 강아지 번식으로 챙겼던 과거의 이익은 지나친 번식의 폐해 앞에 무의미해졌다. 길에는 유기견이 돌아다니고 보호소는 정원이 초과되었다. 게다가 오직 겉모습을 위해 번식시킨 결과로 특정 품종의 강아지들은 질병으로 고생하고 있다. 퍼그는 눈 질환에 취약하고, 복서는 고관절 이형성이 생기기 쉽다. 잉글리시 불도그는 호흡기와 관절 질환을 비롯해 수많은 건강 문제를 겪는다. 의학실험용으로 강아지를 번식한다는 데는 어떤 전제가 깔려 있다. 강아지가 인간을 위해 고통을 감수해도 좋다고 인간이 결정한다는 것이다. 그 기원에는 강아지가 설령 목숨을 희생하더라도 인간에게 봉사하기 위해 존재한다는 믿음이 있다.

여러분 댁의 강아지가 행복하기를 바라는가? 그렇다면 이 점을 기억해라. 강아지는 지배받기를 원하지 않는다. 강아지는 주인을 두려워하고 싶지 않다. 강아지는 자신의 건강이나 행복을 희생하면서까지 주인을 기쁘게 하고 싶지는 않다. 강아지가 원하는 것은 친구이다. 강아지도 한 가정의 구성원으로서 행복을 느낄 때 삶의 목적을 찾는다. 우리 인간이 강아지를 사랑하고 강아지의 사랑을 받으며 삶의 목적과 성취감을 얻고 그로 인해 인생의 교훈을 깨닫는 것과 같다.

줄리와 바이올렛의 인연

줄리 저머니는 워싱턴 D.C.와 바로 맞닿은 버지니아주 북부에 살고 있다. 민심과 디지털 전문 정치 컨설턴트였던 줄리는 조지워싱턴대학교에서 과학기술과 민주주의를 주제로 한 싱크탱크를 운영했고, 민주주의 정치에 대한 밀레니얼세대의 관심을 높이기 위한 조직을 이끌었다. 이후에는 뜻이 맞는 친구와 화이트 코트 웨이스트 프로젝트White Coat Waste Project라는 단체도 만들었다. 단체의 목표는 국민의 세금으로 진행되는 강아지, 고양이, 원숭이 등의 동물 실험을 저지하는 것이었다. 현재 동물 실험에 사용되는 정부 예산은 무려 150억 달러이다. 2017년과 2018년, 줄리의 단체 덕분에 미국 재향군인회는 앞으로 강아지 실험에 지원하지 않기로 선언했다.

이런 활동이 줄리와 바이올렛의 인연을 맺어주었다. 줄리는 한때 D.C. 중심가에 있는 동물 실험실에서 자원봉사를 했다. 실험실 측의 허락으로 자원봉사자는 동물을 케이지에서 꺼내 놀아줄 수 있었다. 바이올렛은 줄리가 봉사 중 처음으로 만난 강아지였다. 20킬로그램이 넘는 적갈색 하운드로, 유독 커다란 눈망울이 슬퍼 보였다. 바이올렛은 사람을 무서워했고 주변에 다른 강아지가 있어야만 자기와 놀아주려는 줄리를 피하지 않았다. 사람과 교감하는 방법을 몰랐던 것이다. 그저 실험물로 사람을 만났기 때문이다. 줄리는 순하고 겁 많은 바이올렛을 케이지로 돌려보내는 순간 이 아이의 삶을 구해야 한다는 것을 알았다. 실험실은 실험 두 건이 끝나면 실험견에 입양 기회를 주었다. 그때 입양이 되지 않으면 영구 실험 대상으로 등록되었다. 다시 말해 죽여서 장기를 채취해 연구한다는 뜻이다.

바이올렛은 힘든 실험 두 건을 견뎌야 했다. 처음에는 의대 연구실에서 외과 수술 테스트용으로, 두 번째는 인간이 먹을 약의 임상실험 대상으로 사용되었다. 하지만 모두 꿋꿋이 이겨내고 마침내 진짜 집을 찾을 준비가 됐을 때, 줄리는 당장 바이올렛을 입양했다.

적응은 쉽지 않았다. 바이올렛은 무서워하는 게 너무 많았다. 줄리와 남편이 밖에서 놀자고 데리고 나가도 겁을 먹었다. 실험실 밖의 풍경을 본 적이 없었기 때문이다. 바람, 비 등 모든 소음을 무서워했다. 집도 무서워해서 집안을 둘러볼 용기를 내기까지 몇 달이 걸렸다고 한다. 그러다가도 깜짝깜짝 놀라며 자기 딴에 안전한 곳으로 도망쳤다. 줄리가 서재에 담요와 베개를 잔뜩 깔아 놀이 공간을 마련해줬다. 그래도 바이올렛에게는 줄리의 구출묘들이 있었다. 바이올렛을 보자마자 반한 고양이 친구들은 바이올렛 곁에 몇 시간을 머물며 꾹꾹이로 위로해줬다. 바이올렛은 소리도 거의 내지 않았다. 그래서 줄리는 성대 수술을 받은 줄 알았다. 개 여러 마리가 짖는 소리를 듣기 괴롭다고 성대를 절제하는 일은 연구소에서 흔하기도 했다. 그런데 몇 달 후, 바이올렛이 갑자기 컹— 하고 짖었다. 그날 이후로는 소리 내어 의사 표현을 했다.

바이올렛의 문제는 아직 진행형이다. 분리불안이 심해 줄리나 남편이 외출할 때마다 난리법석을 친다. 그래도 그 문제를 제외하면 잘 적응하는 편이다. 바이올렛은 줄리 부부가 보살피는 다른 동물들에게도 좋은 친구이다. 당연한 이유로 인간을 신뢰하지는 않지만 다른 동물 곁에서는 안정감을 느끼는 것이다. 함께 어울리며 부대끼기를 좋아한다.

바이올렛이 구출되고 1년 반이 지나, 버지니아 시골 고속도로에 유기되었던 아기 고양이 트러커캣이 새 가족으로 들어왔다. 바이올렛은 트러커캣과 금세 친구가 되어 새 집에 잘 적응할 수 있게 도와줬다. 둘이 같이 잠을 자고 같이 간식을 조른다. 이후에 줄리 부부가 세인트크로이섬에서 스무 마리 넘는 고양이를 구출해 임시보호할 때도 바이올렛은 새로 들어오는 친구마다 임시보호 가정에 무사히 적응하게 도와줬다.

왜 구출견인가?

생명을 구할 수 있다

구출견 입양은 한 생명을 구하는 일이다. 강아지를 가족으로 받아들일 시간, 에너지, 돈이 있다면 입양은 강아지와 여러분의 인생을 바꾸는 멋진 경험이 될 것이다(사정상 입양이 불가능할 경우에는 임시보호나 보호소 자원봉사로도 강아지의 생명을 구할 수 있다).

구출견은 관심, 인내심, 이해심, 사랑을 필요로 한다. 하지만 안 그런 강아지가 있나? 구출견이 평생 문제를 안고 가야 하고, 인위적으로 번식한 강아지보다 키우기 힘들다는 편견은 사실이 아니다. 브리더가 새끼를 너무 이른 시기부터 어미와 떼어놓고 오로지 외형을 위해 교배한다는 점을 고려하면 행동 문제와 건강 문제는 후자에게서 더 흔히 발생한다.

더 건강한 강아지를 찾을 수 있다

구출견은 펫숍 강아지보다 건강하다. 앞에서 개농장의 환경이 얼마나 처참한지 보았다. 게다가 번식견은 건강이 아니라 품종 위주로 겉모습을 보고 선택되어 고통스러운 생활을 한다. 그러다 보니 신체적으로 무수한 문제가 나타난다. 개농장에서는 좁은 케이지에 동물 여러 마리를 채워 넣기 때문에 너무 어려서 접종을 하지 못한 새끼 강아지 사이에서는 빠르게 병이 퍼진다. 접종을 하고 구충제를 먹었는데 병이 옮는 경우도 있다. 비좁고 스트레스 요소가 많은 환경은 면역력을 약화시키기 때문이다(펫숍에서 완벽한 건강 증명서와 함께 건강하다는 보장을 받았는데 집에 데려오자마자 호흡기 감염 증상을 보이는 것도 같은 이유에서이다).

보호소에서 성견을 입양하면 강아지에게 가장 위험한 병인 '개 파보바이러스'를 걱정하지 않아도 된다. 어린 강아지가 이 병에 걸리면 장기가 망가져 영양분을 흡수하지 못하고 결국 죽음에 이른다. 대체로 새끼들이 많이 걸린다. 성견은 상대적으로 면역력이 높기 때문이다.

또한 개농장은 보호소에 비해 새끼 강아지의 목숨을 구하는 데 투자를 아끼는 편이다.

1부에서도 이야기했지만 개농장은 강아지를 하나의 생명체로 보고 살리려 하는 보호소와 달리 강아지를 가축으로 여긴다. 번식업자 입장에서는 몇 마리의 목숨을 구하든 중요하지 않다. 핵심은 돈이다. 시간과 노력을 투자해 죽어가는 강아지를 격리 치료할 가치가 과연 있는지 계산한다. 양돈장에서도 다리 부러진 암퇘지를 놓고 치료할지, 그냥 죽일지, 도살장으로 보내 몇 달러 챙길지 결정한다. 이와 같은 것이다. 가성비가 기준인 곳에서는 어린 강아지를 굳이 치료하지 않는다. 펫숍에 팔기 충분할 정도로 적당히 관리하면 그만이다. 그 후에는 건강 문제가 생겨도 내 문제가 아닌 남의 문제이다.

또한 펫숍 강아지는 수의사의 진찰을 웬만해서 받지 않는다. 아예 수의사에게 보이지 않는 경우도 있다.

펫숍에 있는 새끼 강아지가 귀엽고 건강해 보일 수 있다. 하지만 겉모습이 전부는 아니다. 나는 개농장에 강아지를 납품받는 체인점인 펫랜드와 중개인 업체 헌트코퍼레이션에 위장 취업을 한 적이 있다. 중간 시설, 트럭, 상점의 갑갑한 환경에서 어린 강아지가 얼마나 빨리 병에 전염되는지 두 눈으로 똑똑히 목격했다. 하지만 강아지가 이미 트럭에 실렸거나 펫숍에 도착하기 전까지는 증상이 겉으로 드러나지 않았다.

CVI라고 하는 건강증명서는 공인 기관에서 발급하는 공문서이다. 해당 동물이 건강검진을 받았으며 다른 곳으로 이송해도 될 정도로 건강하다는 사실을 증명한다. 내게 개농장과 펫숍 수백 곳의 수사를 의뢰한 비영리단체인 CAPS는 CVI를 입수해 펫숍 강아지가 어디서 왔는지 확인하고자 한다. 하지만 브리더를 통해 왔다면 새끼 강아지의 CVI는 별 의미가 없다. 앞에서도 이야기했지만, 미국 최대 규모의 개농장 중개업체인 헌트에서 나는 수의사가 아기를 2초 획— 보고 아무 문제없이 건강하다고 적는 모습을 보았다. 건강증명서에는 '적격'이라는 수의사의 도장이 찍혀 있지만 사실은 전문 수의사가 아니라 자격 없는 사육장 직원이 검진을 하는 장면도 목격했다. 마틴크리크켄넬은 아예 교묘한 방법을 고안해냈다. 수의사에게 강아지를 직접 보이지 않고 CVI 여러 장, 심지어 수십 장에 수의사의 서명을 미리 받아놓는 것이다.

보호소에는 이런 관행이 없다. 보호소는 다른 주로 입양 보낸 강아지가 아프다고 연락이 와도 무시하지 않는다. 입양 비용보다 구출견의 건강을 생각하고, 입양 공고를 올리기 전에 강아지의 건강을 철저히 확인한다.

행동 문제가 있는 강아지를 피할 수 있다

보호소에서 입양하지 않고 브리더에게서 강아지를 분양받는 가장 큰 이유는 행동 문제에 대한 우려일 것이다. 길을 잃었거나 학대를 당했거나 주인에게 버림을 받아 보호소로 온 강아지는 어두운 과거 때문에 행동에 문제가 있을 것이라 흔히들 걱정한다. 브리딩된 강아지는 태어날 때부터 엄마 품에서 성장하니 성격이 더 원만하리라 생각한다.

사실은 그 반대이다. 개농장은 대개 생후 6주 이전에 새끼와 어미를 분리한다. 새끼 강아지는 생후 8주가 되어야 법적으로 판매가 가능해지지만 보통 그전에 분만 우리에서 케이지로 옮겨진다. 어미의 다음 출산을 위해 자리를 비켜주는 것이다. 새끼가 곁에 없어야 어미 강아지가 빨리 회복해 또 교배를 할 수 있다. 이렇듯 어미와 지나치게 일찍 분리된 새끼는 분리불안 증세를 보이고 다른 강아지를 두려워할 염려가 있다. 깨무는 버릇도 심하다. 왜냐하면 엄마와 형제로부터 적당히 과격하게 노는 법을 배우지 못했기 때문이다.

성격 좋은 강아지를 만날 수 있다

구출견은 개농장이나 펫숍 출신 강아지와 달리 성격을

쉽게 알 수 있다. 보호소 직원과 자원봉사자는 강아지 각각의 성격이 어떠한지 파악하고 있다. 이미 훈련을 시작했다면 그 강아지가 다른 강아지 · 고양이 · 사람 아이를 좋아하는지, 리드줄을 잘 매는지 등 성격에 관한 정보를 보호소 직원를 통해 전달받을 수 있을 것이다.

디모인에 있는 아이오와 동물구조연맹Animal Rescue League, ARL 동물복지팀 팀장인 믹 매클리프는 이 방면의 전문가이다. ARL은 내가 아이오와에서 수사를 하며 구조한 아이들을 받아준 곳이다. 믹은 보호소에서 보인 행동이 입양 가정에서 보일 행동과 일치한다고 장담할 수는 없다고 한다. 그렇게 말해도 호주 육군과 미국 국방부 소속 폭발물 탐지견 훈련사로 일했고 아프가니스탄에서 폭발물 탐지견을 조련한 믹은 이처럼 생사가 걸린 일에 구출견을 활용한 경험을 바탕으로 자신 있게 얘기할 수 있다. "충분히 예측이 가능합니다."

물론 다른 점은 다 훌륭한데 행동 문제가 있는 보호소 강아지도 있다. 하지만 ARL 같은 보호소는 그런 아이를 어떻게 다루는지 잘 안다. 입양을 간 후에도 지속적으로 조언을 해줄 수 있다. 좋은 보호소라면 강아지의 전반적인 행동을 숨김없이 다 설명하는 게 당연하다. 강아지가 보호소에서 문제를 보였다면 입양자가 그 문제에 대비할 수 있게 도와줄 것이다. 믹은 이렇게 말한다. "보호소는 정직해야 합니다. ARL은 우리가 알고 있는 정보를 다 전달하려 해요. 그래야 입양자가 최대한 많은 정보를 근거로 결정을 내릴 수 있으니까요."

브리더는 다르다. 브리더를 통해 생후 몇 주짜리 강아지를 분양받을 경우에는 앞날을 예상하지 못했다. 그 순간에는 괜찮아 보여도 다른 강아지와 만났을 때 어떻게 변할지 모른다. 사회성이 좋을 수도 있고, 다른 강아지를 무서워할 수도 있다. 신나서 놀자고 할 수도, 사납게 공격할 수도 있다. 초반 양육 환경을 생각하면 브리더에게서 분양을 받은 강아지는 새로운 환경에 잘 적응할 확률이 낮다.

동물복지법(농무부 허가를 받은 개농장이 지켜야 할 법)에는 개농장이 강아지의 정서적 안정을 고려해야 한다는 규정이 없다. 강아지를 좁은 곳에 가두고 수익을 위해 교배를 시키는 것으로 보아 개농장은 안타깝지만 강아지의 정서적 안정에 신경 쓰지 않는 듯하다. 하지만 보호소는 강아지의 정서적 안정을 최우선 과제로 생각하고 강아지의 문제를 치유하기 위해 최선의 노력을 다한다. 동물은 다 제각각이다. 하지만 보호소에서 강아지를 입양한다면 그 강아지가 실제로 어떤 성격인지 미리 파악할 가능성이 훨씬 높다.

예를 들어보자. 내 여자친구 조시는 플로이드라는 순종 잭 러셀 테리어를 키운다. 동물병원에서 일하던 열아홉 살 때 브리더에게서 분양을 받은 녀석이다. 생후 10주된 강아지 플로이드는 코트 주머니에 들어갈 정도로 작고 깜찍했다.

하지만 조시의 집에 입성한 순간, 꼬마 플로이드의 본모습이 드러났다. 조시 가족은 아무리 애를 써도 툭하면 흥분하는 플로이드를 통제할 수 없었다. 진정시켜야 할 때도 모든 시도가 실패로 돌아갔다. 어린 플로이드는 외출할 때 한 가지 설정값밖에 없었다. '순수한 광기' 말이다. 온종일 숲속을 달리고 밤이 되어서야 겨우 돌아왔다. 리드줄을 놓치면 목이 터져라 부르고 구슬려도 돌아보지 않았다. 그러다 열두 살이 되었을 때, 플로이드는 녹내장으로 시력을 잃었고 지속되는 안구 통증으로 양쪽 안구를 적출해야 했다. 그러자 플로이드의 설정값이 '눈먼 광기'로 변했다. 통통한 몸 뒤로 짤막한 꼬리를 씰룩거리는 플로이드는 앞발로 땅을 더듬으며 종종걸음을 친다. 이제는 한 방향으로 출발하면 멈출 줄을 몰랐다. 무언가에 부딪히면 방향을 바꾸고 계속 앞으로 나간다. 숲속의 로봇청소기인 것이다.

플로이드가 그토록 모험을 좋아하고 탐험 욕구가 강할지 아무도 예상하지 못했다. 눈이 멀어서도 그럴 줄은 정말 몰랐다. 다행히 조시는 강아지를 사랑하고 마라톤을 하며 플로이드를 감당할 에너지가 있는 사람이다. 하지만 브리더에게 구매한 이 깜찍한 강아지가 다른 사람에게는 '내겐 너무 벅찬 그대'이지 않을까?

에릭과 피티

현재 책임 있는 의료를 위한 의사회Physicians Committee for Responsible Medicine에 소속된 에릭 오그레이는 2010년 당시 150킬로그램이 넘는 비만이었다. 제2형 당뇨병 등 여러 질환으로 먹는 약만 15가지였다. 항우울제 3종류에 혈압약, 스타틴(혈관 내 콜레스테롤 억제제)은 물론이고 약의 부작용을 해소하는 약까지 먹고 있었다. 질병 수준의 비만으로 살아온 지도 벌써 25년이었다. 의사 수백 명을 만나 봐도 소용없었다. 약을 처방해주며 운동과 다이어트를 하라고 조언할 뿐이었다. 아무도 현재 상태를 정확히 설명해주지 않았다. 마지막으로 찾아갔던 의사는 에릭을 보고 그러다 조만간 묫자리를 사야 한다고 말했다.

그 얘기를 듣고 얼마 후, 에릭은 비행기를 탔다. 남는 안전벨트 연장 장치가 없어 벨트가 채워지지 않았다. 그 바람에 이륙이 45분이나 지연되자 에릭은 다른 승객의 욕과 비난을 받아야 했다. 인생 최악의 순간이었다.

여행에서 돌아온 에릭은 우연히 텔레비전을 틀었다가 빌 클린턴 전 대통령의 인터뷰를 봤다. 자연 식품, 채식 위주의 식단으로 건강을 찾았다는 이야기에 에릭은 감명을 받았다. 그동안 에릭이 시도한 36번의 다이어트는 전부 실패였다. 하지만 주치의는 자연 식품, 채식 위주의 식단이 무엇인지 모르고 있었다. 다른 의사를 찾아간 병원에서 에릭은 새로운 치료법을 추천받았다. 의사 본인도 하고 있는 다이어트라 했다. 의사는 다이어트와 더불어 강아지도 입양하라 했다. 그때까지 에릭은 강아지를 키워본 경험이 없었고, 친구도 없었다. 외출도 거의 하지 않았다. 의사는 강아지를 산책시키며 필요한 운동 시간을 채울 수 있다고 했다. 사회성을 키우는 데도 도움이 되었다.

에릭은 실리콘밸리 휴메인소사이어티에 연락을 했다. 고민 끝에 귀여운 강아지가 아니라 에릭처럼 나이가 좀 있고 비만인 강아지를 요청했다. 보호소와 몇 번의 면담을 하고 소개받은 강아지가 바로 피티이다. 심각한 비만인 몸은 발진으로 가득해 털이 듬성듬성 빠져 있었다. 피티는 고개를 땅까지 숙이고 걸어 다녔다. 아무도 이 강아지를 원하지 않았다. 에릭은 이런 피티에게서 공감을 느꼈다. 에릭을 원하는 사람도 없었기 때문이다. 마침내 눈빛을 마주한 인간과 강아지는 솔직히 서로의 모습을 보고 실망했다. 하지만 보호소 사람들은 말했다. "천생연분이네요. 둘 다 서로에게 도움이 될 거예요. 함께 살면서 행복해질 거예요."

그래서 에릭은 피티를 데려왔다. 처음에는 피차 어색했지만 천천히 운동과 다이어트를 시작하자 효과가 나타났다. 주인을 향한 피티의 애정은 점점 커졌다.

"피티가 진심으로 저를 믿어주면서 자신감이 생겼어요. 이런 무조건적인 사랑은 처음이었습니다. 저는 다른 사람으로 다시 태어났어요. 피티가 보는 제 모습으로요." 에릭도 문제 많은 이 비만 강아지를 사랑하게 되었다.

수의사와 상담해 피티를 위한 채식 식단을 받았다. 두부, 퀴노아, 콩 위주로 구성된 식사를 하자 피티는 10킬로그램 넘게 살이 빠졌다. 피부가 좋아지고 발진도 사라졌다. 에릭도 5개월 만에 약을 전부 끊었다. 제2형 당뇨병을 극복하고 1년도 안 되어 60킬로그램 이상을 감량했다. 콜레스테롤 수치는 400에서 120까지 떨어졌고, 허리둘레는 52인치에서 33인치가 되었다.

에릭과 행복하고 풍족하게 살던 피티는 2015년 세상을 떠났고, 이후 에릭은 피티와 함께한 삶을 책 『피티와 함께 걷는 길: 우리가 함께한 행복한 시간의 기록Walking with Peety: The Dog Who Saved My Life』에 담아 출간했다.

내게 맞는 구출견을 선택하는 법

자신이 강아지를 입양해도 되는 사람인지 궁금한가?

'갑자기 강아지를 키우고 싶어. 지금 당장 하나 데려와야겠어.' 문득 이런 생각이 들었다면 제발 진정하고 초콜릿 케이크 한 판을 먼저 먹어라. 뭐든 내 마음대로 해야 한다는 욕구를 해소해야 한다. 강아지는 충동구매하는 상품이 아니다!

우선 강아지를 평생 책임질 시간, 에너지, 돈이 있는지 확인해야 한다. 일반적으로 강아지를 키우는 비용은 첫해에만 1,000달러 정도 나가고 이후부터는 1년에 약 500달러씩 든다. 이 예산에는 응급 진료나 동물 의료보험이 포함되지 않는다. 여기에 훈련, 강아지 유치원, 산책 도우미까지 더하면 비용이 훨씬 더 커진다. 그 정도 여유 자금이 없다면 입양을 하지 않는 게 맞다.

스케줄도 조정해야 한다. 훈련법을 소개할 때도 언급하겠지만 강아지가 기본적인 배변 훈련을 배우거나 다시 습득할 때 시간을 내서 도와줘야 하고, 자주 운동을 시켜줘야 하는 것은 당연하다. 강아지는 운동으로 에너지를 소모하고 외부 자극을 느껴야 한다. 농담이 아니라, 운동을 안 하면 강아지와 가까워지고 강아지의 행동 문제를 방지하고 훈련에 성공한다는 이런 목표가 다 실패로 돌아간다. 시간이 없다면 강아지를 들이지 않아야 한다.

나도 강아지를 입양할 시간은 없다. 그러기에는 집 밖에서 보내는 시간이 너무 많다. 그래서 입양 대신 개농장 강아지를 임시보호하거나 보호소에서 자원봉사를 하고 있다. 임시보호란 완전한 입양처를 찾거나 보호소에 자리가 날 때까지 강아지를 임시로 집에 데리고 있다는 의미이다. 자원봉사는 다들 잘 알 것이다. 두 가지 활동은 3부에서 더 자세히 소개하겠다.

강아지를 입양할 준비가 되었나? 아니면 당장 입양은 안

해도 강아지를 어디서 구할지 궁금한가? 강아지를 데려올 수 있는 곳은 생각 외로 많다. 가장 일반적인 선택지는 보호소지만 임시보호 가정 네트워크의 문을 두드리는 것도 좋은 방법이다.

'구조 단체'라고도 하는 이 네트워크는 길을 잃었거나 주인에게서 버림받은 강아지는 물론 보호소에서 안락사 되기 직전인 아이들을 보호하는 개개인으로 이루어져 있다. 임시보호 네트워크가 보호소와 다른 점은 직원이나 전용 시설이 없다는 것이다. 그냥 평범한 사람들이 강아지를 최대한 많이 구하기 위해 자원을 모아서 활동한다. 구출 네트워크는 주로 SNS를 이용해 서로 교류하고 대중과 소통한다. 펫코Petco과 펫스마트PetSmart 같은 펫스토어에 위탁해 입양을 보내기도 하고, 한 구조자가 입양 희망자와 개별적으로 만나는 경우도 있다.

전국에 존재하는 견종별 구조 및 임시보호 네트워크는 강아지 구출 운동에 가장 큰 역할을 한다. 저마다 특정한 견종을 취급하고 지역 보호소를 살피며 해당 품종을 구출한다. 아직까지는 브리더를 통해 새끼 강아지를 분양받는 사람이 많다. 하지만 견종별 구조 단체를 이용하면 원하는 강아지를 입양할 수 있을 뿐만 아니라 개농장에 기여하지 않고 한 생명을 구할 수도 있다.

프렌즈 포 라이프와 에마

휴스턴의 프렌즈 포 라이프Friends For Life는 텍사스주에서 가장 우수한 노킬 셸터로 보통 다른 보호소에서 거부당하고 온 동물들을 수용한다. 강아지의 상태가 아무리 나빠도 받아주는 곳이다.

프렌즈 포 라이프의 대표적인 구출 사례는 에마이다. 허리케인 하비가 불어 닥치기 직전 숲에서 발견된 떠돌이 강아지 에마는 상태가 처참했다. 극도로 겁에 질린 채 간신히 목숨만 붙어 있었다. 한 마음씨 좋은 분이 에마를 발견하고 허리케인에 죽을 수도 있겠다 싶어 집으로 데려왔던 것이다. 하지만 발견자는 허리케인이 지나간 후 집으로 돌아갈 수 없었다. 그녀는 동물과 함께 대피할 수 없었다. 집에 물이 들어와도 피하기를 기도하며 아이들을 2층으로 옮기고 떠날 수밖에 없었다. 다행히 모두 무사했다.

보호소에서는 이렇게 말했다. "에마를 처음 보고 가슴이 찢어지는 것 같았어요. 못 먹고 정신적으로 아픔을 겪은 티가 확 났어요. 몸은 뼈밖에 안 남았지, 감염으로 피부에 피가 잔뜩 고여 있지. 태어나서 한 번도 깎지 못한 발톱은 기괴한 갈고리 형태로 구부러져 발바닥을 찔렀어요. 에마는 발톱을 적당히 깎은 후에도 트라우마 때문에 잘 걷지 못했어요."

프렌즈 포 라이프가 조심스럽게 목욕을 시도했지만 에마는 사람의 손길을 두려워했다. 하지만 오랜 감염으로 피부가 심각하게 망가진 상태라 감염을 치료하려면 목욕을 계속해야 했다. 에마의 상태는 처음 판단했던 것보다 더 심각했다. 털이 다 빠져서 원래 무슨 색이었는지도 불분명했고 쉴 새 없이 긁은 탓에 온몸이 상처투성이였다.

거기다 에마는 아주 특이한 박테리아에 감염되어 있어서 웬만한 약은 효과도 없었다. 보호소 직원들은 장갑을 끼고 약을 발라야 했다. 인간이 소량이라도 만졌다가는 간이 망가지는 약이었다. 이런 약을 8시간마다 발라야 했다. 감염을 치료하기 위해 헌신적인 직원이 밤이고 낮이고 에마 옆에 붙어 있었다.

회복세를 보이며 에마는 위탁 가정에서 요양을 했다. 그곳에서 몸의 감염만이 아니라 수년간 힘들었던 마음의 상처도 치료했다. 하지만 에마는 강한 아이였다. 위탁 가정에 들어간 지 열흘 만에 털과 피부가 놀라울 만큼 좋아졌고, 마음도 건강해지고 있었다.

에마는 프렌즈 포 라이프에 약 7개월간 머무르며 인간 공포증을 극복하는 훈련을 받았다. 인간과 달리 같은 강아지라면 믿고 따라서 다른 강아지와 룸메이트를 시켜주었더니 금세 친구가 되었다. 정서적으로도 크게 안정되어 입양이 가능해졌다. 공고가 나자마자 한 여성이 에마를 입양하겠다고 나섰다. 최근 반려동물을 잃은 여성은 혼자 남은 강아지가 외로움으로 정상적인 생활을 못한다고 했다. 두 강아지는 처음 본 순간 서로를 좋아하게 되었다. 에마가 모든 문제를 씻어낸 것은 아니지만 가족의 말로는 새로운 집에 서서히 녹아들고 있다고 한다.

가짜 구조 단체를 찾아라

구조 단체는 입양할 강아지를 찾기에 아주 훌륭한 곳이다. 하지만 몇 가지 조심할 사항이 있다. 모든 구출 단체가 비영리단체로 등록되어 있지는 않다. 모든 구성원의 집을 일일이 감독할 수도 없다. 그래서 사전 조사가 필요하고, 가짜 단체도 경계해야 한다.

가짜 구조 단체는 강아지 브리더에게서 새끼 강아지를

구입하고 자기가 구조한 척을 한다. 종류도 다양하다. 업자를 통해 산 강아지를 소비자에게 이문을 남기고 팔 수 있겠다고 생각해 자체적으로 단체를 조직하는 경우도 있고, 개농장이 자기네 강아지를 팔기 위해 따로 구조 단체를 세우는 경우도 있다. 펫숍에서 개농장 강아지는 법적으로 팔지 못하지만 구조 단체가 위탁한 강아지는 판매가 허용되기 때문에 가짜 구조 단체의 강아지도 펫숍에서 흔히 팔린다. 가짜 구조 단체는 지역 노킬 셸터처럼 공공장소나 펫숍에서 입양 행사를 열어 강아지를 팔기도 한다.

다행히 진짜와 가짜를 구분하고 진짜 중에서도 훌륭한 구조 단체를 찾기가 그리 어렵지는 않다. 올바른 구조 단체인지 아래의 몇 가지 사항으로 확인해보자.

믹스견도 입양을 보내는가? 아니면 순종견도 있는가?

개농장에서 구출했다고 주장하며 순종인 새끼 강아지를 팔면 가짜 구조 단체이다. 개농장에서 새끼 강아지를 구출하는 경우는 드물다. 성견 구출이 더 일반적이다. 만약 순종인 새끼 강아지밖에 취급하지 않는다면 '나 가짜요' 하고 광고하는 거나 다름없다. 견종별 구조 단체에도 순종 구출견이 있지만 절대 어린 새끼 강아지만 보이지 않는다는 점을 기억하라.

입양비로 얼마를 받는가?

보호소의 입양비는 대체로 200달러 이하이다. 그보다 아주 낮은 가격을 제시하는 곳도 없지는 않다. 입양비로 수백 달러를 청구하고 거기다 순종 새끼 강아지만 있는 곳이라면 무조건 가짜 구조 단체이다.

보호소와 연계하는가?

임시보호 네트워크에 들어온 강아지는 대부분 유기견이다. 하지만 구조 단체가 안락사 직전의 강아지를 데려왔을 경우에는 보호소에서 그 단체의 이름을 알고 있을 것이다. 강아지를 어디서 구했는지 공개할 수 있어 입양자가 그 정보를 확인할 수 있어야 좋은 구조 단체이다.

단체 프로필을 공개하는가?

가짜 구조 단체는 단체의 프로필을 공개하지 않는다. 관련자들이 SNS에 자기 이름이나 사진이 공개되는 것을 원하지 않기 때문이다. 멀쩡한 구조 단체는 각자의 신원을 거리낌 없이 공개한다. 그래야 강아지를 더 적극적으로 홍보할 수 있기 때문이다. 특히 비영리단체로 등록되어 있을 경우에는 프로필에 단체를 운영하는 사람들의 정보가 담긴 웹사이트를 적는 것이 보통이다. SNS 계정도 자주 업데이트한다.

뉴욕 북부에 있는 구조 단체 수룰루나Suruluna를 예로 들어본다. 각 강아지의 사연을 소개하며 SNS를 활발히 운영하는 것만 봐도 진짜 구조 단체임을 알 수 있다.

구조 단체와 달리 보호소는 실제 보호 시설을 운영하기 때문에 입양을 원하는 사람이 직접 방문할 수 있다. 보호소의 종류는 다양하다. 기부금만으로 근근이 버티는 비영리 단체도 있고, 지역 정부가 세금으로 운영하는 자치 시설도 있다. 안락사 비율이 10퍼센트 이하인 보호소는 노킬 셸터라 부른다.

노킬 셸터는 감사하고 의미 있는 시설이다. 하지만 운영 방식이 상황에 따라 달라진다. 과밀 사태를 방지하기 위해 정원이 차면 강아지를 받지 않는 곳이 있는 반면, 공간이 부족해도 꾸역꾸역 받아들여 강아지의 생활환경이 열악해지는 곳도 있다. 입양 홍보에 사용할 자금이 부족해 입양 비율이 낮은 곳도 있다. 자리가 많이 남다 보니 안락사 비율이 높은 보호소에서 적극적으로 강아지를 데려오는 곳도 있다. 성실한 자원봉사자와 너그러운 후원자가 많은 곳도 있다. 이런 셸터에서는 보호소 자체적으로 입양을 보낼 뿐만 아니라 임시보호 네트워크와 연계하고 펫숍에 위탁해 입양을 보내기도 한다.

훌륭한 노킬 셸터의 대표적인 사례는 텍사스주 오스틴에 있는 오스틴 펫츠 얼라이브Austin Pets Alive, APA이다. 오스틴 펫츠 얼라이브는 오스틴의 동물관리국인 오스틴동물센터Austin Animal Center, AAC와 연계해 일하고 있다. 오스틴동물센터가 처음부터 노킬 셸터에 관심이 있지는 않았다. 하지만 오스틴 펫츠 얼라이브를 통해 대중이 안락사 반대를 지지한다는 사실을 깨닫고 시 보호소의 보조 시설로 노킬 셸터를 만든 것이다. 두 보호소의 합의로 오스틴 펫츠 얼라이브 셸터는 입양 가능성이 없어(행동이나 건강 문제가 있는 아이들) 안락사 대상이 된 강아지를 오스틴동물단체에서 받아들인다. 그 결과 오스틴동물센터의 안락사 비율은 0.5퍼센트로 현저히 낮아졌다. 그 덕분에 오스틴동물센터는 전국에서 가장 큰 공공 노킬 셸터라고 주장할 수 있게 되었고, 오스틴은 미국에서 가장 안락사를 하지 않는 도시라는 기록을 몇 년째 지키고 있다. 오스틴 펫츠 얼라이브는 98퍼센트라는 생존율을 달성했다. 노킬 셸터에 들어온 강아지 중 98퍼센트가 가정에 입양되었다는 뜻이다. 오스틴 펫츠 얼라이브에서 구조한 강아지의 3분의 2는 임시보호 가정에서 지내며, 3분의 1은 보호소에 머물며 오스틴 펫츠 얼라이브가 자랑하는 행동 및 사회성 기르기 훈련을 이어가고 있다.

오스틴 펫츠 얼라이브에서 강아지를 입양하기로 했다면 훌륭한 선택이다. 하지만 오스틴동물센터도 똑같이 훌륭한 선택지이다.

결론적으로, 나는 일반 보호소든 노킬 셸터든 보호소의 유형이 입양 결정에 영향을 미치지 말아야 한다고 생각한다. 모든 보호소의 강아지는 구출되기를 기다리고 있다. 노킬 셸터에서 강아지를 입양하면 보호소에 자리가 나서 다른 강아지를 살릴 수 있고, 일반 보호소에서 강아지를 입양하면 그 강아지가 안락사를 피할 수 있다. 어느 쪽이든 한 생명을 구하는 것이다.

자신에게 맞는 보호소를 판단할 기준은 그밖에도 많다. 다른 것 다 제쳐두고, 방문한 보호소에 원하는 강아지가 있으면 제대로 찾아온 것이다. 책에서 하는 얘기는 잊어도 된다.(내 책이든 다른 책이든). 보호소에서 어떤 강아지가 희망과 기쁨에 찬 눈망울로 바라볼 때, 외로워 구석에 웅크리고 있을 때, 신이 나서 꼬리를 흔들 때 여러분에게 맞는 강아지를 찾았다는 걸 느낌으로 그냥 알 수 있다. 때로는 강아지가 사람을 선택한다.

보호소에서 강아지를 믿고 입양해도 될지 알고 싶다면 아래와 같이 몇 가지를 따져봐라.

마크와 조지아

2004년, 필라델피아 외곽에 사는 주방 디자이너 마크 그레이엄은 버바라는 보호소 강아지를 입양했다. 마크와 남편 밥은 버바와 13년을 함께 살았다. 버바가 죽은 후 강아지를 입양하고 싶은 마음도 없지는 않았지만 애도할 시간이 필요했다.

그런데 비바를 보내고 얼마 지나지 않았을 때 커플은 친구에게서 연락을 받았다. 열 살짜리 잭 러셀 테리어 믹스의 입양 공고가 나와 있다는 내용이었다. 딱히 끌리지 않던 마크와 달리 밥이 관심을 보여 둘은 아이를 보러 갔다. 결과는 좋지 않았다. "그 개는 우리에게 관심이 없었어요. 쉬를 하고 나가고 싶었을 뿐이었죠." 마크가 당시를 설명했다.

하지만 그 일을 계기로 커플은 언젠가 구출견을 키울 수도 있겠다는 생각에 다른 보호소를 찾아갔다. "저는 운명의 강아지를 보면 가슴으로 알 수 있다고 믿어요." 마크는 말했다. "모퉁이를 돌자마자 깜찍한 갈색 강아지를 봤어요. 눈이 버터스카치 색깔인 게 정말 예쁘더라고요. 이 강아지라는 것을 그 순간 알았죠."

22킬로그램의 래브라도 믹스는 마크가 그곳에서 본 가장 행복하고 또랑또랑한 강아지였다. 또한 아이는 흉측한 깔때기를 쓰고 있었다. 케이지 위에는 '입양 불가'라고 적혀 있었다. 직원을 불러 세워 이유를 물으니 지난주에 수술을 받고 회복 중이라 했다. 마크는 쭈그리고 앉아 창살 사이로 아이를 쓰다듬으며 간식을 주었다.

"무슨 수술을 한 거예요?" 마크의 질문에 밥이 별소리를 한다는 듯 쳐다보았다.

"눈 뒀다 뭐해?"

자세히 보니 오른쪽 뒷다리가 없었다. 몇 주 전 남부에서 보호소로 들어와서 보니 오랜 세월 유기견으로 생활하던 중 오른쪽 뒷다리가 심하게 부러져 있었던 것이다. 보호소는 치료가 불가능하고 다리 절단밖에는 방법이 없다고 판단했다.

마크에게 장애는 문제가 아니었다. 곧 조지아라는 이름

을 갖게 될 이 아이(남부 출신에 딱 맞는 이름)에게 장애는 문제되지 않았기 때문이다. 마크 부부 눈에 조지아는 깔때기를 썼고 다리 하나가 없었지만 그날 본 강아지 중 가장 밝고 에너지가 넘쳤다. 그나마 멀쩡한 뒷다리도 발가락 하나가 없었고 심장사상충 양성 반응까지 보였다. 귓병, 결막염, 치은염, 치석도 있었다. 그래도 마크는 이 강아지를 원했다. 마크는 조지아도 같은 생각이었다고 말했다. 짧은 시간 안에 끈끈한 연이 맺어진 것이다.

부부는 일주일을 기다려 강아지를 집으로 데려왔다. 일주일 후 실밥을 풀었는데 어느 날 밤 상처에서 고름이 나왔다. 급히 동물병원 응급실로 데려가 보니 의사가 실밥을 뽑을 때 두 개를 빼먹는 바람에 염증이 생긴 것이다. 수의사는 아주 강력한 항생제를 처방해주며 절대 맨손으로 알약을 만지지 말고 라텍스장갑을 끼라고 설명했다.

3주가 지나 조지아는 건강을 되찾았다. 마크 말에 따르면 뒷다리가 없어도 진정 행복한 강아지였다. "집에 있는 소파란 소파는 다 자기 장난감이에요. 침대도요. 차를 타고 내리는 것도 스스로 척척 한다니까요." 주인 부부는 조지아의 체중 관리만 하면 될 뿐이었다. 비만이 되면 나머지 다리 관절에 무게가 너무 많이 실리기 때문이다.

이제 다섯 살이 된 조지아는 동네에서 인기가 아주 좋다고 한다. "다리가 세 개인 강아지와 산책을 하면 눈에 안 띌 수가 없죠. 그리고 조지아 눈이 꼭 ASPCA(미국동물학대방지협회-옮긴이) 광고에 나오게 생겼거든요. 그 눈을 한 번 보면 무조건 사랑에 빠져요. 얼마 전에는 길에서 아이스크림을 사는 남자를 뚫어지게 쳐다보는 거예요. 결국 아이스크림을 얻어먹었어요. 이게 조지아의 능력이에요. 누구든 먹을 걸 주지 않고는 못 배긴다니까요."

강아지가 규칙적으로 운동을 하는가?

강아지의 정신건강과 신체건강을 위한다면 운동이 필수이다. 운동을 하면 무서웠던 보호소 생활도 즐겁고 편안해진다. 규칙적으로 우리 밖을 산책하면 실외 배변 훈련이 잘 되어 있던 유기견이라면 화장실 가리는 법을 잊지 않아 잠자리에 볼일을 보지도 않는다.

강아지가 사람을 자주 접하는가?

강아지를 그냥 우리에 넣고 하루 두 번 밥을 주고 하루 한 번 우리를 청소하고 정해진 기간이 지나면 안락사를 시키는 보호소는 좋은 보호소가 아니다. 강아지가 보호소 직원과 자원봉사자와 편안하게 어울리며 사회성을 길러야 입양률은 늘고 파양률은 줄어든다.

강아지가 훈련을 받는가?

강아지가 "앉아"와 "기다려" 같은 기본적인 명령어를 익히고 깨무는 버릇을 고쳐두면 예비 입양자에게도 좋지만 강아지도 훈련 과정에서 정신적 자극을 받을 수 있다. 아이오와 동물구조연맹은 긍정적 강화를 중심으로 한 훈련 프로그램으로 강아지가 사람과 긍정적인 관계를 맺는 법을 가르치고 있다. 말로 혼을 내거나 때리는 체벌은 하지 않는다. 잡아당기면 목이 조이는 초크체인이나 전기충격을 가하는 목걸이도 사용하지 않는다. 최우선 과제는 강아지가 새로운 환경에 편안하게 적응하는 것이다. 일단 보호소에 적응하면 간단한 명령어쯤은 쉽게 배울 수 있다.

아이오와 동물구조연맹의 믹 매콜리프는 그가 자란 호주 남부에서는 전기충격 목걸이가 불법이라고 지적한다. 반려견에 그 목걸이를 씌우기만 해도 벌금 1만 달러 혹은 1년 징역형의 대상이라 한다. 평생 현장에서 폭발물 탐지견을 훈련하고 강아지와 함께 일한 믹은 호주에서 사용하지 않는 전기충격 목걸이를 미국 사람들은 왜 필요하다고 생

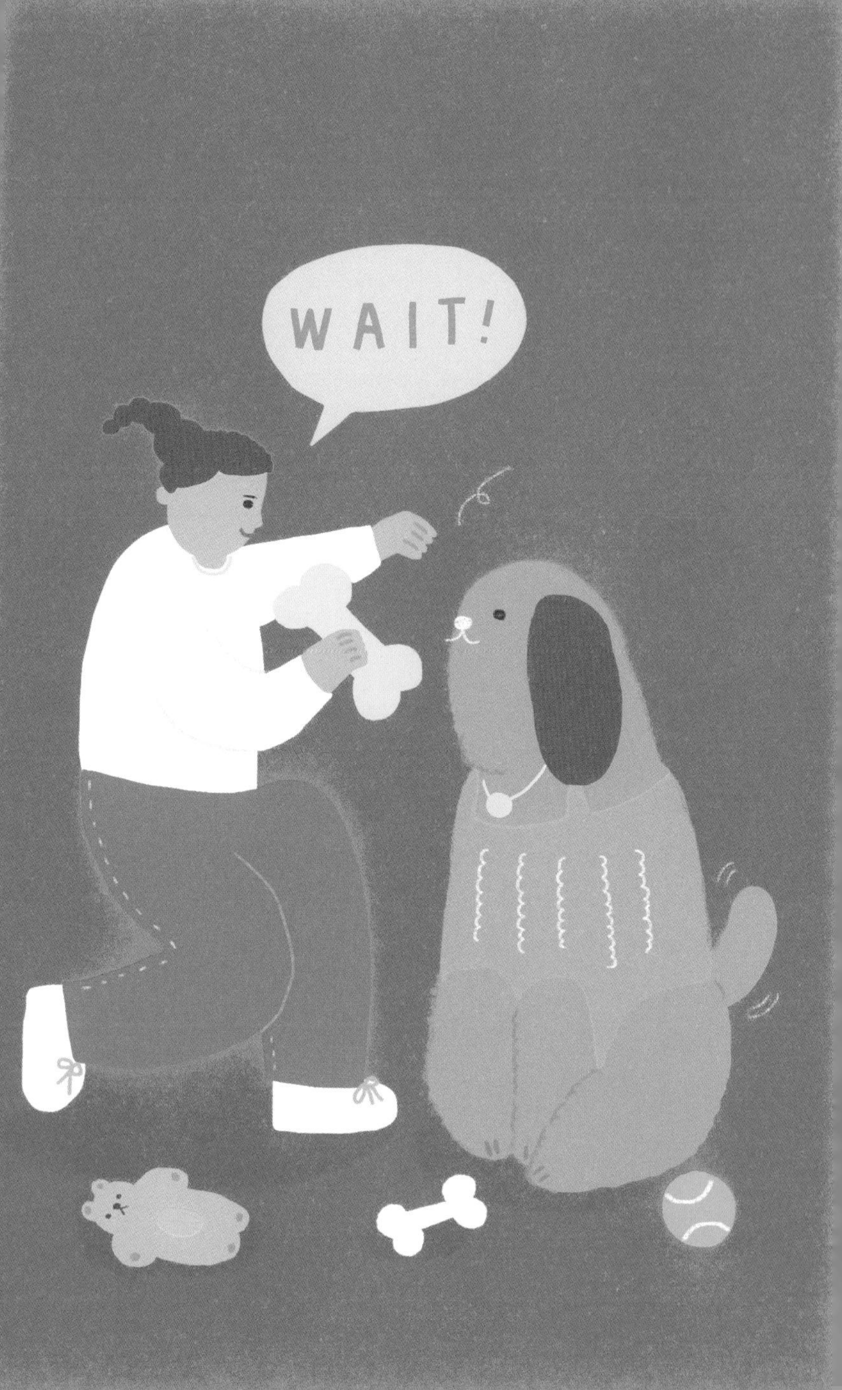
WAIT!

각하는지 모르겠다고 말한다.

강아지의 출신과 성격에 대한 정보를 제공하는가?

좋은 보호소는 주인이 강아지를 보호소에 맡길 경우 '배변 훈련이 되어 있는가? 다른 강아지나 고양이와 잘 어울리는가? 사람 아이에 익숙한가?' 등등의 질문으로 최대한 많은 정보를 수집한다. 강아지를 보호소에 입소시키기 전 믿을 만한 자원봉사자에게 임시보호를 맡겨 이런 정보를 얻는 보호소도 있다.

유기견은 과거를 알기가 힘들다. 하지만 보호소 직원이 함께 시간을 보내며 아이의 성격을 파악할 수 있다. 다른 강아지와 잘 어울리는지 확인하는 방법도 있다. 리드줄을 매고 처음에는 통제된 환경에서, 그다음에는 놀이터에서 다른 강아지와 만나게 해주는 것이다. 강아지가 고양이를 좋아하는지도 확인할 수 있다. 고양이 옆을 지나갈 때 차분하게 반응하는지, 고양이에게서 시선을 떼지 못하는지 보는 것이다. 후자는 공격 신호일 가능성이 있다.

이상적인 보호소에서는 이런 정보를 공개 게시하고 목록으로 카드에 적어 우리에 붙여둔다.

입양을 서두르는가? 아니면 시간을 들여서라도 잘 맞는 동물을 찾아주려 하는가?

좋은 보호소는 입양 희망자의 라이프스타일이 어떠한지, 강아지를 키워본 경험이 있는지에 대해 질문을 많이 한다. 강아지의 외형보다 성격이 더 중요하다는 사실도 잘 설명해줄 것이다. 기대했던 모습이나 크기가 아닌 강아지와 반려의 연을 맺을 수도 있다는 뜻이다. 좋은 보호소는 아무 강아지나 보내려 하지 않는다. 평생 함께 살기에 가장 적합한 강아지를 찾아주려고 노력할 것이다.

구출견을 훈련하는 요령, 집밖에 나가지 못하게 하는 팁을 추천해주는가? 아니면 처음 보는 강아지와 어떻게 살든 신경 쓰지 않는가?

좋은 보호소는 언제든 훈련 정보를 제공한다. 아이가 죽을 때까지 조언을 해줄 수 있어야 한다. 어떻게 강아지를 훈련하고 집에서 안전하게 키우는지 조언을 하면 입양 과정이 훨씬 수월해진다.

보호소 강아지는 미쳤다?

보호소 강아지들의 배경은 다양하다. 물론 학대를 당한 아이들도 있다. 하지만 대부분 주인에게 버림받은 아이들이다. 보호소 강아지는 집에서 쫓겨나 분리불안에 시달릴 가능성이 높지만 보호소 직원과 자원봉사자의 보살핌을 받는다. 보호소마다 조금씩 달라도 훈련과 치료, 산책, 미용, 놀이를 경험한다. 앞뒤로 겨우 움직일 수 있는 작은 펫숍 케이지보다 더 넓은 공간에서 생활하는 것은 당연하다.

보호소 강아지는 습관이 나쁘다?

내가 노킬 셸터에서 만난 구출견은 대부분 가정견 출신이었다. 배변 훈련이 되어 있고, 놀 때 사람 손을 물면 안 된다는 것을 알았다. 차를 타고, 리드줄을 차고, 산책한다는 개념도 이해한다. 좋은 습관을 갖고 있을 가능성은 펫숍 강아지보다 구출견이 훨씬 더 높다.

보호소 강아지는 훈련할 수 없다?

앞에서도 얘기했지만 보호소 강아지는 대개 훈련이 되

어 있다. 보호소의 직원과 자원봉사자가 강아지에게 행동 문제가 있는지 확인하고 그 문제를 해결하려 노력하는 게 일반적이다. 특히 노킬 셸터에는 강아지에게 "앉아." "기다려." "이리 와." 같이 기본적인 명령을 가르치는 자원봉사자나 위탁 '부모'가 있다. 보호소는 구출견이 훈련 과정에서 무엇을 배웠고, 어떤 훈련법을 사용했는지 등 정보도 제공한다.

거리의 강아지를 구출할 때는

보호소 강아지를 입양하지 않고 강아지를 구출하는 가장 일반적인 방법은 무엇일까? 바로 거리에서 유기견을 찾아 입양하는 것이다.

안타깝게도 유기견 구조를 둘러싼 잘못된 인식이 많다. 이런 오해는 지역과 관련이 있다. 교외의 유기견 구조와 도심의 유기견 구조는 근본적으로 다르다. 시골 지역의 유기견을 구조하는 것도 또 다르다. 나는 동료 활동가들과 차를 타고 주변에 농장밖에 없는 시골의 비포장도로를 달릴 때가 많다. 그러다 밭이나 흙길을 지나는 통통한 강아지가 눈에 띄면 누군가 차를 세우고 도와줘야 하지 않느냐고 말한다. 도시 생활에 익숙하다 보니 길을 돌아다니는 강아지가 유기견이라고 짐작하는 것이다. 시골은 다르다. 시골 강아지들은 자주 혼자 돌아다닌다. 농장 전체, 혹은 그 이상까지 자기 영역으로 여기기 때문이다. 시골에 사는 래브라도는 살아 있는 동물이 있기 때문에 장난감을 쫓지 않는다. 시골의 잭 러셀도 후다닥 침대 밑에 들어가 간식을 찾지 않고, 숲에서 진짜 쥐를 쫓는다.

이런 강아지들 대부분이 중성화수술을 안 했다는 점은 못마땅하지만 어쨌든 누군가의 가족이다. 내가 시골길에서 만난 강아지는 거의 다 목걸이를 차고 있었지만 목걸이에 주인의 이름과 전화번호가 적힌 인식표가 달린 꼴을 못 봤다. 하지만 이 강아지를 데려가는 행위는 구출이 아니라 납치이다. 시골 외딴 지역을 홀로 다니는 강아지를 발견했다고? 강아지가 고통스러워하거나 심하게 말랐거나 다쳤거나 탈수 증상으로 느릿느릿 움직이지 않는 이상 잡으면 절대 안 된다.

유기견 구조와 관련해 바로잡아야 할 인식은 또 있다. 도시에서 홀로 다니는 강아지를 보면 쫓아서 달려가야 한다는 것이다. 이랬다가는 아이가 도망가려다… 도로로 뛰어들 수 있다. 차량 통행이 잦은 지역에서 유기견을 발견했을 경우에는 내가 구출하려다 강아지가 다치거나 죽지는 않을지 잘 생각해서 판단해야 한다. 자신이 없다면 강아지와 인간의 안전을 위해 동물관리국에 신고해야 한다.

강아지에 다가가도 안전하다는 판단이 들었다면 이런 신호에 주의를 기울인다. 귀를 세우고 경계하고 있지는 않나? 귀를 뒤로 젖혀서 내렸다면 무섭다거나 공격할 것이라는 의미이다. 등의 털을 세우는 것도 공격 신호이다. 사람을 보고 몇 발짝 앞으로 와서 꼬리를 내리고 흔든다고? 이건 강아지가 행복하고 당신에게 복종한다는 의미이니 가까이 다가가도 좋다. 꼬리를 세우고 흔든다면 기분이 좋다는 뜻이다. 하지만 자기를 잡으라는 뜻은 아니니 침착하고 태연하게 접근해야 한다. 강아지와 눈을 맞추지 말고 평소의 걸음걸이로 다가가라.

만약 강아지도 이쪽으로 다가오는 것 같다면 강아지가 찻길 같이 위험한 곳으로 움직일 만한 방향으로는 섣불리 움직이지 마라. 만약 강아지가 그대로 멈춰 서 있거나 겁에 질린 모습이라면 여러분을 피해 재빨리 움직일 수 있다. 이때 자동차 등의 위험 요소와 최대한 멀어지도록 계산해 접근해야 한다.

인식표와 목걸이가 보인다면(그리고 강아지에 가까이 다가갈 수 있다면) 인식표 사진을 찍어라. 그렇게 하면 강아지가 달아나더라도 주인에게 연락을 할 수 있다.

일단 다가간 후 강아지를 만져도 되겠다 싶으면 아래부터 시작해라. 낮은 자세로 쭈그려 앉으면 더 좋다. 서 있다면 손을 아래로 내밀고 강아지가 킁킁 냄새를 맡는지 본다. 냄새를 맡으면 칭찬을 해주고 손가락으로 코를 살짝 문질러 어떻게 반응하는지 보아라. 강아지가 가만히 있으면 조금 더 기다리며 사람에게 관심을 보이는지 확인하고 다시 시도해라. 강아지가 움직이지 않고 상대를 똑바로 본다면 위험 요소로 생각한다는 신호일 수 있으니 괜히 모험은 하지 마라. 강아지가 시선을 피하거나 조금 움직여 손 냄새를 더 맡아야 긍정적인 신호이다. 공격할 것 같지 같다면 한 번 쓰다듬어 주는 게 좋다.

머리부터 시작하는 것은 금물이다. 사람이 일어선 채로 손을 뻗으면 강아지는 겁을 먹을지도 모른다. 위에서 짓누르는 행위는 강아지 세계에서 상대를 지배한다는 신호이기 때문에 위협으로 느낄 것이다. 강아지는 처음에 머리가 아니라 옆구리를 편하게 내준다. 아니면 강아지가 손 냄새를 맡을 때 손가락을 살짝 움직여봐라. 이럴 때 손에 머리를 기대는 아이도 있다. 그 경우에는 뺨이나 턱을 손가락으로 살살 쓰다듬을 수 있다. 적당히 조심스럽게 손가락을 움직이며 칭찬을 해주어라. 대부분의 강아지는 그러다 손을 멈추면 계속 관심을 달라고 한 발짝 다가온다. 상대를 신뢰한다는 표시다. 그러면 더 쓰다듬어줘라. 하지만 먼저 다가오지 않을 경우에는 서두르지 마라. 만져도 손에 기대지 않는 강아지라면 머리보다는 몸을 먼저 공략하는 게 좋다.

유기견 구조를 하고 싶다 하는 분은 자동차에 리드줄을 항상 두고 다녀라. 물론 강아지용 리드줄이 없어도 된다. 신발끈을 뒀다가 써라. 그동안 신발끈을 풀어 강아지를 구조했어도 신발을 잃어버린 적은 단 한 번도 없었다. 강아지를 신발끈으로 단단히 묶으려면 목걸이부터 잡아야 할 것이다(강아지가 목걸이를 했을 때 얘기이다). 목걸이가 없어도 신발끈을 목걸이 대신 사용할 수 있다. 신뢰를 얻은 후 신발끈을 강아지 목에 두르는 것이다.

강아지가 꼬리를 흔들고 사람에게 발을 올리거나 머리를 기대면 안아 올리거나 리드줄을 맬 수 있다. 당신을 신뢰한다는 표시이기 때문이다. 사람을 만나서 기분이 좋고 사람에 익숙하다는 뜻이다. 언젠가 내게 그런 행동을 한 핏불이 있었다. 트럭 문을 여니 폴짝 뛰어올라 조수석에 조용히 앉아 있었다.

강아지를 안으려면 우선 한쪽 팔을 강아지의 앞발 밑에

끼고 같은 쪽 손으로 목 윗부분을 감싸야 한다. 혹시라도 물지 모르기 때문이다. 물더라도 얼굴이 아니라 팔을 물도록 손으로 목을 부드럽게 누른다. 그런 다음 반대쪽 팔을 강아지의 배 아래로 넣어 몸통을 받쳐 들어야 한다.

안을 수 없거나 다가가면 아이가 뒷걸음질 치는 상황에서는 강아지의 목걸이나 목에 리드줄이나 신발끈을 묶는 방법이 있다. 겁에 질린 행동을 하는 강아지도 일단 리드줄을 매면 진정이 될 것이다. 리드줄을 맸으면 산책을 나간다고 받아들인다. 만약 집에서 나왔거나 집 마당에서 무서운 걸 보고 도망치다 길을 잃었다면 얼마나 당황스러울까? 이럴 때 리드줄이 느껴지면 안정감이 생길 것이다. 그냥 산책을 나왔다고 생각하게 될 것이다. 산책을 나가면 언제나 집으로 돌아간다. 가장 차분한 목소리로 달래며 목이나 목걸이에 신발끈을 묶어준다.

이제 강아지의 움직임을 통제할 수 있게 되었다. 같이 발맞춰 걷기 시작하면 집으로 데려갈 수 있다. 하지만 같이 걷지 않고 저항하거나 겁에 질렸다면(혹은 여러분의 안전에 위협을 받는다면) 강아지 위에 우뚝 서지 말고 몸을 최대한 숙여 침착하게 말을 건넨다. 물릴까 봐 걱정이라면 몸조심하고 동물관리국에 신고를 하면 된다. 하지만 이 점은 기억해야 한다. 무는 강아지라고 당국에 신고가 들어가면 그 강아지는 위험 동물로 분류되어 안락사 대상이 될 가능성이 높아진다.

집에 무사히 데려왔다면 탈출하지 못할 곳으로 편안한 공간을 마련해준다. 칭얼대며 현관문이나 울타리 쪽을 자주 내다본다면 주인에게 돌아가고 싶다는 좋은 신호이다. 하지만 강아지가 그냥 한숨을 푹 쉬고 주변을 심드렁하게 둘러보더니 "어쩌라고?" 같은 표정을 지어도 놀라지는 마라.

강아지에게 인식표가 있다면 운이 좋은 셈이다. 반대의 경우는 슬프지만 주인이 강아지를 찾지 않고 주인을 찾아도 원하지 않을 가능성이 크다. 강아지는 무수한 이유로 버림을 받는다. 강아지를 평생 바깥마당에 두고 키우는 사람은 강아지가 울타리 밑으로 땅을 파서 자유를 찾아낸다 해도 신경 쓰지 않는다. 가출한 강아지 중 주인의 품으로 돌아가는 수는 15~20퍼센트이다.

물론 인식표가 없어도 주인을 찾을 방법이 없지는 않다. 첫째, 이 개를 본 적이 있냐고 주변 이웃에 묻고 다닌다. 이게 가장 쉽고 또 효과적인 방법이다. 둘째, 동물병원에 데려갈 수 있으면 마이크로칩을 스캔해 주인의 전화번호를 얻는다. 칩을 삽입하지 않았을 경우에는 강아지의 사진을 찍고 지역 동물병원과 보호소에 사진을 보낸다. 아니면 강아지의 생김새를 묘사해도 된다. 동물병원 손님 중에 이 강아지를 아는 사람이 있으면 주인을 찾을 수 있다.

그다음에는 크레이그리스트Craigslist(온라인 생활정보 사이트 – 옮긴이)와 펫파인더Petfinder(반려동물 입양 홍보 사이트 – 옮긴이) 같은 웹사이트를 검색해 인근 지역에서 강아지를 잃어버렸다는 광고가 있는지 찾아본다. 강아지가 길을 잃고 멀리까지 왔을 가능성도 있다. 그래서 이 동네에서는 알아보는 사람이 없었던 것이다. 인터넷이나 주변 지역에 강아지 주인을 찾는다는 광고를 게재하는 방법도 있다. 광고 전단지를 붙이기에 가장 좋은 장소는 통행이 잦은 교차로, 동물병원, 보호소, 반려동물 용품점 등이다. 주인은 아니어도 강아지를 아는 사람이 볼 수 있다. 전단지에 연락처와 사진도 빼놓으면 안 된다. 사진을 봐야 주변 사람이 빨리 알아본다.

제니와 버튼스

제니는 뉴저지에서 애완동물 미용실 웨그 앤드 워시를 운영한다. 지난 20년 동안 뉴저지 거리에서 수많은 강아지를 구출했다(고양이도). 제니는 그중에서 7킬로그램짜리 잭 러셀-웨스트 하이랜드 테리어 믹스견 버튼스가 가장 먼저 떠오른다고 한다.

몇 년 전 제니는 뉴저지 북부의 빈민 지역에서 일하고 있었다. 제니는 그곳을 이렇게 설명했다. "하루가 멀다 하고 근처 주차장에 강아지가 버려졌어요. 차에 치이거나 눈보라 치는 겨울에 얼어 죽은 강아지도 날마다 봐야 했죠." 어느 일요일, 제니는 한 여자에게서 심하게 화상을 입고 죽어가는 요크셔테리어가 쓰레기통에 있다고 연락을 받았다. 곧바로 30킬로미터 이상을 운전해 간 곳에서 제니는 2킬로그램이 겨우 넘는 강아지를 발견했다. 나중에 버튼스라고 불리게 될 강아지였다. 어떤 인간이 작은 몸에 산성 물질을 뿌리고 쓰레기통에 던진 것이다. 제니는 화상이 벗겨지지 않도록 부드러운 아이의 몸을 면으로 감싸고 가까운 동물병원으로 향했다. 진찰 결과, 생후 5개월 정도 된 아이는 심각한 영양 부족 상태였다.

버튼스는 동물병원 집중치료실에서 어느 정도 회복한 후 집에서 치료를 받았다. 의사는 버튼스가 살아남은 것 자체가 기적이라 했다. 치료 과정은 길고 험난했다. 작은 몸

안팎에 난 무수한 염증 때문에 하루에 항생제 여러 알을 5번 이상 먹었다. 보살피는 사람도 하루 종일 매달려야 했다. 3교대로 움직이며 약을 먹이고 화상 부위에 허브 팅크제를 발랐다.

집에서 치료를 받은 지 5주가 지나자 제니는 버튼스와 반려동물 두 마리를 만나게 해주었다(역시 같은 지역에서 구출한 아이들이다). 그 무렵 버튼스는 절뚝거리며 걷기 시작했는데 강아지 친구들을 만나 기쁜 듯했다.

버튼스는 건강을 회복하고 사회성도 좋아졌다. 제니는 이제 입양 보내도 되겠다 생각했지만 안타깝게도 버튼스는 집에 사람만 오면 숨거나 으르렁거렸고, 특히 어린아이와 남자를 극도로 두려워했다. 결국 버튼스를 품기로 결심한 제니는 아이의 신뢰를 얻기 위해 부단히 노력했다. 처참한 과거의 흔적은 사라지지 않았다. 화상을 입은 피부가 여기저기 벗겨지고 검게 변했다. 하지만 다행히 털은 대부분 다시 자랐다.

버튼스는 오랫동안 행복하게 살았다. 여전히 아이도 어른도 무서워서 벽을 세우지만 모든 사람에게 깊은 감동을 주었다. 제니도 버튼스를 만나며 인생이 달라졌다. 강아지 관련 사업을 시작하자는 결심이 생겼다. 마침내 강아지를 보살피고 동물 커뮤니티에 보답을 하고 싶다는 오랜 꿈을 실현할 수 있었다.

학대당하는 강아지를 구출할 때는

학대받는 강아지를 구출하는 것은 길에서 유기견을 구출하는 것과 차원이 다르다. 경찰 소속이라면 얘기가 달라지지만 동물학대를 목격한 일반 시민의 안전을 보장하면서 학대당한 강아지를 확실하게 도울 SOP는 존재하지 않는다.

주인이 방치하는 듯한 강아지를 봤다면 우선 동물의 사진과 영상을 찍어야 한다. 실제로 학대하는 장면을 목격했을 경우에는 증거부터 확보해야 한다. 그러는 한편 적절한 타이밍에 개입해 학대를 막아야 한다. 누군가 강아지를 때리거나 거칠게 대하지만 상처가 겉으로 드러나지 않을 때 학대범을 기소할 유일한 수단은 휴대폰 영상이다. 현장을 영상으로 찍지 않으면 강아지가 학대를 당했다는 실질적인 증거가 전혀 없다. 만약 여러분이 유일한 목격자라면 경찰은 증언만으로 만족하지 않을 것이다. 맹견을 상대로 자기 보호를 해야 하는 상황이 아닌데 강아지를 때리고 차고 던지는 행위는 '불필요한 고통'을 야기한다. 대부분의 주에서 동물학대를 정의할 때 사용하는 법률 용어다. 학대범이 동물의 신체에 상해를 입히고 있다면 추가 피해를 막기 위해 당장 개입해야 한다. 신체 상해 자체가 증거이기 때문이다. 대부분의 주에서 부상을 유발하는 학대 행위는 경범죄보다 중죄로 다스린다.

자신이 없다면 경찰에 신고해라. 스스로를 위험에 빠뜨리는 방법은 나도 추천하지 않는다. 위험한 상황에 내 발로 걸어 들어가기보다는 도움을 청하는 게 좋다. 하지만 내 경험상 솔직히 말하자면 강아지 방치나 학대 사건에 적극적으로 도움을 준다고 확신할 수 있는 지역은 우리나라에 별로 없다. 습관적으로 학대를 한다는 구체적인 증거가 없을 경우, 내가 신고를 해도 경찰은 학대 행위가 특별히 잔혹하지 않은 이상 달리 조치를 취하지 않는다. 신고를 받은 경찰이 이런 상황을 대비해 훈련을 받았거나 동물학대 특수반 소속이나 되어야 개입하고 나선다. 경찰을 원망하거나 비난하려는 건 아니다. 그저 20년의 경험에서 나온 이야기이다.

그럼 내가 학대 상황을 목격했을 때 어떻게 했는지 몇 가지 사례를 소개하겠다.

나는 스무 살 때 텍사스 남부 도시의 아파트에 살며 노킬 셸터 직원으로 일하고 있었다. 내 또래인 옆집 신혼부부가 얼마 전 허스키 새끼를 입양했다. 날아다니는 흰색과 갈색 털뭉치 같았던 강아지는 내가 안녕이라고 인사하자 손을 핥고 깨물었다. 부부가 강아지를 들이고 한 달쯤 지난 어느 날, 생후 12주된 강아지의 비명이 아파트 벽을 뚫고 넘어왔다. 옆집으로 달려가 문을 두드리자 젊은 여자가 문을 열었다. 그녀는 민망한 듯 아무 말도 하지 않았다.

"무슨 일이에요? 강아지 괜찮은 거예요?"

뒤를 보니 강아지가 등을 돌린 채 거실 구석에 움츠리고 있었다.

"못된 놈이 깨물잖아요. 그래서 발로 차줬어요." 여자가 한참 만에 말했다.

그때 무슨 생각이었던 건지 모르겠다. 어쨌든 나는 여자를 지나쳐 집 안에 들어갔고 강아지를 안아 들었다.

"강아지는 제가 데려갑니다. 다시는 이런 짓 하지 마세요."

그런 다음 집으로 가서 강아지를 하룻밤 재울 준비를 했다. 입에 넣었다가 질식을 유발할 물건이나 망가지면 큰일 나는 물건을 강아지의 손이 닿지 않는 곳으로 치웠다. 나는 언제 어디서 강아지를 구조할지 몰라 집에 건사료를 항상 두는 편이다. 스트레스를 해소하게 간식으로 사료를 조금 주었다.

그날 밤, 옆집 남편이 현관문을 두드렸다. 분노와 부끄러움이 섞인 얼굴이었다. 한편으로는 내 얼굴에 주먹을 날리고 싶은 마음이었겠지만, 또 한편으로는 자기 아내가 잘못을 했다는 사실을 알았던 것이다.

"잘못이라는 거 알겠는데 내 여자한테 또 그런 식으로 말하기만 해봐."

숨을 한 번 들이마시고 그러지 않겠다 말했다. 경찰에 신고하지 않겠다고도 약속했다. 당신네는 지금 강아지를 키울 형편이 아닌 것 같으니 내가 일하는 보호소로 데려가 좋은 가정을 찾아주겠다고 했다. 남편은 고개를 끄덕였다. 내가 강아지를 납치하기는 했어도 자기 아내는 동물을 학대했다는 사실을 계산한 것이다. 남자는 자기 집으로 돌아갔다. 그게 옆집 부부와의 마지막 대화였다.

또 한 번은 노스캐롤라이나주 페이앳빌에서 해비타트 자원봉사를 할 때였다. 자원봉사자 3명이 한 조로 지붕에 지붕널을 올리고 있는데 어디선가 날카로운 강아지 울음소리가 들렸다. 아래를 내려다보니 나무 울타리 너머에서 누가 채찍을 휘두르듯 바람 빠진 자전거 튜브로 무언가를 때리고 있었다. 남자의 표정은 분노 그 자체였다. 튜브를 내리칠 때마다 강아지는 비명을 질러댔다. 동료들은 고개만 절레절레 젓고 일을 계속했지만 나는 망치를 내려놓고 지붕에서 내려왔다. 그 집으로 가야 했다. 한참 문을 두드리니 집주인이 나왔다. 자기가 키우는 로트와일러가 새끼 셋을 낳았는데 새끼들이 자꾸 마당을 파서 스트레스라 했다. 아까 비명을 지른 아이가 성견 한 마리도 아니고 어린 새끼 세 마리라는 사실에 간신히 이성의 끈을 붙잡았다.

그 남자에게 '어린 강아지들을 키우는 게 당신에게는 버거워 보인다, 당신이 무슨 짓을 했는지 다른 자원봉사자들도 같이 봤다, 나는 전국의 구출 단체나 보호소에서 일하는 사람이다'라고 설명했다. 전국의 동물 구조 커뮤니티가 분노할 일이니 순순히 새끼들을 내놓으라는 뜻이었다. 남자는 경찰에 신고하지 않는 조건으로 새끼들을 넘겨주겠다고 했다. 현관문 앞에서 잠시 기다리자 남자가 겁에 질려 벌벌 떠는 생후 12주짜리 새끼 세 마리를 데리고 나왔다. 흙투성이에 꼬질꼬질한 아이들이 내게 안기자마자 가슴에 얼굴을 묻었다. 강아지들을 품 안 가득 안고 트럭에 옮겨 실었다. 그리고 즉시 경찰에 신고를 했다.

채찍질하는 동작을 봤을 뿐 자전거 튜브로 강아지를 때리는 현장을 보지는 못했기에 경찰은 남자를 체포할 수 없었다. 어쨌든 같은 날 지역 노킬 셸터에 연락을 했다. 거기라면 지금보다 훨씬 살기 좋은 곳으로 쉽게 입양을 보낼 수 있기 때문이다. 해가 저물기도 전에, 어린 삼형제는 보호소에 입소해 목욕과 접종을 마치고 담요와 장난감을 받았다.

나는 어떤 강아지를 원할까?

어떤 강아지를 입양할지는 라이프스타일, 가족 구성, 가정환경에 따라 크게 달라진다. 특정 견종은 성격이 다 이렇다는 믿음은 너무 믿지 마라. 치와와가 잘 짖고 예민하다지만 나는 차분하고 조용한 치와와도 많이 봤다. 공격성으로 악명이 높은 핏불도 마찬가지이다. 처음 보는 사람에게도 안아달라고 조르는 핏불도 있다. 강아지도 사람처럼 고유의 개체이다. 여러 가지 변수가 현재의 성격을 결정한다.

집에 어린 자녀가 있다면 입양할 강아지가 아이 옆에서도 편안하게 있는지 보호소 직원에게 물어서 확인해라. 아이가 자칫 다치게 할 수 있는 작은 강아지도 피하는 게 좋다. 강아지를 처음 키워보는 아이들도 있다. 강아지와 잘 지내는 법을 가르친다고 랫 테일러(쥐 테리어라고도 불리는 소형견-옮긴이)를 입양한다면 크게 실수하는 것이다. 놀이의 강도를 적당히 조절하지 못하는 아이를 감당하기에 작은 강아지의 뼈는 너무도 약하다.

본인이나 배우자, 룸메이트에게 강아지 알레르기가 있는지, 털 빠짐을 견딜 수 있는지도 고려해야 하고, 아파트에서 큰 강아지를 키울 수 있는지도 미리 알아봐야 한다. 아파트에 반려동물비가 따로 있는지도 확인해야 한다(한 번에 내는 곳도 있고, 매월 내는 곳도 있다).

강아지가 씽씽— 달리고 물건을 물어오기를 바란다면 집에 마당이 있거나 공원 같이 탁 트인 공간에 자주 갈 수 있어야 한다. 집이 고층 아파트라면 소형 테리어종이 더 어울린다. 테리어는 비좁은 공간에서 사냥하고 탐험하는 본능이 있기 때문에 침대 밑이나 이불속에 기어들어가기를 좋아한다. 골든 리트리버는 그런 데서 자극을 느끼지 못하므로 놀 공간이 더 필요하다. 물론 아파트 생활이 체질인 그레이트 데인도 있다. 내 여자친구가 키우는 프로이드는 테리어인데도 들판에서 뛰어노는 걸 좋아한다. 그러니 그 강아지의 성격이 어떤지 보호소 직원이나 임시보호자가 하는 말을 귀담아 들어야 한다. 그 안에 견종보다 더 많은 정보가 들어 있다.

그냥 하루 종일 누워 있으며 활동성 없는 강아지를 원한다면 노견이 최선이다. 가끔씩 코 고는 소리가 배경음으로 들리겠지만 주인이 텔레비전을 보는 동안 옆에 누워 있기를 좋아하는 노견의 매력은 누구도 따라올 수 없다. 어린 시절 강아지 스코티와 놀던 기억은 지금 떠올려도 행복해진다. 그때 스코티는 에너지 넘치고 장난기도 참 많았다. 하지만 내게 가장 소중한 추억은 주로 스코티가 늙었을 때이다. 나이가 들어도 여전히 장난스럽고 과자와 팝콘을 달라고 졸랐다. 어머니가 정성껏 심은 관목 아래 같이 좁은 공간에 기어들어가는 대담함도 남아 있었다. 하지만 몸이 느려지며 찾아온 변화도 있었다. 스코티는 우리가 평소보다 더 오래 쓰다듬어도 그러려니 했고 거실에서 편안하게 쉬며 가족과 많은 시간을 보냈다. 고개 숙여 입에 코를 가져가면 코를 천천히 핥아주던 부드러운 혀의 촉감은 스코티의 말년을 무엇보다도 소중하게 만들어주었다.

어떤 강아지를 입양하든 여러분은 강아지에게 안전한 환경을 마련해줘야 한다. 강아지가 땅을 파기 좋아한다면 울타리 아래로 탈출하지 못하게 울타리를 보강해야 한다.

아주 높이까지 점프할 수 있는 강아지에게는 높은 울타리가 필요할 것이다. 강아지의 체구가 유난히 작다면 도로로 뛰어나가지 못하도록 대문에 빈틈을 다 막아야 한다. 원하는 강아지에 맞게 환경을 바꾸지 못할 입장이라면 지금 사는 집에서 안전하게 생활할 수 있는 강아지를 입양하는 것이 좋다.

구출견 집으로 데려오기

구출견을 집으로 데려오기 전에, 필요한 용품을 꼭 준비해둔다. 반려동물은 언제든 아프거나 다치거나 집 안팎에서 사고를 당할 수 있다.

필수 용품

밥그릇과 물그릇

밥그릇과 물그릇은 도자기가 최고이다. 다른 소재보다

무겁기 때문에 강아지가 밥을 빨리 먹고 싶어서 달려나가다 실수로 엎을 가능성이 낮다. 강아지를 데리고 산이나 공원에 갈 때를 대비해 접이식 그릇도 한 세트 사두면 좋다. 보통 고무나 천 소재로 납작하게 접어 공간을 절약할 수 있다.

사료

강아지가 있던 보호소나 구출 단체, 혹은 동물병원에 문의하면 강아지의 연령, 크기, 상태에 따라 가장 알맞은 사료를 추천해준다. 이때 강아지를 대상으로 학대에 가까운 임상시험을 하지 않는 사료 브랜드를 선택한다(224쪽 참조).

마이크로칩

마이크로칩은 최악의 상황에서 반려동물을 안전하게 지켜줄 최고의 수단이다. 목걸이도 차지 않고 길을 잃었다가 다른 사람에게 구조되는 상황이 그 예이다. 강아지의 목 뒤쪽 피부 아래에 심는 쌀알 크기의 마이크로칩은 보호소나 주인의 개인정보를 담고 있다. 그래서 길을 잃은 강아지가 다른 보호소에 들어가도 바로 연락을 받을 수 있다. 이웃이 강아지를 주웠을 때도 병원에 데려다주면 수의사가 칩을 스캔해 주인의 정보를 알아낼 수 있다. 대부분의 보호소는 구출견에 마이크로칩을 삽입한다(아프지 않다). 하지만 유기견을 주웠거나 다른 사람에게 강아지를 받았다면 동물병원에 데려가 칩이 내장되어 있는지 확인해야 한다.

구급상자

현실적으로 생각해보자. 반려동물은 언젠가 어떤 이유로든 문제를 일으킬 것이다. 쓸어서 자루에 넣어야 할 나뭇잎 더미에 뛰어드는 문제야 귀여운 수준이다. 하지만 무가당 껌을 먹는 사고를 쳤다면 아이의 목숨을 살리기 위해 구토를 유도해야 한다. 반려동물 용품점에서 파는 강아지용 구급상자에는 다양한 물품들이 들어있다. 다른 건 몰라도 응급 상황에 지혈을 도와줄 거즈, 과산화수소, 바늘 없는 주사기는 빠지면 안 된다.

차량용 하네스

차량용 하네스는 강아지를 안전벨트에 고정해주는 역할을 한다. 방금 강아지를 입양했다고 문자를 보내다 앞차를 들이받아도 구출견이 자동차 앞 유리를 뚫고 날아갈 일은 없게끔 방지한다. 어떤 것은 강아지의 하네스에 걸고 차량 안전벨트와 연결하는 끈에 불과하지만, 강아지 침대가 포함된 단단한 천 가방을 안전벨트에 거는 제품도 있다.

리드줄

강아지를 집 밖에 데리고 나가려면 리드줄이 필요하다. 혹시 끊어지거나 잃어버릴 경우를 대비해 몇 개는 구비해 둬라. 리드줄에는 일반형과 길이조절형 두 가지가 있다. 일반형은 긴급 상황에서 두 손으로 줄을 잡아당기기가 쉽고, 길이조절형은 때에 따라 강아지와의 거리를 좁히거나 넓힐 수 있다는 장점이 있다. 강아지가 사람의 통제를 받으며 주변을 돌아다니게 도와주는 리드줄은 훈련 목적으로도 쓸모가 있다. 길이조절형 리드줄은 일반형보다 통제력이 떨어지지만 어린 강아지나 노견에게는 그 정도도 괜찮다.

강아지가 어떤 종류를 선호하는지도 고려 대상이다. 길이조절형 리드줄의 소리만 들어도 자지러지게 놀라는 강아지가 있는 반면, 어떻게 하든 일반형 리드줄에 몸이 엉키는 강아지도 있다. 이 책을 함께 쓴 진의 구출견 토비는 길이조절형 리드줄에서 나는 '쉭―' 소리를 무서워해 그 리드줄이 보이기만 하면 숨어버린다. 반면 일반 리드줄을 꺼내면 신이 나서 펄쩍펄쩍 뛴다. 모든 강아지가 한 가지 리드줄을 선호하지는 않는다. 하나씩 시험해보자.

리드줄은 항상 한두 개 여분을 갖고 있어야 한다. 리드줄을 다른 데 놓고 온 사람이 도로 옆에서 볼일을 보는 강아지를 방심하고 그냥 두었다가 비극이 일어나는 수도 있다. 강아지는 언제든 차도에 뛰어들거나 다람쥐를 쫓아 달려 나갈 위험이 있다.

목걸이와 인식표

둘은 무조건 한 짝이다. 유기견을 발견한 사람이 주인을 찾아주기 위해 가장 먼저 확인하는 게 목걸이에 달린 인식표이다. 목걸이와 인식표를 착용한 강아지는 길을 헤매고 돌아다녀도 누군가 구조하려 나설 가능성이 크다. 인식표가 있으면 어느 집 반려동물이라는 뜻이므로 도와줘야겠다는 생각이 든다. 거기 적힌 번호에 전화를 걸고 주인이 올 때까지 차 안이나 자기 집 마당에 강아지를 보호하고만 있어도 강아지를 도울 수 있다. 인식표에는 강아지의 이름, 그리고 여러분의 전화번호와 연락처를 적어 둬라.

강아지에게 독이 되는 것들

인간 청소년처럼 강아지도 세제를 먹으면 안 된다는 사실을 모르는 사람은 거의 없다. 하지만 언뜻 보기에 무해한 여러 가지 사람 음식도 강아지에게는 독이 될 수 있다. 소량만으로도 치명적이다. 이런 위험한 음식을 몇 가지만 소개해보겠다.

1. 무가당 껌, 박하사탕, 캔디에는 자일리톨이라는 감미료가 들어간다.

2. 익힌 뼈는 씹으면 날카로운 조각으로 부서진다.

3. 생고기에는 살모넬라와 대장균이 있을지 모른다. 이건 강아지만이 아니라 사람에게도 위험하다. 강아지에게 남은 음식을 줄 때는 다 익힌 음식인지 확인해야 한다.

4. 양파는 강아지에게 빈혈을 유발한다. 일반적으로 한 번에 많이 먹어야 위험한 음식이지만 양파에 함유된 독성은 몸 안에서 축적된다. 그러니 양파가 든 음식은 뭐든 먹이지 않는 게 좋다.

5. 건포도와 포도는 강아지에게 양파보다 훨씬 더 위험하다. 체구에 따라 다르지만 포도 한 줌만 먹어도 목숨을

잃을 수 있다.

6. 초콜릿은 테오브로민이라는 알칼로이드를 함유하고 있으므로 반드시 피해야 한다. 인체는 테오브로민을 쉽게 분해하지만 강아지는 그러지 못해 치명적인 수준까지 수치가 증가한다. 초콜릿에 든 카페인도 강아지의 심장을 빠르게 뛰게 한다.

7. 마카다미아넛은 치명적이지는 않아도 기력쇠진, 구토, 발열, 떨림을 유발한다.

8. 강아지는 대부분 유당불내증이다. 몸에서 락타아제라는 효소가 나오지 않아 우유에 함유된 당 분자를 분해하지 못한다는 말이다. 그래서 유제품을 섭취하면 설사를 하거나 독한 방귀를 뀌는 것이다. 거실에 그런 악취를 원하지 않는다면 강아지에게 요구르트나 아이스크림을 주지 마라.

9. 대체로 인간의 약은 강아지에게 위험하다. 수의사에게 처방을 받았거나 먹여도 된다는 허락을 받지 않은 이상, 절대 주면 안 된다. 타이레놀처럼 아세트아미노펜이 든 약이나 이부프로펜을 먹으면 목숨도 잃을 수 있다.

만약 강아지가 삼킨 물질이 몸에 해로운 것 같다면 수의사에게 연락을 해라. 동네 동물병원이 문을 닫았고 왕진을 하지 않을 경우에는 응급 수의사에게 전화를 해야 한다.

도움을 청할 곳이 없는데 강아지를 토하게 해야 하는 상황이라면 다음과 같이 해보자. 강아지가 의식을 잃었거나 이미 구토를 했다면 구토를 유도하지 않는다. 또한 배수관 클리너처럼 부식성이 강한 물질은 역류할 때 식도에 손상을 일으킨다. 날카로운 물체도 마찬가지이다. 질식할 위험도 있으니 그 경우에도 구토를 시키면 안 된다. 하지만 해로운 음식이나 독성 물질은 역류해도 식도가 손상되지 않으니 토하게 해야 한다. 가장 일반적이고 안전한 방법은 과산화수소이다. 주사기를 사용해(구급상자에 있을 것이다) 체중 10파운드당(약 4.5킬로그램 - 옮긴이) 과산화수소 5cc를 강아지의 입에 투여한다(이때 강아지가 값비싼 양탄자 위에 있다면 들어서 옮긴다). 과산화수소 적정량을 투여해도 구토가 나오지 않는다면 당장 응급실로 데려간다.

목욕과 빗질

강아지는 한 달에 한 번 정도 목욕을 시켜야 한다(개울에 뛰어들거나 진흙탕에 굴러다니기 좋아하는 아이라면 더 자주 해야 한다). 강아지 목욕은 어렵지 않다. 강아지가 사람에 익숙해지면 더욱더 쉽다. 강아지가 물을 무서워해도 홍수 요법(공포 반응이 사라질 때까지 공포의 대상을 집중적으로 접하게 하는 행동 치료법–옮긴이)은 절대 사용하지 않기를 바란다. 물이 무섭지 않다고 강제로 주입시키려다 강아지를 패닉에 빠뜨릴 위험이 있다. 물을 한 번에 너무 갑자기 접하면 그렇게 된다(홍수 요법은 강아지가 공포를 강제로 견디며 극복하는 방법이다. 예를 들어, 물을 무서워하는 강아지라면 서 있을 때 호스로 물을 뿌리는 것과도 같다).

그보다는 강아지가 목욕에 차츰차츰 익숙해지게 해야 한다. 그리고 진정 상태일 때만 목욕을 시킨다.

1단계는 양동이 한두 개에 따뜻한 물을 담고 물과 강아지, 샴푸를 마당으로 옮기는 것이다. 마당이 없다면 욕조도 괜찮다. 간식만 확실히 준비하면 된다.

다른 훈련과 마찬가지로 조금씩 발전하도록 한다. 첫 목욕은 이렇게 하는 게 좋다. 우선 강아지를 욕조에 넣거나 리드줄을 차고 마당에 세운 후 간식으로 보상을 준다. 이제 손에 물을 묻히고 마사지를 하듯 강아지를 문질러준다. 이때도 간식을 줘야 한다. 익숙해지면 양동이를 들어 강아지에게 소량의 물을 뿌리고 또 간식을 준다. 다음으로는 샴푸를 바르고 마사지한다. 샴푸 마사지까지 했으니 또 간식을 준다. 목욕을 하며 스트레스를 덜 받도록 끊임없이 칭찬을 해야 한다는 것도 잊지 마라.

나는 강아지를 처음 목욕시킬 때 손에 물을 담아 아이에게 뿌린다. 첫 번째 샴푸는 금방 헹구고, 두 번째는 조금 오래 기다렸다가 헹구는 게 일반적이다. 하지만 첫 목욕은 강아지의 모질을 아름답게 관리하는 시간이 아니다. 우선은 목욕에 익숙해져야 한다.

강아지가 불편해하지 않으면 마당의 물 호스를 낮은 수압으로 틀어 물을 직접 뿌려라. 바깥 날씨가 더우면 아주 기분 좋아할 것이다. 욕조에서 할 때는 샤워기를 낮은 수압으로 튼다. 무서워하면 샤워기를 치웠다가 진정하면 다시 물을 튼다. 곧바로 간식을 주며 칭찬하면 샤워기 소리에 빨리 익숙해진다.

다음번에는 속도를 높이거나 샤워기를 더 가까이 대고 물을 뿌린다. 무서워서 떠는 강아지는 억지로 욕조에 넣거나 호스 아래에 두지 마라. 서서히 가까워져야 한다. 보디랭귀지를 관찰하며 진행하고 칭찬과 간식으로 보상하는 것이 목욕에 익숙해지는 최고의 방법이다. 강아지가 '목욕을 하면 칭찬을 받고 기분이 좋아지는구나'라고 생각해야지 목욕을 두려워하면 안 된다.

양치도 목욕만큼이나 중요하다. 치석을 비롯해 더 큰 문제를 예방하려면 가급적 자주 양치를 해준다. 매일하는 게 가장 좋지만 일주일에 한 번만 해도 대부분의 집보다는 낫다고 할 수 있다. 양치는 사람에게든 강아지에게든 꼭 힘든 일이 아니다. 제대로 된 방법으로 강아지가 칫솔질에 익숙해지면 쉽다. 손가락에 끼워 쓰는 손가락 칫솔도 유용하지만 강아지의 몸집이 큰 경우라면 손잡이가 달린 칫솔을 써야 안쪽 어금니까지 닿을 수 있다. 치약은 꼭 강아지용을 사용해야 한다. 사람 치약은 강아지의 위장에 해롭기 때문이다. 강아지 치약은 대부분 향이 들어가 있어 아이들이 더 좋아한다.

양치도 목욕처럼 천천히 시작한다. 강아지가 편안해하는 때를 고른다. 입과 잇몸을 만져도 괜찮아져야 한다. 입에 사람의 손가락이 들어오는 느낌에 익숙해지려면 손가락에 피넛버터를 바르는 방법이 최고이다. 향이 가미된 강아지 치약을 간식처럼 조금씩 줘보는 방법도 좋다. 그런 다음 칫솔에 치약을 조금 짜고 전에 손가락으로 했던 것처럼 아이의 이빨에 칫솔질을 한다.

양치를 하는 동안 칭찬을 계속한다. 그래야 긴장을 하지 않는다. 칫솔을 핥는 훌륭한 행동을 했으니 칭찬 같은 보상을 받아야 마땅하다. 지금까지의 과정에 익숙해지면 윗입술을 젖히고 칫솔을 45도 각도로 세워 치아와 잇몸을 닦는다. 잇몸에 피가 살짝 나도 정상이니 걱정하지 마라. 하지만 지속적으로 피가 많이 흐를 때는 질병일 수 있으니 수의사와 상담해야 한다.

가장 잘 보이는 치아부터 공략하라. 처음부터 칫솔을 입 안쪽까지 넣어 불편함을 느끼면 트라우마로 남을지 모른다. 천천히 안쪽으로 나아가는 것이다. 양치가 끝나면 아이가 가장 좋아하는 간식과 함께 칭찬을 해준다.

숀과 볼트

서른세 살 숀 덜링은 D.C.에 있는 천연가스 회사에서 직원 교육 담당으로 일하고 있다. 그 전에는 해군으로 2003년과 2007년에 각각 이라크와 아프가니스탄에서 복무했다. 전역 후에도 숀은 군 감시팀과 계약해 민간인 자격으로 외국에 나갔다.

숀은 해외로 나갈 때마다 그곳 기지를 돌아다니는 들개 한 마리를 맡아 돌봤다.

"강아지가 있으면 군 생활도 왠지 덜 힘들어졌어요." 숀은 말했다.

숀은 2001년 9월 독일 육군 소속으로 아프가니스탄으로 돌아갔다. 전원 독일인으로 이루어진 기지에서 미국인은 여섯 명뿐이었다. 숀은 기지에 도착한 첫날 볼트를 발견했다. 낯을 가리는 겁쟁이 강아지가 멀찍이 떨어져 병사들을 지켜보고 있었다. 썩 건강해 보이지는 않았다. 흰색, 황색, 갈색이 섞인 아나톨리아 셰퍼드는 밥을 제대로 못 먹어 삐쩍 마른 상태였다. 거친 생활로 지쳐 있었지만 눈과 표정에 개성과 영혼이 묻어나는 녀석이었다. 기지 출입구를 지키는 아프가니스탄 경찰은 강아지가 오지 못하게 돌을 던졌다. 어쩔 수 없이 거리를 유지하면서도 볼트는 멀리 가지 않았고 음식 찌꺼기가 있으면 뭐든 주워 먹었다.

숀은 굶주리고 애처로운 외톨이에 마음이 끌려 계속 주시했다. 먹을 것을 꺼내 유혹하면 조금씩 다가오는 볼트였지만 쓰다듬을 거리까지는 허락하지 않았다. 그러던 어느 날, 볼트가 기지에 있던 다른 들개들의 공격을 받았다. 볼트는 대장 강아지도 아니었고 무리에 속하지도 않았다. 숀은 얼른 달려가 말렸다. 볼트는 심한 부상으로 피를 철철 흘리고 제대로 걷지도 못했다. 조심스럽게 안아 들고 막사로 데려 온 숀은 상자를 하나 찾아 방수포를 덮고 안에 볼트를 재웠다. 의료 훈련을 받은 경험은 없지만 최선을 다해 상처를 치료해주었다. 상처는 걱정만큼 심하지 않았다.

며칠이 지나 볼트는 다리 힘을 회복했고 걸을 수도 있게 됐다. 그 후로 숀과 볼트는 바늘과 실처럼 늘 함께였다. 당시 숀은 자정부터 오전 6시까지 야간 근무를 했다. 볼트는 11시 반에 숀과 함께 일어나 사무실까지 따라갔고 숀이 근무를 마칠 때까지 사무실 밖에 웅크리고 있었다. 숀이 뭘 하든 따라했다.

한동안 평온했다. 아프가니스탄 북부에 혹독한 바람이 불고 기온이 영하 30도까지 떨어져도 볼트를 몰래 막사로 들여와 겨울을 보냈다. 하지만 다음해 여름, 독일 기지의 사령관이 기지에 있는 강아지를 다 쫓아내야 한다고 지시를 내렸다. 폭발물 탐지 훈련을 받은 특수부대 강아지들이 도착할 예정이있다. 비싼 돈을 들여 훈련시킨 군견이 기지에 사는 들개들로부터 공격을 당하면 안 되었기 때문이다. 독일군은 그런 위험을 감수할 수 없었다.

숀은 난감해졌다. 볼트와 친구가 되었지만 일자리를 잃고 싶지는 않았던 것이다. 어떻게 할 방법이 없었다. 그래서 숀은 볼트와 작별 인사를 했다. 낙사한 줄로 만들어줬던 목걸이를 풀어 소중한 친구를 추억하는 기념품으로 간직하기로 했다. 그런 다음 볼트를 트럭에 실었다. 그때는 가슴이 찢어지는 심정이었다고 한다.

독일군은 기지에서 약 30킬로미터 떨어진 마을로 운전해 개들을 풀어주었다. 트럭 문을 열자마자 다 뛰쳐나갔지만 딱 한 마리, 볼트는 예외였다. 볼트는 제자리를 떠나려 하지 않았다. 기지로 돌아가던 독일 병사들은 트럭 뒤를 쫓아 달려오는 볼트를 봤지만 대수롭지 않게 생각했다. 지쳐서 포기할 줄 알았던 것이다(다행히 길이 울퉁불퉁하고 군용 차량이라 아주 빠르게 움직이지 않았다).

하지만 볼트는 포기하지 않았다. 마침내 선임탑승자가 트럭을 멈춰 세웠다. 목숨을 걸고 친구에게 돌아가려는 강아지의 모습에 감동을 받은 것이다. 그렇게 볼트는 트럭을 타고 기지로 돌아올 수 있었다. 이야기를 들은 사령관은 볼트를 미국으로 데리고 간다는 각서를 쓰는 조건으로 숀이 볼트를 데리고 있어도 좋다고 허락했다.

숀은 불가능하다고 생각했던 명령을 받고 영국의 동물 구조단체 나우저드Nowzard에 연락해 도움을 청했다. 관건은 볼트를 기지에서 카불로 데려가는 거였다. 볼트를 옮길 준비가 끝나지 않은 상황에서 숀이 스케줄 문제로 먼저 떠나야 했지만 다행히 친구 두 명이 도와주기로 했다.

그런데 손이 헬리콥터에 오르자 볼트가 손의 친구를 뿌리치고 손과 함께 뛰어오르려 하는 것이다. 손은 볼트를 안고 다시 내릴 수밖에 없었다.

"그 시점에서 저는 만신창이였어요." 손이 말했다.

"눈물을 줄줄 흘리고 있었죠. 볼트를 다시 볼 수 있을지도 몰랐어요. 다들 도와준다고 하지만 볼트가 카불까지 못 올 가능성이 더 컸습니다. 검역 기간도 있고 중성화 수술도 해야 하잖아요. 미국에 가도 좋을 만큼 건강하다는 걸 증명하려면 별별 신체검사를 해야 했고요."

하지만 손의 친구가 척박한 지역을 거쳐 수도까지 강아지를 태워줄 아프가니스탄인을 수배했다. 카불에 도착한 볼트는 건강검진을 다 통과하고 미국행 비행기에 몸을 실을 수 있었다.

손이 떠난 지 2개월 만에 볼트는 미국에 도착했다.

카불에서 두바이를 경유해 D.C.까지 하는 장거리 비행이다 보니 볼트는 진정제를 맞아야 했다. 손이 공항에 마중 나갔을 때 볼트는 잠이 덜 깨 정신이 없었다. 하지만 손 냄새를 맡자 서서히 꼬리를 흔들기 시작했고 눈에도 생기가 돌아왔다. "인터넷에 돌아다니는 호들갑스러운 영상과 달랐어요." 손이 말했다. "그보다는 죽은 듯 잠들어 있다가 '우와, 다시 만났네.'라고 깨닫는 과정이었다고 할까요? 볼트는 그런 점이 정말 최고예요. 흥분하는 모습을 본 적이 없어요. 항상 나른하고 편안하죠."

손은 볼트를 집으로 데려왔다. 아프가니스탄 북부의 들개는 버지니아의 가정견으로 완벽하게 변신했다. 배변 훈련을 따로 해야 하나, 출근한 동안 가구를 다 씹어놓지 않을까, 혼자 있다고 미쳐 날뛰지 않을까 하는 걱정은 기우였다. "집에 와서 단 한 번도 사고를 치지 않았어요. 가구를 깨물기는요. 짖는 소리도 한 번 안 냈어요. 쓰레기통도 절대 안 뒤지고요." 손의 말이다.

"무엇보다도 볼트는 평생 아프가니스탄의 뜨거운 여름과 추운 겨울에 고생했잖아요. 저와 소파에 앉아 비바람을 맞지 않는 것만으로도 만족하는 것 같아요."

장난감

장난감을 싫어하는 강아지는 없다. 하지만 각자의 성격과 사연에 따라 장난감을 좋아하는 정도, 좋아하는 장난감의 종류가 달라진다. 내가 구출한 강아지 중에는 장난감으로 뭘 어떻게 해야 하는지 모르는 아이도 있었고, 내가 놀아줄 때만 장난감으로 노는 아이도 있었다. 한 가지 장난감에만 꽂히는 강아지, 지루하지 않게 매번 장난감을 바꿔 노는 강아지도 있었다. 보편적으로 콩Kong 브랜드에서 나온 장난감이 좋다. 콩 장난감은 내구성이 뛰어난 고무로 만들어졌고 대부분 속이 비어 있다. 그 안에 딱딱한 간식을 넣거나 피넛버터를 가득 채워두면 강아지가 한동안 정신없이 갖고 논다. 보상으로 사용하기 딱 좋다. 대부분의 강아지는 주인이나 다른 강아지와 당기기 놀이를 할 수 있는 밧줄 장난감도 좋아한다. 강아지를 가게에 데리고 가서 마음에 들어 하는 듯한 장난감을 여러 개 사서 시도해보는 것도 좋은 방법이다. 강아지가 직접 장난감 코너를 둘러보게 하고, 어딘가 관심을 보인다면 그게 강아지가 좋아하는 장난감이다.

보호소에서 강아지를 입양했다면 이이가 어떤 장난감을 좋아하고 어떻게 갖고 노는지 보호소 직원이 알고 있을 것이다. 강아지가 몰입해 놀 수 있는 테니스공이나 삑삑이 장난감도 준비해두면 도움이 된다.

돈이 너무 많이 들까 걱정하지는 마라. 막대기처럼 간단한 물체를 가장 좋아하는 강아지도 있다. 내 여자친구가 키우는 플로이드는 눈이 보이지 않아서인지 주변에 장난감이 있어도 별 관심을 두지 않는다. 하지만 막대기 냄새를 맡고 "막대기 물어 오자, 플로이드!"라는 말을 들으면 그때부터 물고 당기기 전쟁이 시작된다. 플로이드는 작은 감자 같은 몸으로 작은 발을 땅에 딱 딛어 자세를 잡은 후 자기보다 더 큰 막대기를 있는 힘껏 잡아당긴다. 반면 부모님 댁의 강아지 닉은 취향이 까다롭고 호화로운 장난감을 즐긴다. 잘 놀다가도 일주일이 지나면 흥미를 잃고 버릇없는 왕자님답게 낡은 장난감보다는 간식을 요구한다.

동물병원

강아지는 정기적으로 수의사의 진찰을 받아야 한다. 하지만 반려동물을 믿고 맡기려면 가능한 한 최고의 수의사를 골라야 한다. 보통은 가장 가까운 병원을 찾거나 친구 추천, 인터넷 후기를 보고 선택한다. 하지만 친구가 좋아하는 수의사는 의미가 없다. 친구의 강아지가 좋아하는 수의사여야 한다. 친구 강아지가 동물병원을 무서워한다면 그 병원 수의사가 동물 환자를 그리 친절하게 대하지 않는다는 뜻일 수 있다.

다양한 동물보호단체에서는 좋은 수의사를 찾을 때 살펴봐야 할 항목들을 소개한다. 여기에는 응급 처치 장비를 완전하게 갖추고 있을 것, 24시간 내내 호출 가능할 것, 병원이 집에서 가까울 것 등이 포함된다. 하지만 정말 좋은 수의사는 이런 실질적인 고려 사항에 플러스알파가 있어야 한다.

나는 다년간의 경험으로 좋은 수의사의 조건이 뭔지 뼈저리게 깨달았다. 그동안 전 세계를 돌아다니며 죽어가고 병들고 다친 강아지를 구했다. 정체를 들키기 전 개농장, 공장식 축산농장, 도살장을 완벽히 수사하려다 보니 스케줄이 빡빡해지고 허투루 쓸 시간이 없었다. 그래서 차에 치였거나 탈수나 피부병 증세를 보이며 도로변에 쓰러져 있는 강아지를 발견하면 무엇보다 빨리 가장 가까운 병원으로 간다.

동물병원을 방문할 때 주의할 사항들

1. 강아지의 행동을 주의 깊게 관찰한다. 병원에 들어가기 무서워한다면 문제의 징후일 수 있다. 물론 집밖을 나가

면 무조건 겁을 먹는 아이들이 있다. 새로운 장소나 다른 동물을 무서워하는 아이도 있다. 어쨌든 강아지가 동물병원에 몇 시간이나 하룻밤 있다 오면 보디랭귀지를 집중적으로 살펴보기 바란다. 동물병원 수의사와 스태프는 동물 환자가 편안하게 양질의 진료를 받을 수 있는 환경을 제공해야 한다. 만약 그런 병원이라면 나의 부모님 강아지처럼 병원 문을 박차고 들어가 점프를 하며 선생님들에게 인사를 할 것이다.

2. 의사의 태도를 눈여겨본다. 언젠가 멕시코 유카탄에서 병든 유기견을 동물병원에 데려간 적이 있다. 불쌍하게도 뼈와 가죽밖에 안 남은 복서였다. 옴에 걸린 피부는 회색으로 변하고 피투성이였다. 동료 조사관과 내가 강아지를 진찰대에 놓자, 구석에 앉아 휴대폰으로 문자를 하던 남자가 테크니션에게 뭐라 지시를 했다. 그러더니 한숨을 쉬며 우리에게 이 개를 어떻게 하겠냐고 묻는 것이다. 불길했다. 나처럼 강아지를 사랑하는 애견인이라면 강아지를 보고 신이 나서 사람은 거들떠보지 말아야 정상이다. 좋은 수의사는 강아지를 사랑한다.

3. 의사는 사람이 아니라 강아지부터 보고 교감을 시도해야 한다. 사람에게는 강아지에 관한 질문을 한다. 강아지

가 잘 먹는지, 병력은 없는지, 성격은 어떤지, 어디서 구조했는지 물으며 아이의 건강에 관심을 보여야 한다.

4. 24시간 응급 치료를 하는지, 그렇지 않다면 응급 치료를 하는 곳을 연결해줄 수 있는지 문의한다. 자정까지 병원에 근무할 수의사는 많지 않겠지만 최소한 응급 상황에서 어디를 가야 하는지 가까운 곳을 알려줄 수는 있어야 한다.

5. 좋은 수의사는 인내심이 강하다. 동료 수사관과 멕시코 이달고를 지나던 중 도로변을 떠돌아다니는 작은 강아지를 발견했다. 목에 건 가느다란 밧줄이 땅에 질질 끌리고 있었다. 차를 세우고 안아 올리니 산송장이나 다름없었다. 그런 몸으로 내게서 벗어나려고 힘없이 움직이고 있었다. 겨우 3.5킬로그램 나가는 듯했지만 잘 먹이면 10킬로그램 넘게 살을 찌울 수 있을 것 같았다. 나는 아이에게 로지타라는 이름을 붙여주었다. 처음 간 병원의 수의사는 강아지를 본체만체하고 우리에게 벼룩을 씻어내지 말라는 얘기만 했다. 물이 닿으면 쇼크가 올 수 있다고 했다. 우리는 다른 병원을 찾아가보기로 했다. 다음 수의사는 의사다운 조언을 하고 한참이나 로지타를 쓰다듬으며 안심시켰다. 그리고 강아지를 어디서 찾았는지, 병원에 올 때까지 행동이 어땠는지, 이후에 꼬마 로지타가 어디로 가게 되는지 물었다.

6. 경험 많고 프로다운 수의사는 강아지가 하룻밤 입원하는 동안 자청해서 상태를 모니터하고 진찰 전에 몇 분간 강아지의 불안을 달래준다.

7. 좋은 수의사는 중성화수술, 마이크로칩 삽입을 권유한다. 그렇지 않다면 문제가 있는 것이다.

GPS 추적기

리드줄 없이 강아지를 달리게 할 거라면 GPS 추적기가 도움이 된다. 강아지가 순식간에 눈앞에서 사라져버려도 위치를 찾을 수 있다. 여러 회사에서 강아지의 목걸이에 장착하는 GPS 추적기를 내놓고 있다. 연동된 스마트폰 앱으로 반려동물의 위치를 추적하는 것이다. 범위는 추적기마다 다르다. 매월 결제를 해야 하는 제품도 있고, 배터리가 며칠 만에 닳는 제품, 몇 달은 끄떡없는 제품도 있다. 추적 범위는 수백 미터부터 수 킬로미터까지 다양하다.

강아지에게 안전한 집을

다음과 같은 단계를 통해 구출견이 집에서 안전한 생활

을 할 수 있도록 한다.

울타리를 설치하거나 보강한다

마당이 있다면 강아지가 집을 나가는 가장 흔한 방법 세 가지를 알고 있어야 한다.

첫째, 헐거워진 대문 틈으로 나간다.
둘째, 땅에 구멍을 판다.
셋째, 철조망 울타리를 넘어간다.

꽉 닫히지 않은 울타리 문을 통해 나왔다가 길을 잃는 강아지가 많다. 사람이 발을 껴서 대문을 열 수 있다면 치와와도 똑같이 할 수 있다는 소리이다. 대문에 사람 무릎이 들어가면 핏불도 비집고 통과할 수 있다. 아이리시 세디처럼 키가 크고 에너지 넘치는 강아지를 키우는 집은 울타리가 최소 1.5미터~1.8미터 높이여야 한다. 땅을 파기 좋아하는 테리어를 입양한다면 울타리를 땅에 깊이 박거나 울타리 밑에 돌이나 벽돌을 넣는다. 울타리가 철조망이라면 강아지가 기어오르지 않는지 잘 감시해라. 이런 강아지를 본 적 없다고? 그렇다면 이게 농담이라고 생각할지도 모르겠다. 하지만 나는 래브라도, 푸들 등등 수많은 견종이 그런 행동을 하는 모습을 두 눈으로 똑똑히 보았다. 아예 본능에 내재된 아이들도 있다. 만약 그렇다면 나무 울타리로 바꾸거나 강아지를 홀로 마당에 두지 말아야 한다.

질식 위험 요소를 제거한다

강아지가 먹을 것 냄새를 풍기지 않는 단단한 물체를 삼키는 일은 드물다. 솔직히 개인적으로도 나 역시 한 번도 못 봤다. 하지만 심심한 강아지는(특히 호기심 많은 새끼일 때) 아무거나 씹다가 목구멍에 걸릴지도 모른다. 그러니 강아지를 혼자 두고 오래 외출할 일이 있으면 머리끈 같이 가벼운 물건은 강아지 주변에서 치우고 나가는 게 좋다.

날카로운 물체를 감싸거나 치운다

늙었거나 시력이 나쁜 강아지는 날카로운 물체에 부딪힐 위험이 있다. 벽난로 부지깽이, 낮은 가구 모서리 같은 데 부딪히면 얼마나 아플까? 아예 없애는 게 최고지만 불가능하다면 최소한 아이가 다치지 않게 보호도구로 덮댄다.

강아지에 맞는 바닥재를 깐다

나이가 많은 강아지는 광을 낸 나무 바닥이나 미끄러운 비닐 장판 위에서 잘 걷지 못한다. 카펫이 가장 좋지만 이 역시 불가능하다면 노견이 몸을 지탱하고 걷기 좋은 매트를 까는 것이 좋다. 강아지의 시력이 나쁠 때 곳곳에 촉감이 다른 매트를 깔면 자기 위치를 기억하고 길을 찾기 쉬워진다.

강아지만의 공간 만들기

입양된 구출견은 금세 한 가족으로 환영을 받았다. 하지만 사람이 준비된 만큼 집도 강아지를 맞을 준비가 되어 있어야 한다.

사회성 있는 강아지를 위한 공간

강아지에게는 자기만의 공간이 필요하다. 하지만 어느 공간을 어떻게 사용할지는 전적으로 강아지의 성향에 달려 있다. 이전에 집에서 생활한 경험이 있고 전자기기나 집안 곳곳을 오가는 사람 소리에 익숙한 구출견의 경우에는 거실과 침실에 강아지 침대를 하나씩 놔주면 편안해할 것이다. 사회성이 좋은 강아지는 가족이 일상생활을 하는 모습을 보려고 한다.

겁 많은 강아지를 위한 공간

사람에게 학대를 당했거나 유기견으로 무서운 길 생활을 했던 강아지, 혹은 개농장에서 구조된 강아지에게는 평범한 강아지 침대보다 이동장 안에서 안정감을 느낀다. 소심한데 사람에게 관심이 없지는 않다면 이동장 문을 열고 스스로 선택하라고 한다. 강아지가 빨리 적응하도록 평소 생활하는 공간 근처에 이동장을 둔다.

하지만 강아지가 사람을 무서워한다면 이동장 문을 열어두되 이동장을 강아지 우리와 같이 외부와 차단된 공간에 둬라. 적당히 막혀 있어 겁먹고 달아나지 못할 것이다. 그러면서도 번식 우리 같이 꽉 막힌 공간에서만 안정감을 느끼는 버릇을 해소해준다.

여러분의 구출견은 '편안하다'라는 개념을 아예 모를 수도 있다. 이럴 때 구출자가 출동해야 한다.

사회성 좋은 강아지에게 편안한 집

보호소에서 입양한 강아지나 길에서 좋다고 안겨 온 유기견에게는 칭찬과 간식을 아끼지 말고 많이 쓰다듬어 주는 것이 좋다. '이 사람은 나를 사랑하고 보호해준다, 이 사람과 사는 것은 강아지 세계의 로또 당첨이다.' 강아지가 이런 생각을 하게끔 말이다. 물론 강아지에게 금지하는 것도 있을 것이다. 이 방은 들어가면 안 된다거나, 카운터 위에 뛰어 올라가면 안 된다거나. 하지만 이제는 화장실을 전보다 자유롭게 갈 수 있고 관심을 달라고 조르지 않아도 된다는 사실을 행동으로 꼭 보여줘야 한다.

겁 많은 강아지에게 편안한 집

구출견이 겁에 질렸다면(그러면서도 사람을 피하거나 무서워서 짖지는 않는다면) 아이와 많은 시간을 함께 보내라. 쓰다듬어도 싫어하지 않는다면 보상으로 간식을 준다. 강아지가 틈틈이 시선을 피할 경우 쓰다듬었다가 멈추면 사람을 향해 몸을 살짝 틀 것이다. 그럴 때도 간식을 주고 칭찬을 많이 해준다. 이 과정을 계속 반복함으로써 강아지는 관심을 보이면 보상을 받는다는 사실을 배울 수 있다.

사람의 시선 자체를 두려워하는 강아지에게는 인내심이 필요하다. 껴안고 뽀뽀를 하고 싶어도 참아라. 내가 개농장에서 데리고 나온 에마도, 혼잡한 교차로에서 구조한 유기견 데이지도 나를 무서워할 이유가 전혀 없다는 걸 배워야 한다. 나는 시도 때도 없이 들여다보지 않고 아이들에게 활동의 자유를 주며 신뢰를 얻었다. 익숙해지니 내가 지나가도 깜짝깜짝 놀라지 않고 편안하게 있었다.

만약 구출견이 너무 겁이 많아서 사람에게 다가오지 못하거나 사람의 손길을 거부할 때는 아예 쳐다보지 마라. 방에 들어가도 놀라거나 도망치지 않을 때까지 기다려라. 그럴 때 쳐다보고 칭찬하는 것이다. 그 대신 관심이 길어지면 안 된다. '저 사람이 내게 관심을 보인다고 꼭 하루 종일 같이 있을 필요는 없구나'라고 깨닫게 하는 것이다. 이 시점에서 아이는 사람을 위험으로 보니까 자유를 느끼게 해주는 것이다.

구출견이 자기 의지로 사람을 보기 시작하면 아이에게

관심을 집중하는 시간을 조금씩 늘린다. 너 먹으라고 준다는 의미가 확실히 전해질 만큼 가까이 간식을 놓을 수 있으면 그렇게 하는 게 좋다.

단, 일단 구출견이 자기 의지로 여러분을 보고 있음을 알아차리면 조금 더 오래 아이에게 집중할 수 있다. 만약 너한테 준다는 것이 명백하고, 간식을 놓기 충분히 가까운 거리에 접근할 수 있다면 그렇게 하는 게 좋다. 단, 곁눈질이라도 아이가 집중해서 관심을 보였을 때 만이다. 이 과정을 반복하다 보면 강아지는 여러분에게 더 많은 관심을 보일 것이다. 칭찬과 간식을 보상으로 주며 쓰다듬는 단계까지 진출할 수 있다.

단기간에 끝나지는 않을 것이다. 강아지를 폭 껴안았을 때 느낄 만족감보다는 강아지가 느낄 편안함이 중요하다. 우선은 한 생명을 구했다는 만족감으로도 충분하다. 껴안는 건 나중에 언제든지 할 수 있다.

강아지의 하루 일과 정하기

구출견을 집에 맞으려면 무엇보다도 여유 시간이 많고 규칙적인 스케줄에 따라 생활할 수 있어야 한다. 하루 일과를 다 검토해 강아지와 아침에 산책을 하고 저녁에 놀아줄 시간이 있는지 확인해야 한다. 구출견이 처음 집에 도착했을 때는 며칠 휴가를 내고 함께 시간을 보내는 게 이상적이다. 주중에 정상 근무를 해야 한다면 강아지가 오는 날을 주말로 맞춰야 완벽하다.

스케줄을 자유롭게 조절할 수 있는지, 갑자기 강아지에게 신경 써야 하는 일이 생겼을 때 시간을 얼마나 낼 수 있는지도 따져봐야 한다. 내가 다양한 연령과 활동 수준의 유기견을 임시보호하며 얻은 교훈이다. 한번은 교외 지역에서 얼굴은 테리어에 몸은 그레이하운드인 늘씬하고 털이 뻣뻣한 강아지가 길을 돌아다니는 것이다. 황색이 제일 많아서 샌디(모래 같이 옅은 갈색을 가리키는 말-옮긴이)라는 이름을 지어줬다. 아무리 찾아도 주인이 나타나지 않아 자리가 날 때까지 내가 임시보호하고 있겠다고 노킬 셸터 몇 곳에 연락을 돌렸다.

그 후로 한 달 사이 내 인생은 달려졌다. 샌디는 어린 데다 활동성도 장난이 아니었다. 에너지를 한참 소모해야 했다. 아침과 저녁에 하는 산책 두 번으로는 부족해서 아침과 저녁에 달리기를 나갔다. 조깅 말고 달리기다. 하루에 두 번씩 숲속에서 2.4킬로미터를 뛰었다. 그것도 숨이 턱까지 차오르고 어깨가 거의 빠질 만큼 리드줄을 붙잡아야 할 정도로 빠르게. 운동이 끝나면 샌디는 신이 나서 활짝 웃었다. 내가 낯선 사람이어도 길을 잃기 전과 똑같이 움직이며 스트레스가 확 풀린 것 같았다. 내가 시간을 내서 운동을 규칙적인 일과로 삼은 덕분에 샌디는 행복했고 배변 실수, 짖음, 깨물기 따위의 말썽은 조금도 부리지 않았다.

대부분의 사람에게 샌디는 적합한 반려견이 아니다. 하지만 내가 데려오는 강아지에 맞춰 준비하는 자세가 필요하다는 것이다.

언제 밥을 먹고 언제 산책을 나가는지 예상할 수 있을 때 구출견은 더 빠르게 긴장을 풀 것이다. 특식을 먹는 시간, 외출하는 시간도 마찬가지이다. 밥을 먹고 밖에 나가 '화장실'을 보고 잔디밭 냄새를 킁킁 맡는 아침은 완벽한 하루의 시작이다. 식사 후 산책을 하고 소파에서 뒹굴뒹굴하는 저녁도 하루를 마무리하기에 아주 좋다.

'강아지용 심부름'도 정해두면 좋다. 집에 마당이 있으면 우편물을 가져올 때 강아지와 같이 가라. 사람 입장에서는 따분한 일과지만, 강아지에게는 우체통 냄새를 맡고 기둥에 영역 표시를 할 수 있는 중요한 시간이다. 반려동물 출입이 가능한 가게에 볼일이 있으면 같이 데려가주는 것이 좋다. 새로운 영역을 접하고 낯선 사람들의 칭찬을 받고 드라이브를 할 수 있다니, 강아지의 하루가 더없이 행복해질 것이다.

케이트와 강아지 부부

케이트 라살라는 자칭 강아지를 사랑하고 구조하고 강아지의 이동을 도와주는 사람이다. 거기다 전문 강아지 훈련사이기도 하다. 그래서 케이트는 인맥 구축에 공을 많이 들인다. 2011년 6월 초, 관련 사이트를 보던 중 절박한 요청 글을 발견했다. 켄터키 시골에 구조가 시급한 강아지가 있다는 것이다. 이라크전쟁 참전용사 크리스티가 키우던 52마리 강아지 중 강아지 부부였다. 심한 PTSD에 시달리던 크리스티는 증상 완화를 위해 인근 소도시 보호소에서 자원봉사를 시작했다.

크리스티는 보호소 아이들을 차로 운반하고, 야생동물을 포획하고, 강아지를 임시 보호하는 등 여러 방면으로 강아지를 도우며 마음의 안정을 찾았다. 그 과정에서 너무 많은 강아지를 집에 들이게 되었고 어느새 지나가다 동물을 구하는 구출자가 아니라 동물을 수집하는 호더가 된 것이다. 이 아이들을 진심으로 돕고 싶었지만 혼자 힘으로는 역부족이었다. 그러다 암 진단을 받고 도움을 청한 것이다.

케이트와 남편 존은 강아지 부부를 뉴저지 집에 데려오기로 하고 현재 키우는 아이들을 입양한 기관인 뉴저지주 랜돌프의 11시간 구조대Eleventh Hour Rescue, EHR에 연락했다. 케이트 부부는 EHR의 도움으로 강아지 부부를 켄터키에서 뉴저지로 데려올 수 있었다(EHR은 강아지 부부의 형제인 남아 3마리와 여아 1마리를 포함해 크리스티의 강아지 10마리도 추가로 맡았다).

몇 주간 이동 문제를 상세한 부분까지 협의하고, 주간 건강검진서와 의료 기록을 받고, 임시 보호자를 수배하는 등 모든 준비를 다 마쳤다. 이제 강아지 부부를 데려 올 차례였다. 수송 밴이 도착해 운전수가 이동장을 꺼냈다. 이동장 문을 열고 강아지 부부의 목걸이를 쥐었는데… 그게 부러졌다. 강아지 부부는 4차선 고속도로변에 있는 울창한 숲으로 달아났다. 17시간이나 차를 타고 이동하고 야생성이 남아 있는 검은 개가 뉴저지에서 사라진 것이다. 케이트는 가슴이 내려앉았다. 강아지 부부를 찾더라도 살아 있기는 힘들다고 생각했다.

9일 동안 대대적으로 수색을 하고 페이스북 페이지를 만들었다. 자원봉사자를 모집해 전단지를 천 장씩 붙였다. 이야기가 퍼지며 많은 목격담이 들어왔지만 겁에 질린 강아지 부부는 사람만 보면 쏜살같이 모습을 감췄다. 한 부대의 자원봉사자를 모집하고 전단지를 천 장 붙였다. 이야기가 퍼지고 케이트는 많은 목격담을 들었지만 강아지 부부는 너무 겁에 질려서 사람을 볼 때마다 재빨리 도망쳤다. 이러다 가망이 없겠다는 생각에 케이트는 강아지 부부의 형제 강아지인 블레이즈를 미끼로 사용했다. 블레이즈를 안뜰에 놓고 긴 케이블 끈으로 울타리를 친 다음 기다렸다. 새벽 2시경 블레이즈가 칭얼대기 시작했다. 케이트가 자리를 피했더니 강아지 부부가 블레이즈를 보러 숲에서 달려 나왔다. 강아지 부부가 울타리 안에 무사히 들어간 후 차에 조용히 앉아 있던 존이 뛰어와 게이트 문을 닫았다.

마침내 집에 들어온 강아지 부부는 무서워하는 것이 너무도 많았다. 큰소리를 들으면 펄쩍 뛰고 인간도 믿지 못했다. 하지만 넘치는 사랑, 강요 없는 훈련, 주인의 인내심으로 강아지 부부는 다시 태어났다. 케이트와 존이 50마리 넘는 강아지를 임시 보호할 때마다 얼마나 많은 도움을 주는지 모른다. 구출된 날로부터 3년 반이 지났을 때 강아지 부부는 미국애견연맹에서 수여하는 착한시민견 상을 받았다. 또한 전문 치료견이 되어 병원, 요양원, 학교의 환자들에게 희망을 전하고 있다.

훈련

실외 배변 훈련

실외 배변 훈련이란 강아지에게 집 안을 화장실로 쓰지 말고 집 밖에서 싸야 한다고 가르치는 과정을 말한다. 모든 훈련이 그렇지만 훈련의 성공 여부는 강아지가 아닌 보호자에게 달렸다. 한 번의 훈련으로 명령어를 다 익힌다고 배변 훈련이 완성되지는 않는다. 구출견을 집에 데려오는 순간부터 시작하는 과정이라고 생각하는 게 좋다. 좋은 습관을 세워주고 그 습관을 유지한다면 강아지가 집에서 실수하는 일은 절대 없을 것이다.

실외 배변 훈련 과정은 아래와 같이 3단계로 요약할 수 있다.

1단계: 집으로 오는 길

보호소에서 직접 입양한 강아지나 길에서 주웠는데 사람을 무서워하지 않는 강아지의 경우, 집에 도착해 차에서 내릴 때 리드줄을 매고 바깥을 걷게 해준다. 차분한 태도로 천천히 움직이며 강아지에게 산책 외의 다른 의도가 없음을 보여준다. 사람이 아니라 주변 환경에 집중하게 하는 것이다. 행인들이 말을 걸거나 가까이 다가오고 근처 도로에서 차가 쌩쌩 달린다면 집중하기 힘들다. 그래서 집 앞보다는 뒷마당이 더 적합하다.

아파트 단지라면 차도나 주차장과 떨어진 곳을 선택한다. 만약 바로 옆에 차가 시끄럽게 지나가고 사람이 많이 다니는 콘크리트길밖에 없는 고층 아파트라면 가까운 공원으로 가서 산책을 한 후 집으로 들어가는 게 좋다. 강아지는 발바닥 촉감으로 화장실을 연상한다. 강아지가 잔디에 볼일을 보기를 원한다면 녹지 공간으로 데려가라.

강아지가 유기견이거나 학대 상황에서 막 구출되었고

겁이 너무 많아 잔디밭 냄새를 차분하게 맡기 힘들다면 이 단계는 건너뛴다. 이 경우에는 강아지에게 안정감부터 줘야 한다. 시끄러운 소리나 갑작스러운 관심을 접하면 기가 죽을 수 있으니 곧장 집으로 데려간다. 방에 물과 사료를 놔주고 곁에 조용히 있는다.

집에 처음 온 강아지에게는 가능하다면 집의 일부분만 개방한다. 그러지 않으면 갖가지 새로운 냄새에 지나치게 관심을 쏟거나 쉽게 시야 밖으로 사라져 새 영역에 마킹을 할 수 있기 때문이다. 한 번에 방 하나씩 열어주고 나머지 방은 첫 날이나 며칠 안에 리드줄을 메고 보여준다. 차분한 강아지에게는 더 많은 부분을 보여줘도 괜찮지만, 겁이 많거나 과하게 흥분하는 강아지는 탐험 공간이 좁아야 계속 주시할 수 있다. 겁이 많은 강아지는 리드줄을 마구 당겨서도 안 된다. 들이가면 안 되는 방에 들어갔다고 억지로 쫓아내는 상황은 피해야 한다. 그런 방은 문을 닫아두고 새 집에 조금씩 익숙해지게 하자.

2단계: 적응 기간

새끼 강아지든 성견이든 집에 처음 왔으면 몇 주는 자주 밖으로 나가야 한다. 그래야 집안은 생활공간이고 화장실은 집밖이라는 사실을 이해할 수 있다. 강아지도 자연스럽게 구분하겠지만 뭐가 뭔지 알려줄 필요가 있다. 예를 들어, 실외에 사는 어미는 새끼를 개집에서 데리고 나와 새끼가 쉬야나 응가를 하면 보상으로 잘했다고 핥아준다. 이 과정을 통해 새끼는 집이 화장실이 아니라는 것을 배운다.

개농장에서 자란 강아지는 실내 우리의 단단한 바닥보다는 야외 케이지의 철망 바닥에 볼일을 보는 게 익숙하다. 구출되어 가정에 들어간 강아지는 이제 철망을 밟을 일이 없으니 화장실을 연상하는 발바닥 촉감을 다시 배워야 한다.

강아지를 콘크리트같이 바닥이 단단한 우리에 두는 개농장도 있다. 이런 개농장 출신 강아지에게 우리에 있는 집은 비, 추위, 더위를 막아주는 역할을 한다. 그래서 개집만 아니면 아무데나 볼일을 봐도 된다는 학습이 돼 있다. 집에 와서도 강아지 침대에는 똥을 싸면 안 되지만 나머지는 괜찮다고 생각한다.

따라서 처음부터 강아지를 주의 깊게 살피며 아이가 보내는 메시지를 관찰해야 한다. 강아지가 갑자기 바닥 냄새를 맡고 빙글빙글 돌거나 누워 있다가 벌떡 일어나서 서성인다면 볼일을 보고 싶다는 뜻이다. 손 놓고 있지 말고 밖으로 데리고 나가라. 확신이 없어도 본능을 믿어본다. 바깥 산책을 지나치게 적게 하는 것보다는 지나치게 많이 하는 편이 낫다. 대부분의 강아지가 8시간 이상 소변을 참을 수 있다고 하지만 자주 데리고 나갈 수 있다면 굳이 참게 하지 마라. 우리도 긴급 상황에서는 12시간까지 소변을 참을 수 있지만 그러고 싶지 않다. 강아지도 마찬가지이다.

강아지가 밖에서 볼일을 보면 항상 간식을 주고 칭찬을 해줘라. 강아지에게 만족감을 숨기지 말고 보여줘야 할 때이다. 그러면 강아지는 흙이나 잔디밭이 발바닥에 닿는 촉감을 기억하고 장소를 맞게 찾아갔을 때 주인이 기뻐한다는 사실을 배운다.

강아지를 밤에만 케이지에 가두는 훈련법도 있다. 다수의 전문가와 보호소에서 자주 쓰고 추천하는 방법이다. (하지만 나는 굳이 그렇게 하지 않았다. 앞에서도 말했지만 SOP가 매번 정답은 아니다.)

케이지는 사람이 자는 동안 강아지를 사방이 막힌 환경에 두는 역할을 한다. 새끼 강아지가 어미에게서 개집을 화장실로 사용하면 안 된다는 걸 배운다. 케이지는 강아지가 내부에서 어느 정도 움직일 수 있는 크기이다. 강아지는 개집에 들어온 기분으로 안에서 실례를 하지 않는다. 아침에 주인을 따라 밖에 나갈 때까지 소변을 참는 법을 배우는 것이다. 케이지 훈련은 연령에 따라 짧게는 며칠, 길게는 몇 개월까지 걸린다. 강아지가 케이지 안에 실례를 해도 절대 혼은 내지 마라. 긍정적 강화도 안 된다. 그냥 밖으로 데리고 나가서 정해진 곳에 쉬를 하면 간식과 칭찬으로 보상을 해줘라.

케이지가 익숙해 편안하다고 생각하는 강아지는 금방 안으로 들어가려 하지만, 약간의 코치가 필요한 강아지도 있다. 그럴 때는 우선 케이지 주변에 익숙해지게 해야 한다. 다른 훈련을 할 때처럼 집중을 흐트러뜨리는 소음, 사람, 냄새를 제거해 강아지의 환경을 통제한다. 강아지가 보호자 한 사람에게만 집중할 수 있어야 한다.

에너지가 넘쳐서 케이지에 도통 집중하지 못하는 강아지도 있다. 주위를 펄쩍펄쩍 뛰어다니며 간식을 달라고 조를 것이다. 이런 강아지에게는 운동을 먼저 시켜야 한다. 모든 훈련이 그렇듯, 신체 에너지를 소모해야 정신 에너지를 집중할 수 있다는 사실을 잊지 말아라.

케이지를 조용한 곳에 두고 강아지가 가까이 다가가면 간식을 줘라. 다음으로는 케이지 안에 간식을 넣고 아이가 들어갈 때까지 기다리는 것이다. 안에 들어가면 간식을 조금 더 주고 문을 닫는다. 또 간식을 주고 몇 걸음 물러나라.

이어 잠시 방을 나갔다가 돌아와 간식을 준다. 방을 나가는 시간을 조금씩 늘리며 이 과정을 반복하는 것이다.

방을 나간다고 강아지가 울 때는 칭찬이나 간식을 주지 않는다. 우는 소리가 들리면 침착하게 방으로 돌아왔다가 강아지가 조용해지면 간식을 주고 훈련 과정을 다시 시작해라. 걸음마처럼 생각해라. 곧바로 케이지에 익숙해지는 강아지도 있지만 며칠이나 그 이상이 필요한 강아지도 있기 때문이다.

케이지 위치는 강아지가 케이지 안에서 어떻게 행동하느냐에 따라 달라진다. 침실에 놓을 수도 있지만, 강아지가 너무 시끄러워 잠에 방해가 된다면 그때는 다른 방으로 옮겨야 한다.

2~4주 동안 배변 실수를 하지 않으면 케이지를 강아지 침대로 바꿔본다. 어쨌거나 중요한 것은 잠자리에 들기 전 밖에 나가서 볼일을 보고 아침에 일어나 또 바깥 화장실을 가는 습관이다. 강아지가 소변을 참게 하면 안 된다. 오래 참아야 한다는 불안감을 주지 마라. 강아지에게 인내심을 가르친답시고 주인이 아침 일과를 다본 후 강아지를 데리고 나가라 권하는 훈련서도 있는데, 나는 반대한다. 이런 훈련은 강아지에게 불안증을 일으킬 위험이 있다. 사람도 사

람이지만 강아지도 편하게 살아야 하지 않을까?

지금까지 이야기한 훈련법은 대다수 강아지에게 효과가 있다. 하지만 과거의 트라우마로 케이지를 싫어하는 강아지도 있다. 개농장에 있던 소형견이라면 좁은 우리에서 보낸 시간이 너무 길다 보니 케이지 안에 들어가면 빙글빙글 돌고 짖는 행동을 보일 수 있다. 차분하던 아이가 순식간에 패닉에 빠진다. 조금 전까지 품에 안겨 파고들더니 제자리를 빙글빙글 돌며 헐떡인다. 케이지를 보고 공격성이나 두려움이 커진다면, 혹은 케이지만을 안전한 곳으로 여기기 시작한다면 케이지 훈련법이 맞지 않는 것이다. 접이식 우리처럼 다른 방법을 생각해야 한다.

접이식 우리는 사각형이나 원형으로 연결할 수 있는 울타리를 말한다. 다양한 사이즈로 동물의 행동반경을 제한할 수 있다. 만약 강아지가 밤에 쉬를 한다면 닦기 힘든 카펫이나 나무 바닥이 아니라 비닐 장판에 우리를 놓아둔다. 이런 우리를 사용하면 비좁은 공간에 트라우마가 있는 구출견도 더 자유롭게 주변 환경을 볼 수 있다.

집이 고층 아파트라 아파트 밖으로 빨리 데려나갈 수 없다면 흡수 패드나 낡은 신문지에 볼일을 보게 한다. 패드나 신문지가 이상적이지는 않지만 낮에 사람이 없는 집이라면 그 정도로 만족해야 한다. 그보다 좋은 방법은 주중 근무 시간 동안 친구나 산책 도우미에게 강아지를 밖에 데리고 나가달라 부탁하는 것이다. 밖에서 배변 훈련을 하면서 운동도 추가로 할 수 있어 심심하지 않고 스트레스도 해소시켜준다.

강아지가 실내에 똥을 싸도 혼내지 마라. 그냥 똥을 치우고 탈취제를 뿌리고 앞으로 화장실 신호를 보일 때 빨리 데리고 나갈 수 있게 더 주의 깊게 관찰하면 된다. 혼을 내면 자기가 뭘 잘못했는지 모르는 강아지는 혼란스러워한다. 잊지 마라. 적절한 훈련 도구는 인내심, 꾸준함, 긍정적 강화(뒤에서 더 자세히 알아볼 예정이다)이다. 집에 처음 온 강아지는 종종 실수를 할 것이다. 규칙을 배울 시간을 주고, 아이가 잘 알아듣지 못하면 주저 말고 처음으로 돌아가 다시 시작한다. 강아지가 말을 잘 들으면 긍정적 강화에 집중해 강아지와의 유대감을 높인다. 혼을 내면 강아지가 여러분을 두려워할 뿐이다.

질과 에디

질 로빈슨은 홍콩의 자선 단체 애니멀 아시아Animals Asia의 창립자이다. 단체의 목표는 아시아 동물의 학대 근절이다. 질은 그동안 다양한 상황에서 수많은 동물을 구출했다. 하지만 그중에서도 가장 기억에 남는 아이는 에디라고 한다.

몇 년 전, 질이 친구와 중국의 동물 시장을 방문했을 때였다. "얼마나 끔찍하고 소름끼치는 곳인지 가보지 않은 사람은 설명을 들어도 몰라요. 지구상에 그보다 가장 잔인하고 섬뜩한 풍경이 또 있을까 싶어요." 그곳은 야생동물과 반려동물이 뒤섞여 있었다. 강아지 입장에서는 특히 더 힘들었을 것이다. 대부분 훔쳐온 가정견이었기 때문이다. 한때 사람을 친구로 알던 아이들이 창살 뒤에서 사람의 눈치를 살피고 있었다. 사방에서 다른 동물 친구들이 잔인하기 짝이 없는 방식으로 도살당하는 광경도 봐야 했다. 강아지를 트럭에 싣고 올 때는 케이지를 최대 10층 높이까지 쌓았다. 케이지 안에는 물도, 사료도 없었다. 그냥 트럭에서 아래 콘크리트 바닥으로 던져졌다. 운이 좋으면 살고, 운이 나쁘면 죽는 것이다.

그날 시장을 둘러본 질은 여기 있는 불쌍한 강아지 중 한 마리라도 구하고 싶다는 충동에 휩싸였다. 안쓰럽지 않은 아이가 없었다. 그때 친구가 강아지 한 마리를 손가락으로 가리켰다. 울부짖는 다른 강아지와 달리 그 아이는 케이지에 조용히 엎드려 있었다. 질이 가까이 쭈그려 앉자 손을 핥았다. 마법 같은 순간이었다. 몇 분도 되지 않아 질은 그 강아지를 살리기 위해 거래를 했다. 결국 낙찰된 가격은 15달러였다.

질을 따라 홍콩으로 온 강아지는 4개월 동안 검역소 생활을 해야 했다. (물론 첫날밤은 중국 호텔에서 보냈다. 그곳에서 이전의 식사와는 하늘과 땅 차이인 스테이크를 대접받았다.) 애니멀 아시아 후원자가 이름을 지어준 것도 이 무렵이었다. 블랙 유머로 탄생한 이름은 에디, '식용edible'이라는 단어에서 딴 이름이었다(중국에서는 매년 약 200만 마리 강아지가 식용으로 도살되고 있다).

에디는 질이 꿈꾸던 강아지였다. 유쾌하고 늘 행복하고 주인에게 충직했다. 집에 이미 구출견 여덟 마리가 있었지만 에디는 들어오자마자 리더 자리를 차지했다. 질은 에디가 작은 몸에 위풍당당한 태도를 가진 강아지라고 했다. 에디의 베스트프렌드 빅은 에디보다 덩치가 6배는 더 큰 뉴펀들랜드였다. 둘은 항상 붙어 다녔는데 빅은 에디가 간식을 다 주워 먹을 때까지 얌전히 자기 차례를 기다렸다. 꼬맹이 친구가 다른 강아지의 몫을 훔쳐 먹어도 상관하지 않았다.

훗날 에디는 '닥터 도그Dr Dog'라는 홍콩의 동물치료 프로그램의 강아지 홍보대사가 되었다. 유행이 지났다고 유기되는 품종견부터 식탁 위에 오르는 음식 취급을 받는 똥개까지 끔찍한 학대에 희생되는 아시아 강아지를 사회에 연결해주기 위해 질이 1991년 시작한 프로그램이다. 자원봉사자와 강아지 상담사는 병원, 장애인 시설, 고아원, 요양원을 방문해 강아지의 사랑으로 인간의 마음을 치유해줬다.

에디는 최고의 '강아지 박사님'은 아니었다. 지속적으로 간호사들의 인내심을 시험했다. 병동 화분에 쉬를 하고 환자의 아침 딤섬을 훔쳐 먹었다. 용케 리드줄을 벗고서는 병동 밖으로 신이 나서 껑충껑충 뛰어나갔다. 하지만 상대가 웃을 때까지 끈질기게 노력하는 에디에게 사람들은 마음을 홀딱 빼앗겼다. 에디는 13년을 더 살며 닥터 도그 홍보대사 생활을 만끽했다. 그러면서 수많은 중국 인기 스타의 품에도 안겨봤다. 가방에서 맛있는 냄새가 나면 죄다 빼먹는 에디에게 사람들은 별로 긁어주고 쓰다듬어주었다.

3단계: 좋은 습관 유지하기

사람과 마찬가지로 강아지도 습관이 흐트러져 과거 행동으로 돌아갈 수 있다. 환경이 바뀌거나 새 가족이 들어와 과도한 스트레스를 받으면 갑자기 영역 마킹을 하거나 화장실을 못 참기도 한다. 일시적인 현상이니 너무 걱정할 필요는 없다. 필요하다면 케이지나 우리 훈련을 다시 시작해야 한다. 하지만 보통은 밖에 자주 데리고 나가고 밖에서 볼일을 봤을 때 칭찬을 하는 것만으로도 문제가 개선된다. 운동 횟수를 늘리는 것도 신체 에너지를 소모하고 주인과 유대감을 강화하는 데 좋다.

영역 마킹

새 집에 이사한 후 강아지가 갑자기 실내에 소변을 보기 시작한다면 요로감염이나 신장질환 같은 문제를 의심해봐야 한다. 강아지가 새 양탄자를 화장실로 쓰고 싶나 보다고, 무턱대고 추측하지 말고 질병 때문에 이런 실수를 하지는 않는지 수의사와 상담하는 게 좋다.

영역 마킹의 원인에는 스트레스나 따분한 생활도 있다. 심심해하는 강아지는 부정적인 관심도 관심으로 받아들인다. 강아지가 원하는 것은 관심일 가능성이 높다. 자주 밖에 데리고 나가고 짬짬이 놀이와 산책도 곁들여라. 아직 소모할 에너지가 남았을지 모르니 매일 활발한 신체 운동을 할 수 있게 일과를 정해준다.

이미 운동을 충분히 하고 있다면 정신적 자극이 부족해 따분함을 느끼는 것도 가능하다. 기본적인 명령에 반응하도록 훈련을 하다 보면 정신을 집중하고 주인과 더 많은 시간을 보내며 따분함을 잊을 수 있다. (명령을 가르치는 법은 250쪽을 참조하라.)

훈련할 것인가, 훈련하지 말 것인가

이제 집에 데려왔으니 전문 훈련사에게 맡길까 하는 생각이 들 수 있다. 강아지 훈련은 특정한 행동 문제를 교정하고 강아지에게 정신적 자극을 주는 효과가 있다. 강아지와 보호자 사이의 유대감도 깊어진다. 하지만 모든 강아지가 훈련을 필요로 하지 않는다. 강아지가 훈련을 받아야 하는지는 강아지만이 아니라 주인에게도 달렸다.

나의 부모님 강아지인 닉의 예를 들어볼까? 닉은 관심을 가져주기를 원한다. 입양 초기에 내가 집에 와서 부모님을 껴안을 때마다 닉은 요요처럼 위아래로 펄쩍펄쩍 뛰며 내게 점프를 했다. 전문 훈련사가 이 행동을 고쳐야 한다고 했다. 부모님이 손님을 차분하게 맞을 수 있도록 가만히 앉아 있는 법을 배워야 한다는 것이다. 그래서 훈련을 받은 후, 닉은 내가 와도 뚫어져라 쳐다보고만 있었다. 욕구를 참느라 폭발할 것 같았다. 마침내 나와 인사할 차례가 되자 닉은 발사된 로켓처럼 내 옆으로 날아왔다.

이후 일 때문에 몇 달 만에 고향으로 돌아와 부모님 댁을 방문했다. 그사이 부모님은 손님이 왔을 때 닉이 흥분해도 전혀 이상하지 않다고 결론 내린 듯했다. 어느날 내가 집 앞에 차를 세우면 부모님이 내 이름을 불렀다. 그러면 닉은 현관문을 박차고 나왔다. 내가 트럭에서 내리면 부모님은 닉이 내게 달려들 수 있게 운전석 문을 잡아줬다. 꼬리를 미친 듯이 흔들며 내 팔과 다리를 때리는 닉을 와락 껴안아주고 우리는 숨이 찰 때까지 마당을 뛰어놀았다. 훈련사가 원한 행동은 아니지만 부모님은 괜찮다고 했다.

강아지가 소파에서 자거나 식탁 주위를 맴도는 행동, 텔레비전 보는 사람 무릎에 누워 있는 행동이 거슬리지 않는다면 교정하지 마라. 다른 사람과 동물에 위협적인 행동이 아니라면 바꿀 필요는 없다.

훈련의 핵심 요소

강아지는 기본적인 훈련을 통해 보호자에 대한 신뢰를

키우고 지시를 더 잘 따르게 된다. 훈련에 성공하기 위한 핵심 요소에는 강아지와 보호자의 유대감, 규칙적인 운동, 통제된 환경, 긍정적 강화, 단계적 발전, 지속적인 노력이 있다.

유대감이 깊어지면 강아지가 보호자를 믿고 훈련 과정에 집중한다. 훈련을 시작하기 전에 강아지에게는 새로운 일과에 익숙해지고 새로운 보호자를 더 잘 이해할 시간이 필요하다.

산책과 놀이를 비롯한 운동은 둘 사이의 유대를 강화시킨다. 운동을 하면 강아지의 몸과 마음도 건강해진다. 강아지는 천성적으로 호기심이 많고 놀이를 좋아한다. 특히 훈련 시간 전에 산책을 하며 다양한 풍경, 소리, 냄새를 탐구하고 보호자와 자주 놀 수 있어야 한다. 운동과 산책은 강아지의 에너지를 소모해 훈련에 집중할 수 있게 도와준다.

통제된 환경이란 집중을 흐트러뜨리는 요소가 제한된 곳을 말한다. 그래서 강아지의 집중력을 높이는 것이다. 공원에서 '앉아'를 처음 가르친다고 생각해봐라. 주위에 다른 사람이나 강아지가 지나가면 방해가 될까? 그러니 공원보다는 집 거실이 더 좋다.

긍정적 강화는 강아지에게 동기를 부여하기에 가장 좋

은 방법이다. 훈련할 때는 보상으로 간식을 듬뿍 줘라. 칭찬도 아낌없이 해줘라. 강아지 간식을 작은 조각으로 쪼개서 줘도 되고 알이 작은 사료를 대신 이용해도 된다. 강아지의 행동이 바람직한 방향으로 바뀔 때마다 간식을 주는 것이다. 만약 목표를 달성하면 더 큰 간식을 주고 칭찬을 더 많이 해 얼마나 장한지 알려줘라.

훈련 성과가 보이기 시작하면 칭찬과 간식을 번갈아주는 것도 좋다. 이때 간식은 랜덤으로 줘야 한다. 강아지는 말을 잘 들을 때마다 간식이 나오지는 않지만 때때로 간식을 받을 수 있음을 학습하기 때문에 지시에 따라 바람직한 행동을 할 가능성이 높아진다.

단계적 발전이란 바람직한 행동에 조금씩 가까워지는 행동들을 말한다. 훈련 시간에는 강아지가 단계적으로 발전할 때마다 보상을 꼭 줘야 한다.

지속적인 노력도 필수 요소다. 훈련은 빠르게 성공할 때도 있고 지지부진할 때도 있다. 하다가 실패해 다시 시작해야 할 때도 있다. 특정한 행동을 가르치는 훈련은 보통 매일 여러 차례 진행해야 한다. 이때 훈련 시간은 강아지의 성향과 가르치거나 교정하고 싶은 행동이 무엇인지에 따라 달라진다.

웬만한 행동 문제는 규칙적인 운동을 하고 보호자와의 유대감을 쌓으면 저절로 해결된다. 강아지가 신발이나 가구를 물어뜯는다면 대개 따분하거나 짜증이 났기 때문이다. 그럴 때는 강아지가 운동으로 에너지를 쏟아내게 도와줘라. 운동을 하면 깨물면서 노는 습관도 줄어든다. 강아지가 문제 행동을 할 때 놀아주면서 문제를 해결할 수도 있다. 강아지가 손을 깨물면 그럴 때마다 입에 장난감을 넣는 것이다. 강아지가 장난감을 물면 징그러울 만큼 애교 있는 목소리로 강아지에게 칭찬을 퍼붓는다. 강아지는 사람의 손이 아니라 장난감을 씹어야 한다는 사실을 금세 이해할 것이다.

하루에 규칙적으로 하는 일이 많은 강아지는 삶에 목적의식이 생기고 주인과도 더 가까워질 것이다. 정해진 시간에 평범하게 밥을 먹고 화장실을 갈 수 있다는 생각에 불안감이 사라지며 문제 행동도 줄어든다. 하루에 예상하고 기대할 순간들을 만들어주는 것도 좋다. 깨무는 버릇은 물론 배변 실수 같은 행동도 점차 사라질 것이다.

전문 훈련사의 도움

좋은 강아지 훈련사라면 보호자가 강아지의 마음을 이

해하게 도와주고 문제가 되는 행동을 해결할 수 있어야 한다. 여러분이 바로잡을 수 없는 문제, 직접 해결하고 싶지 않은 문제들 말이다. 강아지는 훈련 과정에서 보람과 행복을 느낄 것이다. 그게 강아지 훈련사의 역할이다. 특정한 행동만 가르치고 끝내는 훈련사는 추천하고 싶지 않다. 훈련사가 보호자와 강아지, 한 가족으로서 필요한 태도를 이해하지 못하면 훈련을 해도 의미가 없다.

최고의 훈련법에 대해서는 전문가 사이에서도 의견이 분분하다. 서로 상반되는 의견도 있다. 일부 전문가는 인간 보호자가 무리에서 가장 높은 지위를 차지해야 한다고 믿는다. 보호자의 생각과 스케줄이 가장 중요하다는 것이다. 반면, 다른 전문가는 어느 한쪽이 상대를 지배하지 않고 강아지와 보호자가 함께 풍요로운 삶을 살게 도와주는 것이 훈련의 목적이다.

나는 후자에 속한다. 우리 가족 안에서 강아지가 더 낮은 위치에 있다는 생각은 말도 안 된다. 나는 강아지가 자신을 동등한 구성원으로 생각하기를 바란다. 우리 가족의 첫 강아지인 스코티 얘기를 들려주려고 한다. 우리는 스코티가 자기 걱정을 직접 표현할 수 없고 전적으로 우리에게 의지해 행복하게 살고 있다는 사실을 잘 알고 있었다. 하지만 우리는 이 현실을 이용하지 않았다. 스코티에게 복종해야 한다는 느낌을 강요하지 않았다. 나는 임시보호하는 구출견을 대하고 훈련할 때도 이 신념을 적용한다. 훈련이 성공하려면 강아지 스스로 안정감과 만족감을 느껴야 한다. 나도 소중한 가족 구성원임을 알아야 한다. 이 말은 강아지가 리드줄을 차고 보호자의 발밑에 얌전히 앉아 있는 행동, 간식을 달라고 배를 뒤집고 재롱을 부리는 행동을 하기 전에 여러분 곁에서 편안함을 느껴야 한다는 뜻이다.

그래서 긍정적 강화가 중요한 것이다. 사랑으로 이어진 유대 관계를 더 돈독하게 만들어주기 때문이다. 나는 강아지를 훈련할 때 억지로 복종시키는 방법이나 홍수 요법을 사용하는 방법은 절대 쓰지 않는다. 복종 훈련은 강아지에게 복종을 강요해 원하는 행동을 이끌어낸다. 앞에서도 설명했지만 홍수 요법은 복종 훈련보다 더 큰 공포심을 유발한다. 나는 지금까지 이런 방법에 의지하지 않고도 강아지의 문제 행동을 확실히 바꿔 왔다.

좋은 훈련사를 찾는다면 그 사람이 이런 개념을 이해하는지 확인해보라. 보호자의 스케줄과 강아지의 습관, 성격에 대해 물어야 한다. '어떤' 행동을 고치고 싶은지 묻지만 말고 그 행동을 '왜' 고치고 싶은지도 물어야 한다. 좋은 훈련사는 보호자도 훈련을 하는 동안 정신을 바짝 차리고 꾸준히 노력해야 한다는 사실을 일깨워줄 것이다. 긍정적 강화에 초점을 맞추고 문제 행동을 했다고 강아지에게 벌을 주지 않는다(초크 체인이나 전기충격 목걸이도 사용하지 않아야 된다). 또 강아지마다의 성격을 고려해야 한다.

우리 부모님 강아지인 닉은 집에 손님만 오면 뛰어서 덮친다. 부모님이 한번은 닉을 펫스마트 훈련 교실에 데려간 적 있었다. 그곳 훈련사는 시간마다 강아지 열 마리 이상을 받고 단체 훈련을 진행했다. 모든 강아지를 똑같은 방식으로 훈련했고 개별 훈련 시간도 다 똑같았다. 보호자 옆에 붙어 걷는 법을 배우고 있을 때, 닉의 리드줄이 가게 진열품에 걸리는 사고가 일어났다. 결국 상품들이 바닥으로 와장창 쏟아졌다. 닉이 어쩔 줄을 몰라서 진열장 사이로 내달리사 리드줄에 걸린 상품들까지 질질 끌려갔다. 부모님이 겨우 닉을 붙잡은 후 훈련사가 어떻게 했을까? 닉을 다른 강아지들 사이에 다시 넣고 똑같은 기법과 똑같은 시간차로 훈련을 재개하는 거였다.

이건 실수였다. 제대로 된 훈련사라면 애썼다고 간식도 계속 주면서 우선 닉을 달래서 진정시키고 주인과 발맞춰 걷는 훈련을 단계적으로 다시 시작해야 한다. 하지만 닉은 가슴이 쿵쾅거리는 채로 다시 줄에 서야 했다. 머릿속에는 간식이고 뭐고 진열 상품들이 쏟아진다는 두려움밖에 없었다. 그 후로 하네스만 보면 겁에 질려서 벌벌 떠는 증상은 한참이나 지속되었다.

좋은 훈련사는 강아지 훈련이 성공하려면 무엇이 가장 중요한지 알고 있다. 답은 여러분도 다 알 것이다. 바로 운동이다. 운동을 많이 해야 한다. 강아지에게 하루에 최소 한 번의 운동은 필수이다. 훈련을 시작하기 전에도 꼭 운동을 해야 한다. 하지만 하루에 몇 번씩 운동을 하고 산책도 최소 한 번, 거기에 놀이까지 더해야 집중력이 생기는 강아지도 있다. 강아지에게 매일 운동을 시켜주기에 라이프스타일이 여의치 않다면 친구나 펫시터에게 도움을 청하는 방법도 있다. 하지만 보호자가 직접 하는 편이 가장 좋긴 하다. 강아지와 함께 운동하며 유대감이 생기고 훈련도 더 수월해진다. 유대가 끈끈해질수록 강아지가 보호자를 기쁘게 하려 애쓰고 보호자의 신호를 파악하는 법을 배우기 때문이다. 시간이 없는데도 굳이 친구, 가족, 전문가의 도움을 받지 말라는 얘기가 아니다. 회사에 있을 때 친구가 산책을 대신 시켜준다고 해서 강아지가 여러분 말을 무시하지는 않는다. 다만 점심시간에 집에 들러 같이 산책을 하는 선택지가 있을 때는 친구에게 맡기기보다 본인이 직접 하라는 얘기다.

니콜과 매기

매니토바주 위니펙에 사는 사무직 직원 니콜 마텔은 강아지 네 마리를 구출한 경험이 있다. 가장 최근 구출한 매기는 마지막 남은 강아지를 떠나보낸 후 데려온 아이이다. 새 강아지를 찾기는 쉽지 않았다. 인터넷에 마음에 쏙 드는 강아지가 있어 찾아가면 이미 입양되고 없었다고 했다. 그래서 위니펙 외곽에서 대동물 수의사로 일하는 사촌 글렌 싱클레어에게 연락을 했다. 아는 사람이 많은 글렌이 니콜에게 지인을 연결해줬고, 그녀를 통해 한 남자의 연락처를 받았다. 매니토바 북부를 돌아다니며 강아지들을 보살핀다는 그 남자는 근처 자연보호 구역에 사는 교사를 소개해줬다. 교사는 돌보던 테리어에게 좋은 집을 찾아주고 싶다고 했다. 이런 지역의 유기견은 험난한 삶을 살아간다. 긴 겨울이 혹독하게 추울 뿐만 아니라 대다수 주민이 강아지를 골칫거리로 보기 때문이다. 눈에 잘못 띄었다가는 총에 맞아 죽기 십상이다. (연례 개사냥행사가 열리는 지역도 있다.)

니콜은 문제의 강아지에게 끌림을 느꼈다. 휘튼 테리어

같이 생긴 매기는 이제 2살 정도였다. "덥수룩한 털이 사방으로 삐죽삐죽 솟아 있는데도 다른 개들과 구분되는 얼굴이었어요. 꼭 디즈니 영화에 나오는 애니메이션 강아지 같았다니까요." 처음 만난 날, 매기는 니콜을 보자마자 다가와 포옹을 하듯 앞발을 올렸다. 그게 결정타였다.

그래도 초반에는 쉽지 않았다. 매기는 니콜을 빼면 모든 사람에게 화를 냈다. 사회성이 너무나 부족했다. 탈출 기회가 생기자 현관문을 박차고 나가 거리로 내달렸다. 자기를 붙잡으려는 이웃을 물려고도 했다. 18킬로그램이나 되는 매기를 니콜이 간신히 접근해 집으로 안고 왔다. 니콜 부부는 매기가 기본적인 명령어를 알아들을 수 있게 훈련소에 보냈다. 알고 봤더니 매기는 머리가 좋아서 뭐든 빨리 배우는 아이였다. 훈련을 계기로 매기는 한 집안의 반려견으로 사는 것에 서서히 적응해나갔다.

입양하고 6개월이 지났을 때, 니콜은 매기의 배와 다리 사이에 난 혹을 발견했다. 탈장이나 더 심한 병일까 걱정되어 병원에 데려갔는데 혹의 정체는 BB탄 총알이었다. 매기가 쓰레기장에서 지낼 때 누군가 BB탄 총을 쐈던 것이다. 매기가 사람에게 마음을 여는 데 왜 그토록 오래 걸렸는지 니콜은 이제야 확실히 알 것 같았다.

수의사는 총알을 굳이 제거하지 말자고 했다. 강아지가 불편해한다면 모를까 지금은 수술이 더 고통이라고 했다. 그래서 매기는 쓰레기장에서 보낸 세월의 기념물을 아직까지 간직하고 있다. 현재 매기는 사람의 따스한 손길과 사랑을 받으며 하루하루를 보낸다. 중간 중간 고양이 메이지를 쫓아다니고, 메이지도 매기를 싫어하지는 않았다. 메이지는 매기가 자기를 쫓지 않으면 관심을 얻을 때까지 앞을 일부러 서성였다. 매기가 관심을 보이면 그때부터 게임이 시작됐다.

명령어 두 가지, "앉아" "기다려"

강아지에게 기본적인 명령어를 직접 가르치기로 했다면 가장 기본적인 "앉아"와 "기다려"부터 시작해야 한다. 여기서 단계별로 설명하는 내용은 대부분의 강아지 훈련에 적용할 수 있다.

앉아

강아지에게 훈련의 기본적인 개념을 가르쳐줄 단순한 명령어이다. 물론 명령에 따라 앉는 법도 가르친다.

1단계: 운동을 시킨다. 에너지를 불태워야 한다. 그래야 강아지가 집중할 수 있다. 공 던지기 놀이, 밧줄 당기기 놀이, 산책 뭐든 좋다.

2단계: 집중을 흐트러뜨리는 요소가 없도록 환경을 통제한다. 강아지는 보호자에게만, 보호자는 강아지에게만 집중할 수 있어야 한다.

3단계: 작은 크기의 트릿을 손 한가득 준비해야 한다. 사료 조각, 피넛버터 조금, 잘게 쪼갠 간식 같은 것들이 있다. 하나를 손에 쥐고 강아지 머리 30센티미터쯤 위에 내밀어 보아라. 아이가 앞으로 움직이면 손을 더 높이 든다. 점프를 하면 내려올 때까지 기다렸다가 트릿을 다시 천천히 계속 머리 위로 내밀어라. 그러면 강아지가 위를 올려다보기 위해 앉는다. 바로 그 순간 트릿을 주고 말로 칭찬해준다. 트릿을 머리 위로 내밀면 강아지가 반사적으로 자리에 앉을 때까지 이 과정을 5~10회 정도 반복한다.

4단계: 3단계를 반복하되, 강아지가 앉는 동시에 '앉아'라는 말을 하고 트릿을 준다. 이 단계도 5~10회 반복해라.

5단계: 이번에는 간식을 내밀지 않고 '앉아'라는 말만 해라. 앉지 않으면 4단계를 몇 번 더 반복하고 5단계를 다시 시도해라. 강아지가 앉을 때마다 트릿을 주고 칭찬해라. 오직 말로 하는 명령에 반응하면 이 과정을 몇 번 더 반복하고 칭찬을 아끼지 않는다.

6단계: 일상생활 중에 아무 때나, 혹은 산책을 나갔을 때 '앉아'라고 명령한다. 굉장히 중요한 단계이다. 다른 장소에서도 새로 배운 명령을 따라야 한다는 가르침을 주기 때문이다. 말을 들으면 항상 트릿을 먹고 칭찬을 받을 수 있다는 사실도 배워야 한다.

7단계: 집중을 방해하는 요소를 조금씩 추가한다. 강아지에게 다른 강아지가 방해 요소가 된다면 훈련을 도와줄 사람을 구하는 게 좋다.

매번 앉아서 집중하기 시작하면 주변에 다른 강아지가 있을 때(너무 가까이는 말고요) '앉아'라고 명령한다. 강아지 놀이터 근처도 좋다(안에 들어가지는 않는다). 다른 강아지가 보이는 곳으로 산책을 나가는 것도 방법이지만 공격적으로 짖고 덤비는 강아지가 있으면 안 된다.

익숙해지면 다른 강아지와 점차 가까워져라. 아이가 불

안해서 집중을 하지 못하면 평상시의 훈련으로 몇 번 돌아갔다가 다시 시도해라. 훈련을 할 때는, 지금 이 강아지는 보호자의 명령에 반응하는 법, 보호자를 기쁘게 하는 행동을 하는 법을 배우고 있다는 걸 항상 기억해야 한다.

훈련은 자주 반복한다. 강아지의 진도에 따라 짧게는 몇 분, 길게는 20분씩 최소 몇 번은 할 수 있게 하루 일과를 짜라. 훈련 전에 반드시 운동과 놀이를 하고 직접 놀이에 참여해라. 원하는 반응을 완전히 익히기까지 몇 주에서 몇 달이 걸릴 수 있다. 기간은 강아지의 성향과 훈련 횟수에 따라 달라진다.

기다려

"앉아"를 배웠다면 자연히 "기다려"로 넘어가야 한다. 잠깐 동안 한 곳에 머무는 법을 가르치는 것이다. 이 명령으로 흥분한 강아지가 진정하지는 않는다. 리드줄을 채울 때나 현관문을 나갈 때 먼저 뛰쳐나가지 못하게 시간을 벌어줄 뿐이다. 강아지를 진정시키는 데는 보호자의 보디랭귀지, 얼굴 표정, 목소리 톤이 작용한다.

1단계: 맞다! 운동이다! 강아지가 정신 에너지를 집중할 수 있도록 신체 에너지를 소모해주어야 한다

2단계: 방해 요소가 없도록 환경을 통제한다.

3단계: '앉아' 명령어로 자리에 앉힌다. 보상을 주기 전 잠시 뜸을 들이며 '기다려'라 말하고 즉시 칭찬과 함께 트릿을 줘라. 이 훈련 과정은 강아지의 몸을 끌어안거나 목걸이를 잡는 연습을 하기에 딱 좋다. 도망가지 말고 차분하게 제자리에 멈춰 서 있도록 가르치는 것이다. 강아지가 벌떡 일어나지 않고 한 자리에 계속 앉는 법을 배울 때까지 이 단계를 5~10회 반복해라.

4단계: 3단계와 기다리는 시간만 다르다. 우선 '기다려'라고 말한 후 1초 정도 기다린다. 이 과정을 2~3회 반복하고 기다리는 시간을 몇 초로 늘리는 것이다. 하다 보면 시간을 조금씩 더 늘릴 수 있다. 하지만 몇 초가 최대여야 한다. 강아지에게 리드줄을 채우거나 강아지를 안으려 다가가는 시간은 몇 초면 충분하기 때문이다.

5단계: 강아지와 멀어졌다가 다시 거리를 좁히고 트릿을 준다. 4단계와 마찬가지로 작은 목표부터 시작해 점차 늘려가라. '앉아'와 '기다려'를 이어서 말하고 반걸음 물러났다가 다시 강아지에게 다가가 트릿을 주는 게 좋다. 멀어져도

강아지가 몸을 일으키거나 불안한 내색을 하지 않을 때까지 이 과정을 반복해야 한다. 반걸음이 익숙해지면 한 걸음으로, 또 몇 걸음으로 늘리고 나중에는 모퉁이를 돌아 시야에서 완전히 사라질 수도 있다.

6단계: 무작위로 '기다려' 명령을 해라. 아이가 앉아서 여러분에게 집중하며 다음 명령을 기대한다면 훈련을 이해한 것이다.

7단계: '앉아' 때처럼 집중을 방해하는 요소를 추가한다.

그 밖의 명령

일단 "앉아"와 "기다려"를 알아들으면 구체적인 행동도 가르쳐라. 앉는 법을 가르칠 때 구체적인 훈련을 추가할 수도 있다. 이 역시 "앉아"와 "기다려" 훈련처럼 단계별로 조금씩 진행한다.

현관문을 열었을 때 강아지가 뛰쳐나가는 행동을 고치고 싶다고 해보자. "앉아"와 "기다려" 명령을 한 후 문으로 걸어가 손잡이를 잡는다. 이때 강아지를 계속 쳐다보고 있어야 한다. 그런 다음 돌아가서 보상을 준다. 몇 번 반복한 후에는 손잡이를 잡을 때 아이를 보지 마라. 그다음에는 문을 열고 아이에게 돌아가 보상을 주고 문밖으로 잠깐 나가는 것이다. 이런 과정을 반복하다 보면 문밖으로 나가 문을 닫았다가 다시 돌아와 보상을 주는 연습도 할 수 있다.

이런 훈련법의 기본 개념을 이용하면 누가 노크를 했을 때(또는 벨을 눌렀을 때) 짖는 행동도 교정이 가능하다. 문 안쪽에 서서 강아지를 보며 문을 두드린다. 나중에는 문을 열고 밖으로 나가 열려 있는 문에 노크를 해라. 거기에 적응되면 문을 닫고 노크를 하고, 그다음에는 보호자가 강아지 옆에 서 있는 상태에서 다른 사람이 노크를 해야 한다. 문에서 나는 소리가 아니라 바로 옆에서 트릿을 내밀고 있는 보호자에게 집중하는 법을 배우는 훈련이다.

그다음에는 보호자가 강아지와 다른 공간에 있을 때 다른 사람에게 문을 두드리라고 한다. 이후 실제 방문객이 예고 없이 노크를 했을 때 강아지가 문이 아니라 여러분을 보고 있으면 훈련은 끝난 것이다. 그때를 위해 어마어마한 보상을 준비해놓는다. 앞선 훈련과 마찬가지로 천천히 진행하며 원하는 행동에 가까워질 때마다 트릿을 주고 칭찬을 퍼부어줘라. 강아지가 노크 소리에 항상 차분하게 반응할 때까지 규칙적으로 훈련을 해라.

누가 노크를 할 때만이 아니라 밖에 사람이 보이기만 해도 짖는 강아지라면 훈련 범위를 확장해야 한다. 우선 창문을 통해 보이는 곳에 서서 '앉아'와 '기다려'를 시킨 다음 문을 닫아야 한다. 점차 거리를 늘린 후에는 친구의 도움을 받는다. 여러분이 밖에서 강아지를 지켜보는 동안 친구는 창밖에서 기다리는 것이다. 친구 혼자 남아도 괜찮을 때까지 훈련을 이어가고 나중에는 사람을 더 불러올 수 있다. 단계별로 조금씩 진행하고 원하는 대로 얌전히 기다렸을 때(아주 잠깐이라고 해도) 즉각 보상을 주면 강아지는 분명 훈련에 반응할 것이다.

더그와 니키

검은색과 흰색이 섞인 핏불 니키는 친구 더그 핼시를 6년 동안 못 보고 살았다. 하지만 니키는 더그를 잊지 않았다. 더그를 보자마자 꼬리를 마구 흔들고 흥분해서 입을 벌리고 헐떡이는 것은 행복한 강아지라면 자연스러운 행동이다. 하지만 더그가 노력하지 않았다면 니키는 평생 입을 벌리지도 못했을 것이다.

더그가 비영리 구조단체 어 커즈 포 포스A Cause for Paws에서 자원봉사를 하던 몇 년 전의 일이다. 뉴욕시 공공보호소에서 메일이 한 통 왔다. 브롱스 주택 옥상에 묶여 있는 강아지를 발견했다는 내용이었다.

"뭔가 이상했어요. 얼굴이 완전히 일그러져 있었죠." 니키는 둔기로 얼굴을 맞았던 것이다. 턱뼈가 부러지며 입이 닫힌 채로 뼈가 굳어버렸다. 더크는 이렇게 설명했다.

"처음에는 혀를 내밀어 물을 핥고 건사료 몇 알을 주워 먹는 게 고작이었어요."

더그는 보호소에 있던 니키에게 임시 보호 가정을 구해주었다. 찾아가는 수의사마다 문제를 해결하지 못하고 항복했다. 더 전문적인 의사를 찾아가야 했다. 외과 의사도 첫 상담에는 회의적인 반응을 보였지만 한번 시도해보는 데 동의했다. 더그는 뉴욕시 동물을 위한 연맹Mayor's Alliance for NYC's Animals에 연락해 니키가 의료비 기금 후원을 받을 수 있는지 알아보았다. 후원 승인이 난 후 니키는 뉴욕 동물의 료원에서 수술을 받았다.

니키의 광대뼈 일부를 잘라 턱뼈를 연결하는 복잡한 수술을 받아야 했다. 승산 없는 모험이었지만 놀랍게도 수술은 성공적이었다. "문병을 갔는데 니키가 입을 열고 하품을 하는 거예요. 눈물이 다 나오더라고요. 구출 활동을 하면서 그렇게 행복한 적이 없었습니다."

이제는 니키가 평생 머물 집을 찾아줄 차례였다. 여기서 등장한 사람이 캐시 크세나키스이다. 크세나키스 가족은 반려견 애비와 친구가 되어줄 저먼 셰퍼드를 찾고 있었다. 하지만 사랑스럽고 발랄한 데다 감동적인 사연까지 지닌 니키를 만나고 그만 니키에게 반해버렸다. 가족에게는 애비의 생각이 가장 중요했는데 애비도 니키를 마음에 들어 했다. 얼마 지나지 않아 니키는 크세나키스 가정에 들어왔고 애비와도 금세 친구가 되었다. 늘 붙어 다니며 같이 놀고 밤이면 꼭 붙어서 잠을 잤다.

더그가 집을 방문하면 니키는 자신의 구세주를 기억하고 더그에게 점프하며 입을 크게 벌린다. 새 턱을 보라고 자랑하는 걸까? 더그도 니키를 잊지 못할 것이다. 니키 일로 큰 영향을 받은 더그는 2009년 뉴욕에서 자선 단체 레디 포 레스큐Ready for Rescue를 설립했다. 레디 포 레스큐는 병들고 부상당한 동물의 재활을 전문으로 하는 곳이다. 오늘날까지 더그가 뉴욕의 거리와 보호소에서 구한 동물은 1,300마리가 넘는다. 100퍼센트 자원봉사로 운영되는 레디 포 레스큐는 시 보호소에서 생활하기 힘든 노견이나 아프거나 다친 동물을 주로 돕고 있다.

집에 강아지 한 마리 들여볼까 생각 중인 분에게는 여기

나온 정보가 부담스럽게 다가올 수 있다. 걱정하지 마라. 구출견 대다수는 큰 문제없이 새 가정에 잘 적응하고 있다. 사실 행동 문제나 분리불안 문제는 입양된 강아지와 보호자가 같이 살기 시작하며 적응하는 단계에서 자연스럽게 나타나는 현상이다. 어떤 일이 생기든 중요하지 않다. 여러분은 한 생명을 구한 것이다. 그것만으로도 강아지를 입양하면서 겪는 모든 과정은 가치가 있다. 아이가 내가 원했던 강아지와 다를 수도 있다(그건 강아지가 아니라 사람이었다 해도 마찬가지다). 하지만 내가 장담하는데 구출견을 입양한 모든 분은 앞으로 오랜 세월 사랑과 우정, 아름다운 추억이라는 선물을 받게 될 것이다.

3부

우리 행복하게 살자

구출 공동체의 일원으로 살아가는 것

입양과 임시보호만이 강아지를 돕는 유일한 방법은 아니다. 집 밖에서 강아지를 직·간접적으로 도울 방법도 많다. 구출 공동체의 일원으로서 말이다.

구출 공동체의 구성원은 다양하다. 우선 지역 보호소를 돕는 사람, 유기견의 거처를 찾아주는 사람, 모든 강아지의 목숨을 구하기 위한 국제적인 운동에 동참하는 사람이 있다. 유럽의 떠돌이 개를 돕거나 아시아의 식육견을 구출하는 데 돈을 기부하는 사람, 이것저것 따져 소비 활동을 하는 사람, 정치 부문에서 목소리를 높이는 사람도 있다. 구출 공동체의 핵심은 이것이다. 강아지에게 도움이 필요하면 언제 어디서든 돕는다.

캘리포니아주 로스앤젤레스에서 배우 겸 작가로 활동하는 악바르 알리라는 친구가 있다. 악바르는 안 그래도 좁은 아파트에 강아지 두 마리를 키우고 있어 더는 입양이 불가능했다. 그래서 SNS를 주시하며 늙었거나 아프거나 입양이 되지 않아 안락사를 당할 강아지들에 대한 게시물을 퍼 나르는 방법으로 구출 공동체에 기여했다. 시간과 공간 여유가 있는 사람들이 게시물을 보고 이 강아지들을 돕겠다고 나섰다.

이 세계에 들어오는 가장 기본적인 길은 세 가지이다.

1. 보호소에서 자원봉사를 한다. 적극적으로 활동하며 시간, 에너지, 사랑을 기부한다.

2. 의식 있는 소비 활동을 한다. 강아지를 대상으로 실험을 하는 제품은 불매한다.

3. 동물보호가로 활동한다. 여러 가지 형태로 강아지 학대를 반대할 수 있다. 강아지를 확실하게 보호하는 법을 지지할 수도 있다. 우리의 충직한 친구들을 위해 싸우는 토대 자체를 바꾸는 것이다.

자원봉사자로 살아가기

보호소 자원봉사는 강아지를 돕고 지역 구출 공동체에 기여하는 최고의 방법이다. 그러면서 크나큰 즐거움을 느낄 수도 있다. 자원봉사를 하다 보면 평생 잊지 못할 시간을 경험한다. 나는 잠입 수사 중에 쉬는 날이고 스트레스가 심하다 싶으면 동물보호소를 방문했다. 보호소에 사람이 많지 않으면(강아지가 예비 입양자에게 선택될 기회를 빼앗으면 안 되니까) 한두 마리 데리고 운동장 산책을 하고 놀이터에서 같이 놀아준다. 동물에게 사랑을 주고 있으면 기분이 얼마나 좋은지. 밧줄 장난감으로 물고 당기는 터그 놀이를 하며 신나서 꼬리를 흔드는 모습을 보면 덩달아 행복해진다.

자원봉사자가 없으면 대부분의 보호소는 제 기능을 못한다. 하지만 참여 방식은 전부 다르다. 곧바로 일을 시키는 보호소가 있는가 하면, 오리엔테이션 행사에 참석해야 자원봉사 스케줄을 할당받는 보호소도 있다. 구체적인 임무를 주는 곳, 그보다 자유로운 곳도 있다. 자원봉사자의 일이 다 재미있지는 않다. 당연히 강아지는 똥을 싸니 치워 줘야 한다. 설거지하기, 장난감 닦기, 빨래하기, 잔디 깎기, 바닥 걸레질하기 등등 손을 더럽히지만 누군가는 꼭 해야 하는 일도 많다. 물론 즐거운 일도 있다. 일단 자원봉사자는 보호소를 위해 강아지와 최대한 많은 시간을 보내야 한다. 번식업자와 달리 보호소에서 가장 높은 우선순위는 강아지의 심리적인 행복이다. 강아지가 영원한 가족을 찾을 때까지 사람과 잘 어울리는 법을 배워놓으면 파양되어 돌아올 가능성이 줄어든다. 산책을 시키고 단체 놀이 활동을 마련해주면 우리에서 나와 에너지를 소모시킬 수 있다. 그러면 예비 입양자가 다가와도 차분하게 있을 것이다. 겁이 너무 많거나 너무 흥분하는 강아지는 입양 가기 힘들다. 예비 입양자에게 예쁘게 보이도록 주기적으로 목욕과 빗질도 필수이다.

보호소에서 기본적인 명령어(예컨대 "앉아", "기다려", "이리와", "따라와")를 가르치는 것도 중요하다. 강아지는 훈련을 통해 정신적 자극을 많이 받을 수 있다. 그뿐만 아니라 사람의 지시 사항을 파악하고 보상을 받기 위해 말을 잘 듣는 방법도 배운다. 보호소에서 명령어의 개념을 배워두면 입양 후 추가 훈련과 연결하기 수월해진다.

뉴욕 이스트햄프턴에 있는 햄프턴스 동물구조기금Animal Rescue Fund of the Hamptons, ARF는 전 세계 각지에서 구출된 강아지를 보호하는 노킬 셸터이다. 다른 보호소에 자리가 없어 달리 갈 곳이 없는 강아지들을 돕는 곳이다. 푸에르토리코나 중국과 같이 먼 곳의 강아지도 햄프턴스로 흘러들어와 보호소 직원과 자원봉사자의 사랑을 받는다. 자원봉사자는 ARF에 매년 입소하는 약 1,500마리 동물이 편안하게 생활하도록 도와준다. 영원한 가족을 만나도 잘 적응하도록 사회성을 길러준다.

ARF의 스콧 하우 대표는 자원봉사자 덕분에 구출견들이 사람을 신뢰할 수 있다고 말한다. 심각하게 겁이 많고 애정결핍을 느끼는 아이도 달라진다. ARF에서 집중적인 행동치료가 필요한 동물은 1퍼센트에 불과하다. 그 1퍼센트도 주인을 실망시킨 '나쁜 강아지'가 아니다. 오히려 그 반대이다. 스콧은 이렇게 설명한다.

"여기 오기 전까지 사람 때문에 절망에 빠졌고 그래서 세상을 불신하게 된 겁니다." ARF는 그런 강아지의 신뢰 회복에 꾸준히 성공하고 있다.

나머지 99퍼센트에게는 사랑과 관심이 필요할 뿐이다. "집과 먹이를 제공한다고 끝이 아닙니다. 중요한 건 사회화예요." 스콧이 말한다.

"저희는 강아지가 집으로 가서 사람과 친구가 되기를 원한다. 그렇기 때문에 매일 사람과 의미 있는 접촉을 해야 한다. 그래서 저희는 자원봉사자의 도움으로 아이들의 긍정적인 행동을 강화하고 훈련을 진행하고 있다. 행동 문제가 있는 강아지의 재활 훈련을 담당하는 직원에게도 자원봉사자는 힘이 된다."

여러분도 자원봉사를 통해 많은 것을 배울 수 있다. 강아지에 대해 잘 알지 못한다면 보호소에서 시간을 보내며 훈련법을 익혀봐라. 입양하기 전 강아지의 행동을 이해하는 데 큰 도움이 될 것이다.

물론 가장 쉬운 자원봉사는 현금 기부이다. 걷기 마라톤, 구출견 사진을 담은 캘린더 판매 같은 기금 모금 행사를 여는 보호소도 있다. 특별히 보호가 필요한 구출견에 후원을 요청하는 SNS 게시물을 올리기도 한다. 보호소에 도움이 필요하다는 이야기를 전달하는 것만으로도 기금 모금에 도움이 된다.

보호소 기금 모금 행사에 참여하고 싶지 않다면 독자적으로 모금 활동을 하는 방법도 있다. 나는 개인 소지품을 팔아 보호소에 보낼 기부금을 모았다. 온라인 친구들에게 다양한 아이템을 보여주며 가격을 제시했다. 다만 돈을 내게 주지 말고 지역 보호소 후원금으로 보내 달라 부탁했다.

입양 행사를 도울 수도 있다. 많은 보호소가 펫코나 펫스마트 같은 펫스토어에서 공개 입양 행사를 개최한다. 보호소에 갈 일이 없는 사람도 입양 행사로 아이들을 볼 수 있는 것이다. 전부 임시보호로 운영되는 구출 단체는 아이들을 입양 보내기 위해 이런 행사가 필수이다.

이런 행사에는 자원봉사자가 필요하다. 공공장소에서 행사를 개최하려면 시의 허가도 받아야 한다. 강아지, 이동장을 비롯한 모든 물품을 보호소에서 행사장으로 날라야 한다. 구출견 입양에 대해 상담을 해줄 사람도 있어야 한다. 강아지의 용변과 산책을 도와줄 사람도 필요하다. 강아지가 평생의 가족을 찾아 떠나는 모습이 자원봉사자에게는 값진 보상이 될 것이다. 입양 행사에서는 항상 그런 모습을 볼 수 있다.

독창적인 자원봉사자들도 있다. 남과 다른 방법으로 생명을 구하려 노력한다. 시카고에는 도시의 강아지들을 구조하는 시카고랜드 구조개입지원프로그램Chicagoland Rescue Intervention and Support Program, CRISP이라는 비영리단체가 있다. CRISP는 보호소가 아니고 강아지를 맡아주지도 않는다. 그 대신 동물병원비가 지나치게 높게 나왔을 때 비용을 지불할 방법을 함께 고민해주는 역할을 한다. 또한 강아지 훈련, 펫시터, 산책 도우미에 드는 비용도 지원해준다. 핏불을 키운다고 집을 빼라는 집주인을 상대할 때도 도움을 청할 수 있다. 이사를 해야 한다면 강아지를 계속 키울 방법을 알아봐준다. 도저히 방법이 없다면 노킬 셸터나 구조 단체와 연계해 아이에게 좋은 집을 찾아준다. CRISP의 자원봉사자 세라 로크는 이렇게 말한다.

"저희의 제1 목표는 주인과 동물이 계속 함께하는 거예요. 어떤 상황이든지요."

세라와 더불어 많은 자원봉사자가 열성적으로 일하고 있다. 본업이 따로 있으면서도 짬짬이 CRISP에서 자원봉사를 하며 소중한 생명을 살리는 것이다. 세라도 시카고 NBC 스포츠 채널의 제작 프로듀서이다. 그 외에 동물 물리치료사, 투자 회사의 부사장, 10대 대학의 스포츠 네트워크 매니저, 응급의학 기사 자격증도 있다. 2016년 5월 창립된 CRISP는 안락사를 실시하는 동물관리국에 갈 위기에 처한 강아지를 2,000마리 넘게 구했다.

펫파인더Petfinder 웹사이트(petfinder.com/animal-shelters-and-rescues/search/)를 방문하면 데이터베이스를 통해 미국 내 보호소와 구출 단체를 쉽게 검색할 수 있다.

일반적인 제품 테스트에는 쥐가 많이 사용되지만 강아지도 여러 실험의 대상이 된다. 그중에는 희한하게도 강아지 사료 테스트가 있다. 많은 강아지 사료 브랜드가 강아지에 임상실험을 한다. 실험에 감독이 필요하다는 규정도 있지만 규정을 무시하는 회사도 있다. 식품 실험에 대한 권고사항을 보면 음식을 잘못 먹은 이유로 실험에서 뺄 수 있는 강아지는 25퍼센트뿐이라고 한다. 영양부족으로 고생하는 나머지 강아지는 실험실에 남아야 한다는 뜻이다.

안타깝게도 어느 브랜드가 강아지에 제품 테스트를 하고 어느 브랜드가 하지 않는지는 계속 바뀌고 있다. 실험 대상인 강아지들은 몇 주에 걸쳐 사료를 먹고 체중을 잰다. 정부 허가와 감독을 받아 강아지에게 실험을 하는 연구소를 가볼 만큼 가봤기 때문에, 나는 이에 대해 잘 안다. 법을 준수한다는 그들의 말은 믿을 게 못 된다.

더 자세히 알고 싶다면 뉴잉글랜드 생체실험반대협회the New England Anti-vivisection Society, NEAVS에서 한 연구를 참고해 직접 해당 기업에 문의해봐라. NEAVS는 동물 실험의 잔인한 관습을 폭로하고 무고한 동물을 대상으로 하는 실험의 대안을 찾으려 노력하고 있다. 2017년 NEAVS는 강아지에 실험을 하는 사료 업체로 빅 하트 펫 브랜드Big Heart Pet Brands, 힐스 펫 뉴트리션 센터Hill's Pet Nutrition Center, 펫푸드 솔루션스Pet Food Solutions Inc., 네슬레 퓨리나 글로벌리소스NestléPurina Global Resources Inc., 마샬 팜스 그룹Marshall Farms Group Ltd., 미국 로얄 캐닌Royal Canin USA Inc의 이름을 공개했다.

그밖에도 수없이 많은 제품이 동물 실험을 하고 있다. 어느 회사에서 강아지를 실험 대상으로 삼는지 확실히 파악하기도 힘들다. 미국 휴메인소사이어티의 조사에 따르면, 2015년에 실험에 사용된 강아지의 수가 6만 7,181마리라고 한다. 실험처는 대부분 민간 연구소로 강아지는 암, 심장병, 신경학, 전염병 연구에 가장 많이 사용되고 있었다. 이런 연구는 서서히 사라지는 추세이다. 이제 과학자들이 실험실에서 인간의 세포 배양과 고동치는 심장을 키울 수 있기 때문이다. 심지어 3D프린터를 이용해 인간의 장기도 실험용 미니어처로 만들 수 있다.

혹시라도 동물 실험을 하는 제품을 사용할까 걱정된다면 leapingbunny.org를 방문하면 좋다. 그곳에서 동물을 학대하지 않는 사람용과 강아지용 제품을 확인할 수 있다.

할 수 있다면 어떤 방법으로든 시도해봐라. 집 안에서도, 집 밖에서도 가능하다. 개농장을 규탄하는 법안을 지지할 수도 있고, 애견인들에게 왜 펫숍 강아지를 사면 안 되는지 알려줄 수도 있다. 강아지 학대에 반대하는 방법, 기업에 강아지를 이용한 제품 테스트를 없애라고 항의하는 방법도 있다. 전부 다 동물보호 운동이다.

운동가라고 하면 펫숍에 들어가는 낯선 사람에게 고래고래 악을 써야 하지 않느냐고? 아니다, 그건 절대 하지 말아야 할 행동이다(나도 펫숍에 들어가는 손님을 보면 따지고 싶을 때가 많지만 항상 정중하게 대한다). 시민불복종 운동을 할 필요도 없다(나는 수사관이 되기 전, 모피 판매 매장에 반대하는 뜻으로 텍사스주 휴스턴 니먼 마커스 백화점 앞에서 스스로 수갑을 찬 적도 있다. 미리 수갑을 찼다고 나를 체포하러 온 경찰들이 좋아하지는 않았다). 하지만 여러분은 오프라인이나 온라인 청원에 서명하기, 항의 시위에 나가기, 전단지 배부하기 같이 단순한 행동으로도 운동에 참여할 수 있다. 온라인이든 오프라인이든 훌륭한 운동가는 신중하고 계산적으로 행동해야 한다. 그리고 그 문제에 대해 아주 잘 알고 있어야 한다.

CAPS 일리노이 지부의 아이다 매카시 이사를 예로 들어 본다. 아이다는 본인을 '평범한 기혼 퇴직 여성'이라 묘사한다. 하지만 절대 남는 시간에 편안히 늘어져 있는 법이 없다. 주기적으로 새끼 강아지를 파는 펫숍에 반대하는 시위를 조직하고 펫숍이 개농장에서 강아지를 사들인다는 사실을 폭로한다. 불굴의 의지를 가진 아이다는 155일 연속으로 시위를 벌여 일리노이주 라일에 있는 펫숍을 문 닫게 한 적도 있다.

운동가가 되려면 이루고자 하는 목표를 위해 노력해야 한다. 원리주의자가 되어야 한다는 의미는 아니다.

이 책의 내용에 다 공감하지 않아도 보호소를 후원하거나 유기견을 구조할 수 있다. 동물보호운동의 모든 형태에 동의하지 않아도 동참할 수 있다는 것이다. 번식장 강아지의 환경이 개선되기를 원한다거나 개농장 강아지의 펫숍 판매가 금지되기를 원하는 마음이면 된다. 바꿔 생각하면 다른 운동가가 원리주의자일 필요도 없다. 여러분의 말을 다 믿지 않아도 된다. 그게 강아지 보호 운동의 대단한 점이다. 각양각색의 사람들이 하나로 모일 수 있으니까, 극과 극으로 나뉘어 싸울 이유가 없다.

내가 첫 번째로 잠입 수사를 했던 마틴크리크켄넬이 문

을 닫고 수백 마리 강아지가 당국에 압수되자 전국의 구출 단체가 도움의 손길을 뻗었다. 번식업자가 동물을 학대하고 남의 반려동물을 훔쳐 실험실에 팔아넘긴다는 사실은 정치적 견해 차이도 극복하게 만들었다. 많은 노킬 셸터가 강아지 구출에 힘을 썼고, 사냥 단체도 여기에 함께했다. 아무래도 강아지 대부분이 비글, 워커, 블루틱같이 전통적인 사냥견이었다. 사냥을 반대하는 채식주의 운동가 단체 소속이었던 내게도 사냥 단체와 협조해 강아지의 집을 찾아주는 일은 굉장히 즐거운 경험이었다. 정치적 견해보다는 강아지의 행복이 중요하다. 운동가로서 강아지가 최우선이라는 점을 기억해야 한다.

입법 운동에 참여하기

가장 효과적인 운동 중 하나는 입법 운동이다. 즉, 강아지 학대를 척결하는 법이 만들어지도록 지지한다는 뜻이다. 이런 법은 범위와 형식이 다양하다. 전면적으로 철저하게 금지하는 법이 있고, 이미 존재하는 산업을 추가로 규제하는 법도 있다. 둘 다 중요한 역할을 한다. 2008년 펜실베이니아에서 통과된 복지법은 개농장을 불법으로 규정하지는 않았지만 규제를 통해 개농장의 수를 줄이고 강아지의 생활환경을 개선했다. 반면, 금지법은 대상을 완전히 불법화했다. 2018년 캘리포니아주에서는 브리더를 통한 새끼 강아지 판매를 모든 펫숍에서 하지 못하게 한 것이 그 예이다.

기왕이면 금지법이 좋지만, 금지법도 이전에 존재한 규제법으로 추진력이 모아져야 실현된다. 아니면 캘리포니아처럼 다른 주요 도시에서 이미 통과된 금지법을 토대로 제정하는 경우도 있다.

여기서 알고 있어야 할 점은 하나의 법으로 모든 바람이 이루어지지는 않는다는 것이다. 나도 모든 번식장이 금지되기를 원한다. 복지법 같은 규제법은 여전히 개농장 운영을 허용하고 있다. 하지만 개농장의 환경을 개선한다는 점에서 일보 전진이 아닐까?

법률 제정에 개입하는 법

법이 달라지기를 원하고 지지한다면 우선 문제에 정통해야 한다. 모든 문제를 꼼꼼히 조사하고 정보의 출처를 확인해야 한다. 어떤 법이 발의되었다면 누가 지지하고 누가 반대하는지 알아본다. 과거에 발의되었다가 통과되지 않았다면 그 이유를 찾아내야 한다. 이렇게 공부를 하다 보면 새로운 법안에 관해 토론을 할 때 대중이 제기할 질문에 답을 할 수 있다. 여러분 지역구의 의원이 어떤 입장인지도 알 수 있고, 유명한 동물보호단체라면 입법 과정에 필요한 노력을 잘 알고 있을 테니 정보를 구해봐라. 문제에 관해 모르는 정보가 없어야 효과가 커진다. 가슴보다 머리를 따라야 한다. 지식도 열정만큼이나 중요하다. 마음이 다른 방향으로 가고 싶다고 말한다면 머리가 운전대를 잡고 있는지 꼭 확인해라.

법을 바꾸고 싶다면 여러분을 대변하는 의회에도 민심을 전해야 한다. 전화와 이메일로 의견을 표출해라. 이 문제에 어떤 입장인지 주저하지 말고 물어라. 반대 의견과 편향적인 태도도 각오해야 한다. 여러분이 평소 지지하는 정치인도 그럴 수 있다. 여러분의 생각에 동의하지 않는다는 정치인에게는 그가 유권자의 견해를 대변하지 않는다고 설명해준다. 왜 강아지를 보호하는 법을 강화하고 싶은지 구체적으로 이야기해라. 동물 이슈는 대중의 관심에 쉽게 포착되지 않는다. 번식장을 더 엄격하게 규제하는 법에 반대하는 정치인이 있어도 모르는 유권자가 태반일 것이다. 여러분을 비롯해 많은 사람이 지켜보고 있다는 사실을 똑똑히 알려줘라. 다른 이슈와 달리 강아지를 돕는 문제라면 웬만해서 공개적으로 반대하기가 힘들다.

그 외에 지역 신문에 편지 쓰기, SNS를 통해 대중에게 호소하기, 공개 시위에 참여하기도 하나의 방법이다. 공개적인 일대일 토론에 참여할 수도 있다. 일부 주에서는 국민발의로 법이 통과된다. 그 경우에는 새로운 법을 촉구하는 청원에 서명을 받는 과정이 필수이다. 대중에 전단지를 나눠주며 여러분이 원하는 변화를 알려주는 방법도 유용하다. 어느 쪽으로든 참여하기로 마음먹었다면 여러분이 대변하는 문제를 철저하게 이해해야 한다. 그리고 한 치의 오차 없이 대변해야 한다. 항상 단정하게 하고 다니고 공격적으로 행동하지 않고, 상대가 도발해도 넘어가면 안 된다.

선점법에 대하여

강아지를 보호하려면 개농장 규제가 필수적이다. 동물보호가는 이런 규제의 입법을 위해 끊임없이 노력한다. 일단 법으로 정해지면 폐지되지 않도록 지켜봐야 하고, 강아지를 보호하는 법에는 선점법preemption laws이라는 커다란 장애물도 있다. 동물보호운동에서의 선점법이란 이런 의미이다. 개농장에서 온 새끼 강아지를 펫숍에서 팔지 못하게 하는 법을 도시에서 통과시키려 해도 주법이 그것을 막는 것이다. 다시 말해, 주 정부가 허용하면 그 주의 도시와 마을에서도 허용해야 한다.

펫랜드도 선점법을 지지한다. 그러다 보니 인구밀도가 낮은 지역에 있는 펫랜드 매장에서는 개농장 강아지를 팔아도 동물보호가가 어떻게 막을 방법이 없다. 남은 선택지는 모든 펫숍에서 개농장 강아지를 판매 금지하는 주법을 통과시키는 것이다. 하지만 의원 대다수가 선점법에 찬성하는 주라면 죽었다 깨어나도 동물보호법이 통과될 리 없다. 이 경우에는 활동가들이 직접 나서서 대중의 의식을 바꾸는 방법밖에 없다. 그래야 대중을 대표하는 의회의 입장이 바뀐다.

거리 활동에 나서기

편지를 쓰고 청원에 서명하는 것만으로는 부족한 사람도 있다. 직접 행동을 하고 싶어하는 사람도 있다. 구출 공동체에도 그런 분들의 자리가 있다. 자랑은 아니지만 나도 수사관이 되기 전 거리에서 활동하는 운동가였다. 여러 집회에 참여했고 내가 조직한 항의 시위는 셀 수 없을 정도였다. 조용한 시위, 시끄러운 시위, 성공한 시위, 실패한 시위 등등 별별 시위에 참가했다.

성공한 시위는 대중의 관심을 부른다. 시위를 하면 개농장 강아지를 파는 펫숍의 고객처럼 목표로 하는 대상에 직접 호소할 수 있다. 언론이 취재를 시작하면 대중의 관심은 더욱 커진다. 여러 주를 다니며 펫숍에서 시위를 벌인 CAPS는 훌륭한 롤모델이다. 시위 참가자는 필요한 허가를 받은 후 매장 앞에서 피켓을 들고 인쇄물을 나눠준다. 쇼핑몰에 입점한 펫숍 앞을 걷는 시위도 있다. 쇼핑몰에서는 보통 피켓을 금지하기 때문에 쇼핑백에 펫숍을 반대한다는 슬로건을 쓴다. CAPS의 시위에 참가하는 사람들은 항상 예의를 갖추고 싸우러 들지 않는다. 동물보호법을 지지하는 시위 외에 강아지 경주나 기업의 강아지 실험을 허용하는 법처럼 동물복지를 침해하는 법을 반대하는 시위도 있다.

처음 시위에 나가 긴장된다고? 그러는 게 정상이다. 조심스럽게 안전지대 밖으로 나가봐라. 실제로 시위에 참가하는 사람은 소수이다. '남들'이 하는 일이라는 것이다. 시위에 나가면 다른 사람과 대치할까 봐 걱정한다. 누가 어려운 질문을 하면 어쩌지? 누가 무례하게 굴면? 펫숍 주인이 와서 공격하면 어떡해? 걱정하지 마라. 솔직하게 말하고 예의 바르게 대하고 용감하게 행동하면 된다. 대부분의 시위에서 행인들은 시선을 피하고 서둘러 앞을 지나간다. 하지만 생전 처음 보는 사람과 대화를 해야 하는 때도 있다. 그러는 사람이 몇이나 있을까? 여러분은 얼마나 자주 안전지대를 벗어나 중요한 이슈에 관해 대화를 시작할까?

시위를 준비할 때는 이미 시위를 성공적으로 조직한 경험이 있어 준비 과정을 도와줄 수 있는 동물보호단체와 협력해야 한다. 일단 어떻게 하는지 봐라. 생각보다 쉽다. 우선 시위에 참가할 때의 기본 원칙을 이해해야 한다. 무엇을 가져가야 하는지, 어디를 목표로 하면 가장 좋을지 알아야 한다. 기본부터 시작해라.

첫째, 원하는 장소에서 원하는 방식으로 허가를 해도 합법인지 확인한다. 휴대용 확성기 같은 도구를 사용하고 싶어도 허가를 받아야 한다. 경찰의 비응급 전화번호나 도시 정보 번호(예: 311)에 문의하면 답을 알려줄 것이다. 시위는 수정헌법 제1조의 보호를 받는다. 하지만 시위할 권리가 인도를 걸을 권리, 평화롭게 식사를 할 권리, 시위 장소 옆에서 장사를 할 권리를 침해해서는 안 된다는 점을 기억하라.

둘째, 경찰을 존중해야 한다. 합법적으로 시위를 하는 구역에서 나가라는 경찰의 명령을 따르라는 말이 아니다. 시위 허가를 받았다고 정중하게 설명하는데 경찰이 면전에 대고 고래고래 소리를 지를 때 어떤 기분인지 나도 잘 안다. 하지만 모든 경찰이 그렇지는 않다. 언제나 예의를 갖추고 대하라. 경찰은 자기 일을 할 뿐이다. 만약 허가 내용을 위반하고 있다면 법에 따라 이동해라. 경찰이 질문을 하면 정중하게 대답해주면 된다. 당신들을 힘들게 하려는 게 아니라고 시위자도 경찰이 보호해야 할 대상인 것을 잘 설명해야 한다.

셋째, 언론에 알려라. 동물보호단체가 보도자료 작성을 도와줄 수 있다. 보도자료를 배포하는 시점과 방식, 시위를 기사로 쓸 가능성이 높은 매체의 연락처를 알려줄 것이다.

넷째, 목적에 어울리는 옷을 입어라. 지금은 행인들의 공감이 필요하다. 요란한 티셔츠를 입을 때가 아니다. 모자에 적힌 문구로 정치 성향을 동네방네 알릴 때도 아니다. 최대한 많은 사람이 공감할 수 있는 모습으로 동물을 위해 차분하고 정중한 목소리를 내라.

다섯째, 최선을 다한다. 좋은 기분을 유지하고 모두에게 예의를 갖춰라. 어떤 부정적인 말을 들어도 무시할 각오를 해야 한다. 텍사스주 휴스턴에서 휴스턴 동물보호협회와 모피 가게 반대 시위를 할 때가 기억난다. 모피용 동물 사육장에 대한 전단지를 나눠주다 발견한 사실이 있다. 수많은 사람 가운데 한 사람이 전단지를 받으면 다른 사람들도 전단지를 받는 것이다. 처음 사람이 거절하면 다른 사람들도 거절했다. 나는 두 가지를 깨달았다.

첫째, 전단지를 받을 가능성이 가장 높은 사람을 골라야 한다.

둘째, 최대한 친근하게 보여야 한다. 누가 나와 눈을 맞추려 하는가? 누가 내 말에 귀를 기울이고 있는가? 이런 것들을 눈여겨본다.

소비자와의 일대일 소통도 중요하지만 매체에 보이는 모습도 무척 중요하다. 카메라가 돌아가고 있을 때는 도발하려 하는 사람과 괜히 큰소리를 내며 싸우지 마라.

마지막 한 마디

강아지는 학대를 당해도 토로할 방법이 없다. 괴롭히는

사람이 누구인지 이름을 댈 수도, 자기 감정에 대해 이야기할 수도 없다. 어떤 점들이 괴로운지 일일이 나열할 수도 없다. 우리가 대신해줘야 한다.

나는 오랜 세월 강아지를 돕기 위한 싸움을 벌였다. 밥 베이커, 게일 아이스니츠 같은 훌륭한 수사관들을 롤모델 삼아 발자취를 따라왔다. 베이커는 개농장을 수사한 최초의 인물이다. 아이스니츠는 도살장에서 벌어지는 끔찍한 학대를 고발했을 뿐만 아니라 그 주제에 대해 『도살장: 미국산 육류의 정체와 치명적 위험에 대한 충격고발서Slaughterhouse: The Shocking Story of Greed, Neglect, and Inhumane Treatment Inside the U.S. Meat Industry』라는 책을 썼다. 그동안 수사로 동물학대가 세상에 폭로되었고 동물을 보호하는 새로운 법이 제정되었다. 동물보호단체는 강아지를 보호하기 위해 부단히 노력했다. 하지만 아직 멀었다. 강아지는 여전히 가축처럼 우리에 갇혀 있다. 여전히 농약 중독 실험에 사용되고 있다. 강제로 투견을 해야 하고 인간의 친구가 아니라 장식품으로 번식을 당한다. 그러고는 입양할 사람이 없이 보호소에서 안락사로 죽음을 맞는다.

강아지들에게는 여러분의 도움이 필요하다. 이 책을 읽고 마음이 움직인다면 일어나라! 더 많은 내용을 원한다면 직접 조사도 해봐라. 반려동물보호협회CAPS 웹사이트에 가면 내가 맡은 수많은 사건의 영상과 수사 기록을 볼 수 있다. 농무부 허가를 받은 개농장을 규제하는 동물복지법이 정확히 어떤 내용인지 살펴보고 내가 입수한 영상 증거와 비교해봐도 좋다. 미국 휴메인소사이어티가 미국에 있는 최악의 개농장 목록을 올리는 호러블 헌드레드Horrible Hundred 웹페이지도 방문해봐라. 보호소에서 얼마나 많은 강아지가 안락사를 당하는지 통계 자료도 확인하면 좋다.

여러분이 입양과 임시보호를 하고 보호소의 구출견에 특별한 관심을 보인다면 그순간 변화가 일어난다. 지역 안에서든 전국적으로 나아가든 후원금을 내고, 청원에 서명하고, 시위를 조직하고, 대중을 교육할 수 있다. 개인이 가진 힘을 절대 과소평가하지 마라. 한 보호소에 있는 한 마리 강아지의 세상은 한 사람의 힘으로 달라진다. 여러분이 어떤 사람인지, 어디에 사는지, 어떤 한계를 갖고 있는지 중요하지 않다. 강아지를 도울 방법은 항상 존재한다. 이 전투는 팀으로 싸워야 한다. 모든 팀원이 중요한 역할을 하고, 모든 팀원이 변화를 만든다.

그중에서 나의 역할은 증거 수집이다. 하지만 내가 속한 팀에는 그 증거를 이용해 대중을 교육하고 기업 정책과 법을 바꾸는 운동가들도 있다. 동물학대자를 체포하는 검사와 경찰, 학대를 받던 동물을 꺼내와 보호소에 보내는 동물구조자, 보호소에 있는 동물을 보살피는 직원과 자원봉사자도 있다. 우리 팀에는 동물보호단체에 후원하고, 강아지 학대를 척결하는 청원에 서명하고, 강아지를 사지 않고 입양하는 방법으로 동물학대와 맞서 싸우는 모든 대중도 포함된다.

나는 이제 여러분도 우리 팀으로 초대하고 싶다.

"잘 부탁드립니다. 우리 한번 잘해봅시다."

감사의 말

가장 먼저 부모님께 감사드립니다. 힘들고 막막한 순간에도 부모님은 나를 바른 길로 이끌어주고 정신적 지주가 되어주셨죠. 또한 왜 올바른 일을 해야 하는지 철학적인 이유를 늘 설명해주셨습니다. 사랑하는 내 여자친구 조시와 우리 강아지 플로이드에게도 감사 인사를 해야겠네요. 책을 쓰는 동안, 그리고 동물에게 더 나은 세상을 만들자는 임무를 수행하는 동안 나와 한 팀이 되어줘서 정말 고마워.

구출 현장에서는 도움을, 현장 밖에서는 응원을 보내준 모든 친구와 동료들에게도 깊은 고마움을 전합니다. 보안상의 이유로 이름을 다 밝힐 수는 없지만 내가 지금 이 자리에 서 있는 건 전부 그들의 지지와 우정 덕분입니다. 대표적으로, 스티븐 개릿이 없었더라면 나는 절대로 첫 사건을 무사히 완수할 수 없었을 거예요. 개농장 수사를 어떻게 해야 하는지 항상 코치해주는 밥 베이커 선배에게는 평생 감사해도 부족할 테고요. 반려동물보호협회(이제는 의뢰인이라기보다는 파트너라고 할까요), 아이오와 동물구조연맹, 오스틴 펫츠 얼라이브!, 햄프턴스 동물구조기금(구조 보호소에 대한 정보 감사했습니다), 오터테일카운티 보안관국과 검찰청(함께 캐시 바우크의 개농장을 폐업시켰죠), 아칸소동부지방검찰청(악명이 자자한 CC와 패치 베어드 부부를 체포한 주역입니다), 마샤 펄먼(필요할 때마다 출동해 개농장 강아지들을 직접 도와주는 해결사예요)에게도 감사와 존경을 바칩니다. 이분들만이 아니라 모든 동물보호가, 경찰관, 시민들에게도 고맙다는 말을 하고 싶습니다. 위험을 감수하고 가시밭길을 걸으며 강아지들을 도와주셔서 정말 감사합니다. 여러분의 업적이 영원히 세상에 알려지지 않을지도 모릅니다. 동물을 학대하는 인간들로부터 공격을 받아야 했을지도 몰라요. 하지만 여러분은 올바른 길을 걷고 계시는 겁니다. 한 팀으로서 정말 자랑스럽습니다.

HBO 다큐멘터리 제작진, 내셔널지오그래픽, 워킹도그 프로덕션의 톰 사이먼, 틸-에드워즈 프로덕션의 세라 틸,

파크 앤드 파인 저작권 에이전시의 담당 에이전트 존 마스, 타처페리지 출판사의 임직원 여러분들에게도 감사드려요. 그중에서도 담당 편집자인 세라 카더는 나의 은인입니다. 메건 뉴먼, 레이철 에이욧, 클레어 설리번, 낸시 레스닉, 파린 슈리셀, 케이시 멀로니, 칼라 아이노니도 나를 많이 도와줬어요. 친구들도 빼놓을 수 없죠. 진 스톤은 나의 생각을 말로 옮기게 도와주었고, 닉 브롬리는 책을 한번 써볼까 하는 생각을 실제로 바꿔준 일등공신입니다. 참 좋은 친구들이에요.

마지막으로, 어린 시절부터 나와 함께했던 강아지 스코티에게 감사합니다. 나는 스코티를 보며 어떻게 해야 인생의 동반자가 되는지, 충직한 친구가 되는지 배웠습니다. 남에게 공감하고 사랑을 베푸는 법을 배웠어요. 이 세상 모든 동물이 스코티처럼 오래오래 행복하게 살 수 있기를 바랍니다.

강아지를 구하다

1판 1쇄 인쇄 2020년 6월 18일
1판 1쇄 발행 2020년 6월 25일

지은이 피터 팩스톤
옮긴이 유혜인

발행인 양원석 **편집장** 최두은 **책임편집** 최다혜
디자인 신자용, 김미선 **영업마케팅** 양정길, 강효경

펴낸 곳 ㈜알에이치코리아
주소 서울시 금천구 가산디지털2로 53, 20층(가산동, 한라시그마밸리)
편집문의 02-6443-8846 **도서문의** 02-6443-8800
홈페이지 http://rhk.co.kr
등록 2004년 1월 15일 제2-3726호

ISBN 978-89-255-3694-1 (03810)